I0658811

بسم الله الرحمن الرحیم

نبرد در تخیلات برانگیخته

مولف : سیدمحمد حاجی میرقاسمی

Fight in arising imagination
Authored by Seyed Mohammad Haji Mir Ghasemi,
Cover design or artwork by Ali Khiabanian
Published by Supreme Art, Reseda, CA
ISBN-13: 978-1942912163
ISBN-10: 1942912161
LCCN: 2017918356

عنوان: نبرد در تخیلات برانگیخته

مولف: سیدمحمد حاجی میرقاسمی

طراح جلد: علی خیابانیان

انتشارات: هنر برتر (سوپریم آرت)، آمریکا

شابک: ۹۷۸-۱۹۴۲۹۱۲۱۶۳

شماره کنترلی کتابخانه کنگره آمریکا: ۲۰۱۷۹۱۸۳۵۶

تقدیم به سروران و دنیای بی پایان عشق و فداکاری که خاک پا شدن

برایشان نه تنها رسیدن به عرش بلکه بزرگترین افتخار است .

پدر و مادرم

((و درود به روح پاک مادر دوست عزیزم))

حامد نیکجو

تجربه از دانش مهم تر و تخیل از تجربه هم مهم تر است.

« انیشتین »

مقدمه مؤلف

با نام و یاد پروردگاری که در لحظه لحظه ی زندگی نور الطافش به همه ی موجودات هستی ودر همه ی زمانها می تابد. سپاس خداوندی که به این بنده ی کوچک بار دیگر لطف نموده؛ این بار با رنگ و بوی متفاوت... رنگ و بویی از جنس گام در مسیر پرافتخار تالیف... تالیفی که ظاهرش یک کلمه است اما معنایش بی انتها... هرچند این بنده ی کوچک شایسته ی یدک کشی این معنای عمیق نیستم اما لطف همیشگی ایزد منان این سعادت را نصیبم کرد.

سعادتی که با نوشتن در مسیر تخیل آغاز شد، تخیلی که آنقدر مهم است که می تواند مسیرهایی برای رویاپردازی و در نتیجه جرقه ی ذهن برای دستیابی به اهداف بزرگ فراهم آورد، واقعیت این است که داستان ها و فیلم های تخیلی صرفا یک سرگرمی نیستند، سرگرمی ای هستند در قالب یک پیام، پیامی که به مخاطب اعلام می دارد، تخیل و رویاپردازی کلید دستیابی به اهداف های بلندیست که بشریت توسط آن می تواند به چنان پیشرفتهایی دست یابد که کل زندگی را تحت تاثیر سازنده مثبت خود قرار دهد تخیل آنقدر مهم است که دانشمندان و بزرگان تاریخ توسط همین خیال پردازی ها به چنان پیشرفتهایی دست پیدا کردند که پرتو آن زندگی روزمره فعلی ما را در برگرفته است، هدف از خلق این اثر «نشان دادن اهمین مضاعف تخیل» به مخاطب می باشد امید است با رویاپردازی توام با تلاش و در پرتو الطاف ایزد منان، زندگی بهتری را برای یکدیگر رقم بزنیم.

سیدمحمد حاجی میرقاسمی

رخداد یکم: چگونگی شکل گیری تخیلات برانگیخته کوروش

هوا بسیار دل انگیز است آفتابی نسبتا داغ با هوای کاملا آرام و آسمانی آبی. او هم عاشق اینطور هواهاست. کوروش در حال رفتن به دانشگاه می باشد. دانشگاهی بزرگ پیشرفته و در عین حال دوست داشتنی برای کوروش جوان. کوروش = جوونم . . . چه هوای خوبیه خدایی حال می ده برا تفریح — مفریح خدا کنه که امروز توی آزمایشگاه کار زیادی نداشته باشیم و زودتر برگردم خونه و اگه بشه بزنیم بیرون انصافا حیفه که این هوای خوبو به همین راحتی از دست بدم.

او به دانشگاه می رسد و به آزمایشگاه باکتری شناسی پزشکی می رود کوروش دانشجوی ترم چهارم رشته علوم آزمایشگاهی پزشکی است.

او بعـد از احـوال پـرسی و شـوخی بـا چنـد تا از دوستانش روپوش آزمایشگاهش را

می پوشد و به پشت میکروسکوپ می رود تا باکتری های جدید را که استاد تدارکش را دیده بود ببیند.

- اوه! چقدر عجیبه! خداییش خدا چی خلق کرده! این یکی که شبیه اژدهاست!!

* در این هنگام یکی از همکلاسی هایش که حرف او را شنیده بود حسابی می خندد و با لحنی تمسخرآمیز به وی می گوید :

- کوروش تو واقعا بچه تخیلی ای هستی تو حتی دیگه چشات هم درست کار نمی کنه آخه پسر چی بهت بگم . . . می خوام بدونم باکتری کجاش شبیه اژدهاست؟ نه دیگه . . . آها . . . نکنه می خواد بگی می تونی از باکتری اژدها بسازی؟ ها . . . ها . . . ها . . .

* بچه ها همه با هم برای کوروش خندیدند او آشفته شده بود و بسیار بهم ریخته بود و ناگهان بلند فریاد زد و گفت :

- بله می تونم . . . حالا خواهید دید!!

* استاد با حالتی غضب آلود فریادی زد و گفت :

- بسه دیگه . . . کافیه نکنه هوس حذف کردنتون کرده؟ اگر مایلید که درستونو حذف کنم بسم الله . . .

* بچه ها و کوروش به مشاجره خود پایان دادند و به کار خود به دیدن باکتری ها و مطالعه مابقی آنان پرداختند.

بعد از اینکه آزمایشگاه تمام شد انرژی منفی این تمسخر دیگران بر ذهن کوروش حک شده بود که با خود می گفت :

شـاید بتونـم حرفی رو که زدم ثابت کنم باید یه کاری کنم که همه بچه ها رو ساکت

کنم و هم خودمو به دیگران معرفی کنم باید دنیا بدونه که کوروش کیه . . . آره باید خودمو پیدا کنم باید باید من بهترین شم . . . شروع کن کوروش . . تو می تونی شروع کن . . .من باید ثابت کنم که نه تنها همه چیز شدنیه بلکه بابد بفهمونم که تخیل هم جزئی از زندگیه.

* یکی از بهترین دوستان کوروش و در واقع مهمترین و نزدیک ترین دوست او پسری منطقی و باهوش به نام سیاوش است که کوروش معمولا برای کارهای مهم اش از او مشورت می گیرد.

* او بعد از اینکه به خانه رفت و کمی استراحت کرد با سیاوش تماس می گیرد . . .

- سلام سیا چطوری؟ خوبی؟

- سلام کوروش جان ممنون تو چطوری؟ چه خبر؟

- خوبم خبرهای مهم؟

- چه خبری؟

* می خوام کارای بزرگی انجام بدم.

- خیره ایشالله حالا چه کارایی هست؟

- به کمکت احتیاج دارم.

* سیاوش متعجبانه دوباره می پرسد :

- هر کمکی که از دستم بربیاد کوتاهی نمی کنم حالا چی کار می خواد بکنی؟ خون به دلم کردی ما رو؟!

* کوروش با پوزخندی می گوید :

- می خوام برم یه جایی که اژدها پیدا شه.

* سیاوش با خونسردی گفت :

- هه هه نه حالا . . . می دونیم تو آدم تخیلی هستی اما دیگه فکر نمی کنم مخت تعطیل شده باشه حالا خارج از شوخی چی کار می خواد بکنی؟

* کوروش مجددا و این بار با جدیت هر چه تمام تر می گوید :

- به خدا دارم جدی صحبت می کنم می خوام برم یه جایی که اژدها پیدا کنم.

* سیاوش با حالتی سردرگم گفت :

- چی می گی؟!! از چی صحبت می کنی؟ چی شده؟ . . . سرت به جایی خورده؟ نکنه خل شدی!

* کوروش از قضایایی که در دانشگاه برایش رخ داده بود و تصمیم هایی که اتخاذ کرده حسابی صحبت کرد و به سیاوش با حالتی مطمئن گفت :

- حالا میای بریم دنبال اژدها یا نه؟

- بابا چی شده؟ این حرف ها چیه؟ این چیزایی که تو می گی فقط داخل فیلم هاست. اصلاً برای چی می خوای این کارو بکنی؟ حالا بچه ها یه چیز گفتن قرار نیست که تو جوگیر شی بی خیال بابا برو به درسات برس پسر.

- اصلاً نمی شه من باید خودمو به اثبات برسونم و به همه بفهمونم که هر کاری شدنیه.

- باشه قبول من تو رو درک می کنم که چه احساسی داری اما از این همه کار چرا این کارای تخیلی رو انجام بدی؟ برو دنبال یه کار بهتر.. تحقیقات.. پژوهش ..خلاصه این کارای واقعی.

- منم می خوام همین کارو بکنم تحقیقات درباره اژدها تحقیقات درباره تخیلات!

* خلاصه سیاوش هر چه به کوروش می گفت کوروش حرف خودش رو می
زد.

سیاوش مجدداً گفت :

- کوروش جان از پشت تلفن که کم آوردم باشه من ساعت دو و نیم میام
خونتون هستی دیگه؟

- آره آره هستم حتماً بیا.

- باشه کاری نداری؟

- نه ممنون.

- خداحافظ

- خداحافظ سیاوش جان

* سیاوش به قول خود عمل کرد و حدود ساعت یک ربع به سه به خانه
کوروششان رفت تا کامل با هم حرف بزنند جالب این بود که کوروش آنقدر
اصرار به این کار خود داشت نه تنها توانست سیاوش را متقاعد کند بلکه او را
هم قرار شد طی سفری که به جزیره ای در اطراف شهرشان بود ببرد کوروش
آنقدر فلسفه بافی و با تخیل گرایی حرفه ای با سیاوش صحبت کرد که
سیاوش از دیدگاه ها و گفته های کوروش فوق العاده متحیر شده بود!!

* خلاصه کوروش و سیاوش تصمیم گرفتند که در یک روز تعطیل به جزیره
بروند و برای این کار برنامه های زیادی را اعمال کرده بودند.

رخداد دوم: حرکت به سمت جزیره

* کوروش و سیاوش هر دو لوازم زیادی از جمله غذا آب لباس و . . . گرفتند
تا بـرای یک گـردش علمی و کسب پدیده های خارق العاده نهایت آمادگی را
داشته

باشند.

* در راه کوروش به سیاوش گفت :

- خیلی دوست دارم زودتر به جزیره برسیم تا یک کمی تخیلاتم برانگیخته
شه!

* سیاوش با لبخند معناداری گفت :

- می رسیم عجله نکن آقای برانگیخته.

- چی گفتی؟ آقای برانگیخته یعنی چی؟

- شوخی کردم بابا چرا ناراحت شدی؟

- نه . . . ناراحت نشدم سیاوش جان می خواستم بدونم منظورت چیه؟

* سیاوش که ظاهراً معنای خاصی را در پشت این لقب داده شده به کوروش
مدنظر داشت گفت :

- منظورم اینه که احساس می کنم این تخیلات تو یه جور انگار می خواد
برانگیخته شه و اگه بشه که داره می شه معلوم نیست چی بشه؟!

* کوروش سرش را پایین انداخت و در فکر فرو رفت یک فکر عمیق و کاملاً
معنادار که معلوم نبود چه داخلش می گذرد در همین حال سیاوش گفت :

- کوروش چی شده؟ به چی داری فکر می کنی؟

* اما جوابی از سوی کوروش نیامد و کماکان فکر می کرد!

* سیاوش دوباره پرسید

- کوروش به چی داری فکر می کنی؟ صدامو می شنوی؟

* باز هم کوروش جوابی نداد و ظاهراً حسابی افکار عجیب و غریبی درون ذهنش خطور کرده بود .

* برای بار سوم سیاوش با تلنگری آهسته و با صدایی بلندتر از دفعات قبل گفت :

- هی کوروش با توأم. مگه کر شدی؟

* کوروش این بار با حالتی خاص که بیشتر شبیه از خواب پریدن بود گفت :

- ها . . . ها . . . بله . . . با منی؟ چی می گی؟

- خل شدی کوروش؟ چته؟

- داشتم یه سری فکرای جالبی می کردم.

- خب چی بود؟

- حالا بعداً بهت می گم

- یعنی به ما نمی گی دیگه؟ باشه ما با هم این حرفا رو داریم

- نه به خدا خیلی خصوصیه باشه خودت کم کم می فهمی.

* سیاوش که آدم منطقی ای بود از اصرار کردن اجتناب کرد و گفت :

- خیله خب فقط امیدوارم ما رو تو دردسر نندازی.

* کوروش با اعتماد به نفس فراوان گفت :

- نترس دوست عزیزم . . .

* خلاصه کوروش و سیاوش با صحبت هایی که با هم کرده بودند متوجه نشدند که کی به ورودی جزیره رسیدند وقتی به آنجا رسیدند هر دو از اینکه آنقدر گرم صحبت بودند که متوجه رسیدنشان نشده بودند کلی خندیدند و قایقی را هم کرایه کردند تا به داخل جزیره بروند.

رخداد سوم: در جزیره

* کوروش و سیاوش هر دو به جزیره رسیدند و در حال گشت زنی بودند که کوروش گفت :

- اوو . . . خیلی قشنگه ها . . . با اینکه نزدیکمون بود خیلی کم اومده بودیم و تا به حال انقدر توجه نکرده بودم که اینقدر جالبه

- سیاوش گفت : چی؟

- جزیره رو می گم دیگه!

- آها . . . آره قشنگه

- سیاوش تو حالت خوبه؟

- بد نیستم

- تو ترسیدی؟

- آره کوروش

- از چی؟

- نمی دونم فقط استرس دارم.

- به دلت بد راه نده آروم باش پسر

- سعی می کنم.

* ظاهراً سیاوش احساس بدی داشت. کوروش برای اینکه او را از این استرس بیرون بیاورد به او گفت :

- می خوای بریم اون سمت دور از مردم ظاهراً خیلی جالب تر از اینجاست.

- نه بابا من یه بار حدود سه سال پیش اینجا اومده بودم اونجایی که تو می
گی منطقه ممنوعه. هست

* کوروش با حس کنجکاوی زیاد پرسید :

- آخه چرا؟ مگه چی اونجاست؟

- دقیقاً نمی دونم اما یکی از دوستام به گفته باباش که اینجا نگهبان بود می
گفت اونجا به دلایل نامعلومی خطرناکه!

* کوروش کنجکاو و کنجکاوتر می شد و جرقه هایی در ذهنش زده می شد
و انگار هدف و شکار خود را پیدا کرده بود به سیاوش گفت :

- من می خوام برم.

* سیاوش که مجدداً مضطرب شدگفت :

- کجا؟!

- همون منطقه ممنوعه.

- زده به سرت؟ اونجا مکانی خیلی خطرناکه تا به حال هیچکس نرفته.

- دقیقاً چون کسی نرفته من کنجکاو شدم که برم معمولاً کسانی در تاریخ
نامشان ثبت می شه و سوپرمن می شن که اولین باشن!

- دست بردار کوروش تا همین جاش هم پشیمونم که باهات اومدم.

* کوروش که از این حرف سیاوش خیلی ناراحت شد با حالتی بغض آلود
گفت :

- باشه نیا تنها می رم.

* سیاوش که دوست نداشت کوروش از او ناراحت شود گفت :

- باشه... باشه ...میام چرا مثل بچه ها قهر می کنی؟ فقط قول بده زود برگردیم باشه؟

* کوروش دوباره به حالت اول برگشت و ناراحتی اش به واسطه ابراز همدردی سیاوش رفع شد گفت :

- ممنون دوست خوبم باشه زود بر می گردیم.

* سیاوش مجدداً گفت :

- خب حالا چطور بریم؟

* کوروش که در پنهان کاری فوق العاده حرفه ای بود با اعتماد به نفس قوی گفت :

- اونش با من تو فقط بیا.

* سیاوش سرش را پایین انداخت و دنبال کوروش رفت.

* کوروش بسیار هوشمندانه خارج از دید نگهبانان به همراه سیاوش به منطقه ممنوعه رفتند بطوریکه سیاوش از هوشمندی کوروش چند لحظه ای شوکه شده بود.

رخداد چهارم : ورود به منطقه ممنوعه

* کوروش همانطورکه به دو رو اطراف خود نگاه می کرد گفت :

- ای بابا سیا اینجا که چیزی نداره فقط یک کمی جنگلهاش انبوه تره و چند

تایی هم مرداب داره همین، یه جوری گفتن ممنوعه که ما گفتیم چی داره

* سیاوش با تعجب گفت :

- چه می دونم چی بگم؟

* آنها کماکان در حال جلو رفتن بودند که کوروش گفت :

- سیا این صداها چیه که در میاری؟ چرا انقدر نق می زنی؟ حالا که اومدیم

نق نزن بزار کمی عشق و صفا کنیم.

* سیاوش که دیگر از تعجب کردن رکورددار شده بود باز هم متعجبانه گفت

:

- کدوم صداها؟ من که صدایی درنیاوردم من از ترس و استرس حتی یک

کلمه هم حرف نزدم. کدوم صداها؟

- اذیتم نکن شیطون شدی ها؟! صدا در میاری بعد می زنی زیرش.

- بابا من هیچی نگفتم به خدا.

- ولش کن.. اونجا رو نگاه کن چه کوه عجیب و غریبیه.

* در این هنگام هیچ جوابی از سیاوش نیامد!

* کوروش دوباره گفت :

- سیاوش با توام اون کوهو می گم چقدر جالبه.

* باز هم پاسخی از سیاوش نیامد!!

* کوروش به پشت خود نگاه کرد و با کمال تعجب اثری از سیاوش نبود

کوروش

متعجب شد و کمی ترسید و به محض اینکه به جلوی خود نگاه کرد که

ببیند چه بلایی به سر سیاوش آمده ناگهان سیاوش از جلویش درآمد و

فریادی زد و از روی شوخی حسابی کوروش را ترساند و به کوروش گفت

:

- فکر کردی فقط خودت زرنگی؟!

* کوروش ابرویی بالا انداخت و مثل دفعه قبل جلو راه افتاد و سیاوش هم

پشتش... کوروش گفت :

- می گم سیاوش اون کوه رو می بینی چقدر عجیبه!

- آره واقعاً که شگفت انگیزه به نظرت چیه؟

- نمی دونم دقیقاً.

- ظاهرش با کوه های طبیعی فرق می کنه.

- آره به نظر من شاید یه آثار باستانی باشه... خیلی قدیمیه.. شاید هم علت

اینکه اینجا رو ممنوعه اعلام کردن اینه که این اثر دست نخورده بمونه نظر تو

چیه سیاوش؟

* مثل دفعه قبل صدایی نیامد.

* کوروش گفت :

- هی با توام.

* باز هم مثل دفعه قبل صدایی نیامد کوروش دوباره گفت :

۲۱

- خیلی خب دیگه شوخیت بی مزه شد.

* کوروش مثل دفعه قبل به پشتش نگاه کرد و سیاوش را نیافت و گفت

- دیگه بی مزه شدی پسر

* اما چیزی نظرش را جلب کرد و آن کفش های سیاوش بود . . . این بار قضیه با دفعه قبل فرق می کرد و حتی تکه ای از پیراهن سیاوش هم در کنار کفش هایش افتاده بود بدون اینکه سیاوش وجود داشته باشد کوروش هم متعجب شده بود و هم ترسیده بود و مدام سیاوش را صدا می زد و به این ور و اونور می دوید :

- سیـا . . . سیاوش . . . سیاوش کجایی؟ سیاوش ...تو رو خدا اگه داره شوخی می کنی خودتو نشون بده . . . بیا بیرون.

* مثل اینکه این بار دیگر شوخی نبود و واقعاً سیاوش ناپدید شده بود! اما چرا؟!

- او واقعاً ترسیده بود و دست و پایش می لرزید.

* در این لحظه فریاد بسیار بلندی از وسط جنگل و از فاصله ای نسبتاً دور شبیه به صدای سیاوش درآمد.

- وای خدای من! سیاوش کجایی؟ چی شده؟

* خیلی متحیر شده بود ناگهان دستش از پشت به جسم سخت و خشنی خورد.

- این دیگه چیه؟

* به محض اینکه برمیگردد اتفاق عجیبی رخ میدهد...چیزی میبیند و بی هوش میشود...بعد از لحظاتی نامعلوم کوروش . . .

۲۲

- آه اُخ آخ . . . اینجا کجاست؟ من کجام؟

* ظاهراً به هوش آمده بود در جواب ناله های او صدای مهیبی می گوید

- به خونه من خوش اومدی جوان

* کوروش چشمانش را به آرامی باز می کند و می گوید :

- آه خدای من نه . . . تو دیگه کی هستی؟ این چه قیافیه ایه . . .

* دوباره از شدت ترس غش می کند!

رخداد پنجم : به هوش آمدن دوباره کوروش

* کوروش مجدداً به هوش آمد و گفت :

- وای خدای من! تو دیگه کی هستی؟ تو جنی یا دیو؟ می دونم که انسان نیستی. این خونه مسخره کجاست؟ من کجام؟ چی شده؟

* صاحب آن صدای مهیب با خونسردی گفت :

- عجول نباش درسته من دیوم.. اینجا خونه منه تو رو هم اینجا آوردم تا از پلیدی ها به دور باشی.

- کدوم پلیدی ها؟ تو خودت که از همه زشت تر و پلیدی تری. چرا منو اینجا آوردی؟اصلاً به سر دوستم چی آوردی؟ منو دست کم نگیر. من کوروشم کوروش . . .

- تو از کجا می دونی من پلیدم؟

- از این قیافه زشت و شیطان وارت معلومه.

- هیچ وقت قیافه زشت را به معنای بد نپندار ملاک خوب بودن اعمال و رفتار نیکه یک موجوده نه قیافه اش.

* کوروش دوباره از دیو سؤالی کرد که هر جور هست دیو را به چالش بکشد البته دست و پایش هم می لرزید!!

- خب اگر پلید و خبیث نیستی چرا منو دزدیدی و زندانی کردی؟

- تو از کجا می دونی من تو رو دزدیدم و زندانی کردم؟

- همین که منو بیهوش کردی و به خونت آوردی.

- اولاً من تو رو بیهوش نکردم و تو به واسطه قیافه من ترسیدی و خودت بیهوش شدی ثانیاً اصلاً می دونی چرا من تو رو اینجا آوردم؟

- نه . . . چرا؟

- به خاطر اینکه این جزیره موجودات خبیث و پلید زیادی داره اشتباه کردی اینجا اومدی.

- آره معلومه موجودات خبیث مثل تو زیاد داره.

* دیو از عجول بودن کوروش صبرش تمام شد و به واسطه بدبینی او نسبت به خود آزرده شد و فریاد زد و گفت :

- آخه تو چقدر لجوجی کمی منطقی باش چرا نمی گذاری حرفمو تموم کنم؟ مگه داخل دنیای شما آدم ها پریدن تو حرف دیگران کار خوبی به حساب میاد؟

* کوروش هم ترسید و هم تصمیم گرفت عاقلانه با موضوع برخورد کند نه احساسانه سپس گفت :

- نه کار خوبی نیست عذر می خوام.

* دیو آرام شد و گفت :

- حالا میگذاری برات قضیه کلی رو بگم یا نه؟

* کوروش عاقلانه و با ادب گفت :

- بفرمایید . . . خواهش می کنم.

رخداد ششم : توضیحات دیو به کوروش

* دیو شروع به توضیح دادن کرد . . .

- وقتی من حس کردم که دوباره اتفاقی رخ داده فهمیدم که دوباره زهرآگین انسانی را شکار کرده . . . بعد از خونه ام اومدم بیرون دیدم یکی دیگه از آدم ها که شما باشی اونجا موندی تو رو نجات دادم تا شکار بعدی زهرآگین نباشی اما تو قیافه منو دیدی و ترسیدی و بیهوش شدی و حالا اینجا پیش منی.

* کوروش چشمانش گرد شده بود و گفت :

- زهرآگین دیگه کیه؟

- اون از شیاطینه... شیطانی پلیده که در این جزیره فرمانروایی می کنه و آدم هایی رو که به این جریزه میان شکار می کنه.

- آخه چرا باید آدم ها رو شکار کنه؟ مگه اون آدم خواره؟ اصلاً مگه توی این دنیا اینجور چیزا هم هست؟

- آره خیلی چیزا وجود داره که ما و شما از اونا بی خبریم. اون آدم خوار نیست آدم ها رو شکار می کنه و در قصر سیاه به بردگی می گیره و از اونا به شدت و ظالمانه کار می کشه اون واقعاً بی رحم... ظالم و خبیثه.

- چرا کس دیگرو به بردگی نمی گیره و فقط آدم ها رو می گیره؟

- به دو دلیل . .

- به چه دلایلی؟

۲۶

- اول اینکه انسان ها توانمندترین موجودات هستند و زهرآگین می تونه از شما و امثال شما به نفع خودش استفاده کنه دوم اینکه با انسان ها کینه داره.

- چه کینه ای؟ چرا؟

- هزاران هزار سال پیش انسان های اولیه بطور اتفاقی به قصر سیاه اجداد زهرآگین برخورد کردند چون نگهبانان قصر به آنان حمله کردند انسان ها به منظور دفاع از خود با آنها جنگیدند و نگهبانان را به هلاکت رساندند که از قضا یکی از نگهبانان کشته شده از خانواده زهرآگین بود و اینگونه بود که زهرآگین از آن زمان با همه انسان ها کینه کرد.

* کوروش کمی فکر و بعد گفت :

- مگه این زهرآگین چند سالشه؟

- هزار سیصد و پنجاه سه سال.

- چقدر زیاد!!

- آره . . . خیلی زیاده

- چرا اون انقدر عمر کرده؟

- به خاطر اینکه فرمول محلول طول عمر را از ذهن انسان دزدید.

- فرمول محلول طول عمرررر؟...اون چیه؟

- دقیقاً نمی دونم که چه خاصیتی داره اما اینو می دونم که از فرمول شیمیایی خیلی پیچیده ای ساخته شده . . .

- مگه شیاطین هم علم دارن؟

- اول اینکه این زهرآگین هم یک جور موجوده از بس که خبیثه بهش می
گن شیطان اما خب هنوز مشخص نشده که چه جور موجودیه؟ دوم اینکه
گفتم که از ذهن انسان فرمولشو دزدیده. اون یکی از انسان ها را به بهانه آزاد
کردنش وادار کرد که این محلول رو بسازه از آنجا که جاودانگی یا طول عمر
برای همه مهم و شیرینه اون انسان هم با آرزوی آزادی خودش که یکی از
بنیادی ترین نیازهای انسانه اونقدر تلاش کرد و بالاخره از اونجایی که انسان
به هر چیزی بخواهد دست پیدا می کنه آن محلول را ساخت و به زهرآگین
داد اما زهرآگین که شیطان صفت بود زیر قولش زد و بعد از خوردن اون
محلول بنا به کینه ای که داشت اون انسان بیچاره را هم کشت.

* کوروش با تأمل گفت :

- از این قضیه می شه دو چیز فهمید :

- چی رو؟

- یکی اینکه کینه توزی صفتی واقعاً پلید و شیطانیه! و با انسانیت سازگار
نیست دوم اینکه زیر قول زدن هم کمی از این کار نمیاره و صفت خبیثیه!

- درسته . . . اما متأسفانه بعضی از انسان ها هم اینگونه اند.

- آره درست می گی.

* در این هنگام دیو با خود گفت :

- نمی دونم به سر اون پسر بیچاره چی اومد؟

- کدوم پسر؟

- همونی که زهرآگین دزدیدش.

* کوروش با استرس و آزردگی شدید گفت :

- از کجا؟ . . . چطوری؟

- یه پسر پشت سرتو بود که ناگهان یکی از افراد زهرآگین شخصاً اونو توی کیسه کرد و برد!

* کوروش که شکش زیاد شده بود که اون پسر سیاوش است از دیو شکل و شمایلش را پرسید و بعد از پاسخگویی شکش به یقین تبدیل شد و مطمئن شد که خود سیاوش بود.

* او که خیلی از این رخداد ناراحت شده بود چشمانش پر از اشک شد و احساس گناه می کرد و با همان حال دگرگونش از دیو پرسید :

- چرا وقتی دیدی که سیاوش رو دارن می دزدن کمکش نکردی؟

- من لحظه ای که دزدیدنش رو ندیدم.

- پس چه جور این حرفا رو زدی؟ و شکل و شمایلشو به من گفتی؟

- گیرنده های من این اطلاعاتو دریافت کرد و بعد.. از قضیه باخبر شدم.

- منظورت از گیرنده هات چیه؟

- این دو شاخی که رو سرم می بینی گیرنده هایی هستن که هر وقت اتفاق بدی بیفته شاخ چپ من از یک کیلومتری این رخدادو دریافت می کنه و به من اطلاع می ده و هر وقت هم که اتفاق خوبی رخ بده شاخ سمت راست من از همون فاصله دریافت می کنه.

- همش تقصیر من بود که اونو تو دردسر انداختم. الان نمی دونی چی به سر سیاوش اومده؟

- مگه تو چی کار کردی؟

* کوروش تمام قضایا را از اول تا آخر برای دیو تعریف کرد و به دیو گفت :

- حالا به نظرت باید چی کار کنیم؟ راستی . . . جوابمو ندادی نمی دونی چی به سر سیاوش اومده؟ ردیابات چیزی بهت نرسوندن؟

- دقیقاً نه برای اینکه ردیابام فقط از فاصله یک کیلومتری اتفاق ها رو دریافت می کنه درحالی که الان سیاوش حتماً توی قصر سیاه یا شاید قصرها و پایگاه های دیگه زهرآگین باشه که از اینجا دوره . . . خیلی دور . . .

* دیو هم که از این اتفاق ناراحت شده بود به کوروش گفت :

- اگر انسانیت شجاعت و دلاوری داری باید مثل یک انسان باشرف بری و دوستتو نجات بدی حتی اگر توی این راه کشته بشی.

* کوروش خیلی فکر کرد دائم با خود حرف می زد از طرفی یادش می آمد که سیاوش به خاطر او توی چه دردسر بزرگی افتاده از طرف دیگر به خودش نگاه کرد که رزمی نیاموخته و بدون اصول رزم و جنگ و نیرویی قطعاً شکست می خورد خلاصه بعد از کلی فکر کردن به دیو گفت :

- می دونم کار خیلی سختیه و ممکنه که حتی خودمم کشته شم یا حتی توی دردسر بزرگتری بیفتم اما به خاطر شرافتم تا پای جان می ایستم... این کارو می کنم.

- آفرین... من هم تو رو به خاطر اینکه شجاعت پیشه کردی و شرافتتو برانگیخته کردی کمکت می کنم.

- ممنون... اما چه کمکی می تونی بهم بکنی؟

- به تو نقشه دقیق این جزیره رو می دم.

- اما من که از رزم چیزی نمی دونم هیچ نیرو یا سپاهی هم ندارم این مشکلاتو چی کار کنم؟

* دیو که قلباً خواهان کمک به کوروش بود گفت :

- نگران نباش من به تو رزم یاد می دم آنقدر بهت یاد می دم که توانمند بشی ...من نیرو و سرباز ندارم که بهت بدم اینو خودن یه کاریش بکن

- معجره نمی تونم بکنم راستی می تونم یه چیزی بپرسم؟

- بله . . .

- در افسانه های ما انسان ها همیشه دیوها موجودات پلید معرفی می شن چطور شما . . .

* دیو بلافاصله حرف کوروش را قطع کرد و گفت :

- می دونم چی می خوای بگی اما فراموش نکن در همه اقشار هم افراد خوب هستند هم پلید خب دیوها هم همینطورین یعنی هم خوب دارن هم بد!

- پس شیاطین چطور؟

- شیاطین هم همان فرشتگانند اما از نوع پلید.

- چه عجیب و غریب!

- خیلی خب کوروش دیگه کافیه آماده شو تا اصول جنگیدن و جنگاوری رو بهت بیاموزم باید خیلی زیاد تمرین کنی خیلی خیلی زیاد تا بتونی موفق شی.

- چقدر باید تمرین کنم تا فوق العاده شم؟ چند روز؟ ده یا بیست روز؟

* دیو از سؤال کوروش خنده بسیار بلند و جالبی کرد

* کوروش پرسید :

- چی شد؟ چرا می خندی؟

- خب حرفت خنده دار بود آقا ا ا کوروش

- چطور ؟

- حداقل باید پنج سال تمرین کنی نه پنج روز!!

* کوروش بسیار متعجب شد و گفت :

- بعد از پنج سال معلوم نیست کی مرده است و کی زنده؟ شاید سیاوش زبونم لال از دست بره نه . . . نه امکان نداره باید زودتر آمادم کنی . . .

- نمی شه به هیچ وجه تو از لحاظ رزمی صفری... هیچی بلد نیستی باید خیلی باهات کار کنم و خودتم باید خیلی تمرین کنی دشمنان تو خیلی قوی و وحشی اند ضمناً به هیچ وجه نه باهات شوخی دارن و نه بهت رحم می کنن! البته من احساستو می فهمم اما . . .

- اما نداره هرجور هست باید سریع تر اقدام کنی نمی شه سیاوش می میره نه نمی شه.

* دیو با خونسردی پاسخ داد :

- آروم باش سعی کن در قبال مسئله زندگیت این حرف منو به خاطر بسپاری... احساس عاقلانه ترجیح بر عقل احساسانه... حالا یه سؤال ازت می پرسم بعد از اینکه جواب دادی آن وقت تصمیم با خودت پس هر جور دوست داشتی عمل کن اما سعی کن عاقلانه تصمیم بگیری.

* کوروش که نگرشش به دیو عوض شده بود با متانت گفت :

- بفرما سراپا گوشم

- اگه خوب تمرین نکنی هم خودت می میری هم سیاوش اما اگه خوب تمرین کنی با فرض اینکه سیاوش هم بمیره باز هم خودت زنده می مونی و

حداقل می تونی این ظلم و فساد هزار ساله رو نابود کنی و دیگران را که در بند زهرآگین اند آزاد کنی حالا چی می گی؟

- درست می گی.... راستی یه سؤال تو که از نظر جثه و قدرت از من خیلی خیلی قوی تری و فنون جنگیدن رو هم بلدی چرا خودت علیه زهرآگین و موجودات خبیثش قیام نکردی؟

- سؤال خوبی بود درسته اما من خانواده دارم و بهتره از خانوادم مراقبت کنم. نسل دیوها تو این جزیره از بین رفته تنها نسلش فقط من و خونوادم هستیم که باید مراقبشان باشم تا نسل دیوها از بین نره!

- چرا نسلتان از بین رفت؟

- داستـانش مفصله خیلی دلایل دخیل رهایش کن . . . خب حالا آماده شو تا تمریناتو شروع کنیم.

* کوروش به خاطر رعایت ادب از دخالت در امور خصوصی دیو ممانعت کرد و همراه دیو به محل باشگاه خانه دیو رفتند تا آموزش های جنگی و رزمی را بیاموزند.

رخداد هفتم : پنج سال بعد

* بعد از پنج سال تمرینات بسیار سخت برای کوروش دیگر تبدیل به یک مبارز تمام عیار و حرفه ای شده بود و قرار شد سه روز دیگر عزم سفر کند.

* دیو که از دستاورد خود احساس رضایت می کرد به کوروش گفت :

- واقعاً که مثل یک قهرمان شدی. آفرین با اینکه پنج سال تمرین کردی اما به مانند یک جنگجوی بسیار با سابقه شدی واقعاً که هوش، تلاش و استعدادت قابل تحسینه! آفرین.

* کوروش با حالتی مطمئن شاداب و اعتماد به نفسی بالا جواب داد :

• بله.....کوروش یعنی فوق العاده! متشکرم از لطف شما...واقعا متشکرم

* دیو لبخندی از روی رضایت زد و مجدداً گفت :

- آفرین

- دیو مهربان ازت ممنونم واقعاً ممنون

- خب حالا برو سه روز کامل استراحت کن تا بعدش به مأموریتت بری.

- باشه بسیار خوب

* دیو ناگهان گفت :

- یه لحظه صبر کن معجونی دارم که خستگی رو از بین می بره و بهت انرژی مضاعف می ده. الان برات میارم و بنوش . . .

- ممنون، ولی چه جور معجونیه؟

- از معجون های مخصوص دیوهاست.

* در این هنگام دیو معجون را از داخل یک دیواره سنگی که بیشتر شبیه یک کمد بود آورد و به کوروش داد اما کوروش دوباره پرسید :

- این دیگه چیه؟

- خب معلومه دیگه معجونه!! حالت خوبه کوروش؟

- آره خوبم

- مثل اینکه خستگی روت تأثیر گذاشته ها!!

* آن دوکلی با هم خندیدند اما کوروش دوباره به یاد دوستش سیاوش افتاد و ناراحتی بر خنده اش غلبه کرد.

* او معجون را نوشید و بعد از مدتی کوتاه حس عجیبی به او دست داد .... پلک هایی افتاده و بدنی سست . . .

- آه چه معجون عجیبی بود کم کم دارم حس می کنم هیچی تو بدنم نیست.

* دیو که فهمید معجون سحرآمیزش اثر مثبت خود را گذاشته . . .

- خوبه حالا برو استراحت کن.

- باشه اما نگفتی ترکیبش چیه؟

- از عصاره گوشت آهوی سفید با فیل سه خرطوم با پیچک کوهستانی که همشون توی کوه ناهیرا هستش

- کوه ناهیرا؟ اون دیگه کجاست؟

- کوهی است در نود و دو هزار کیلومتری اینجا که گنج ها و داروهای با ارزشی داره اما راه صعب العبوری داره قبلاً دست انسان ها بود اما الان یکی از

قلعه های زهرآگینه که توسط فرمانده میسانا که یکی از زنان بدذاته پرورش یافته زهرآگینه فرماندهی می شه.

- اون هم شیطانه؟ فرمانده میسانا رو می گم.

- نه تمام نیروهای زهرآگین از شیطان ها نیستند تعداد بسیار زیادی نیروی انسانی داره که خوی شیطانی دارن که البته توی این دنیا کم نیستند!

- راستی گفتی نود و دو هزار کیلومتر مگه این جزیره چقدر وسعت داره؟

- خیلی خیلی زیاد مگه دنیا تموم شدنیه؟ هنوز کجاشو دیدی؟ حالا دیگه کافیه چشمات بالا و پایین می ره سفر طولانی و سختی رو در پیش داری برو دیگه چرا منو نگاه می کنی ...

* کوروش با راهنمایی دیو به یکی از اتاق خواب ها می رود تا استراحت کند ... خواب و حس آرامش بر وجودش کاملاً نمایان شده بود.

رخداد هشتم : بیدار شدن کوروش و عزم سفر

* کوروش بعد از خوابیدن مفصل و کامل بعد از حدود دو روز و نیم بیدار می
شود و از حالت سرمستی . . .

* من کجام؟ اینجا کجاست؟ من کجام؟ من کیم؟ امروز چه روزیه . . .

* خلاصه که حسابی پرت و پلا می گوید. در این هنگام دیو صدای کوروش
را می شنود و به طرف اتاق کوروش می رود در را باز می کند که کوروش . .
.

- تو دیگه کی هستی؟ . . . نه!!! تو دیگه چه موجودی هستی . . .

* کوروش بلافاصله از تختش پایین می آید و با حالتی جنگجویانه به سمت
دیو حمله می کند تا پاهای خود را بلند می کند که به سر و سینه قوی دیو
بزند ناگهان از حالت سرمستی به حالت عادی بر می گردد دیو هم متعجبانه
او را می گیرد و می گوید :

- آرام باش . . .

* کوروش که به حالت عادی برگشته بود . . .

- باشه باشه آرومم نگران نباش همه چیز یادم اومد.

* قدرت معجون آنقدر زیاد بود که حسابی ذهنش را تحت تأثیر قرار داده بود
خلاصه بعد از کلی کشمکش های روانی کوروش لباس رزمی را که دیو به او
داده بود پوشید شمشیر و چند سلاح رزمی دیگر را هم به همراه یک اسب
بسیار تندرو که باز هم دیو به او داده بود گرفت و آماده سفر شد.

رخداد نهم : وداع و قدردانی کوروش با دیو

* کوروش که دیگر یک جنگجوی تمام عیار شده بود و رزم آموزی خود را مدیون

استاد غیر انسانی خود یعنی یک دیو بود بسیار بسیار از او قدردانی و سپاس گزاری کرد . . . دیو بار دیگر به کوروش محبت کرد . . .

- ای دلیر جوان امید من به توست این هم نقشه این جزیره و قصر سیاه . . . مواظب باش که گم نکنی که اگر اینطور شد مسیر سخت تر و سخت تر هم می شه و خیلی احتمال داره نابود بشی در بین ما دیوها تعارفی وجود نداره باید حقیقت را گفت این جزیره خیلی پیچیده و خطرناکه و خیلی هم وحشتناک خیلی خیلی مراقب باش ممکنه از همه چیز به زهرآگین خبر برسه.

- منظورت از خبر رسیدن همه جانبه به زهرآگین چیه؟

- در بین درختان سرسبز درختانی هم هستند که اگر خوب دقت کنی خباثت آنها مشخصه این درختان خبرچین های زهرآگین اند که توسط این شیطان رذل جادو شدند کلاغ ها خفاش ها هم از افراد زهرآگین اند مارهای سمی و افعی های بسیار وحشتناک و بزرگی هم که در نزدیکی قصر سیاه هستند از دیگر افراد زهرآگین اند ضمناً گیاهان مرداب ساز رو هم فراموش نکن که هیتایی رنگند هر وقت دیدی بدان دور و اطراف مردابی خطرناک در کاره که این هم از جادوهای زهرآگینه البته گیاهان یاسی هم داره که سرشار

از احساس اند و روحیه ای پاک دارن که مخالف با زهرآگین و رفتارهای شیطانی اند!

- هیتایی رنگ دیگه چه جور رنگیه؟

- رنگی که تو دنیای شما آدم ها وجود نداره مخلوطی از سیاه، قهوه ای، سفید و چند تا رنگ دیگه هست که خبر ندارم.

- خب من که این رنگو ندیدم چه جور متوجه شم . . .

- هر وقت یک رنگی دیدی که تا به حال ندیدی بدان همان رنگه هیتایی هستش . . .

- بسیار خب ممنون . . .

* کوروش به پاس ادب و احترام ، دیو را دیگر استاد خطاب می کرد گفت :

- استاد واقعاً ممنونم خیلی به من لطف کردید اما یه سؤال می تونم بپرسم؟

- حتماً

- مگه حیوانات و گیاهان هم حرف می زنند که می فرمایی به زهرآگین اطلاع رسانی می کنند.

- قطعاً گیاهان، حیوانات و کلیه موجودات زنده هم احساس دارند و حرف می زنند اونا بعضی چیزهارو از دیو ها و انسانها هم بهتر میفهمند سؤال دیگه ای نداری؟

* کوروش که دیدش نسبت به دنیا عوض شده بود گفت :

- نه استاد ممنون.

- بسیار خوب برو دیگه شاید دیر بشه دوستت سیاوش منتظرته برو . . .

- باشه چشم استاد گرامی محبت شمارو هیچ وقت فراموش نمی کنم امیدوارم بتونم دوستمو پیدا و زهرآگین بدذاتو نابود کنم و این جزیره رو از سیاهی و بدبختی نجات بدم.

- آره اما فراموش نکن که از خدا طلب کمک کنی چراکه افرادی که از خدا کمک می خواهند پیروز واقعی اند!

- چشم حتماً استاد خداحافظ به امید دیدار.

- خداحافظ موفق باشی

* کوروش با گرد و خاک غرورآمیز با اسبش حرکت کرد . . .

رخداد دهم : در راه (۱) ...

* کوروش بعد از طی چند کیلومتر و طی کردن راهها احساس خسته گی کرد و در سبزه زاری که در کنارش بود و برکه ای که آب زلال هم داشت توقف کرد تا کمی استراحت و تجدید قوا کند . . .

- آخ خ خ . . . چقدر راه خسته کننده ای بود ببینم آقا دیوه چه غذایی برام گذاشته اوو . . . اه چقدر غذاهای رنگو بورنگی . . .

* او شروع به غذا خوردن کرد . . . دو سه لقمه آخر بود که ناگهان صدای عجیبی از پشت بوته زار نزدیکش شنیده شد . . .

- صدای چیه؟ . . .

* سنگی برداشت و به داخل بوته زار زد در این هنگام خرگوشی از پشت بوته مربوط ناگهان پرید و فرار کرد.

- اوه . . . خرگوش شیطون چطور منو تحت تأثیر قرار داد.

* به غذا خوردن خود ادامه داد ...آخرین لقمه های غذا خوردنش بود که باز هم همان صدا آمد.

- ای بابا مثل اینکه دیو به من اشتباه گفته بود اینجا از همه بیشتر خرگوش داره . . .

* همانطور که با لبخند حرفش را تکرار می کرد و با خود گپ می زد باز هم فکر می کرد که خرگوشی پشت بوته زار است اما مثل اینکه این بار اشتباه می کرد . . .

- ای بابا اینجا هم مثل اینکه سرزمین خرگوش هاست . . . وای نه . . . خدای من این دیگه چیه؟

* یک جانور بسیار وحشتناک و عجیب و غریب که برای او ناشناخته بود از پشت بوته ها بیرون آمد رنگی کاملاً سیاه که دو دندان نیش بسیار تیز و بزرگی داشت پنجه های بزرگ برنده ،باعث شده بود آن را بیش از پیش وحشتناک کند

- این دیگه چیه؟ اینجوریشو ندیده بودم فکر کنم ار حیوانات خاص زهرآگینه!!!

* او که فقط رزم آموخته بود و تجربه رزم نداشت دست به شمشیر برد اما چون بی تجربه بود شتابزده شمشیر را از غلاف بیرون کشید و این عاملی بود برای اینکه خونسردی خود را از دست بدهد و باعث شود تیغه شمشیر به دست خودش هم اصابت کند و خودبخود بدون هیچ جنگی زخمی شود و زخم بی تجربگی را متحمل شود اما از آنجا که درنده ترین حیوانات هم با صدای مهیب پا به فرار می گذارند شانس با کوروش یار بود و آن حیوان وحشتناک و درنده هم تسلیم قوانین طبیعت شد و از صدای ناگهانی بیرون کشیده شدن شمشیر از غلاف، فرار کرد . . .

* قلبش تاپ و توپ می زد درد قابل توجهی داشت . . .

- آخ دستم چه خراشی برداشته هووف . . . البته برای شروع خوب بود . . .

* در این لحظه به خودش نصیحت مهمی می کند . . .

- چه جالب هر چیزی فقط ظاهرش مهم نیست واقعاً که باطن و اصلش هم مهمه در واقع مهم تره... اون حیوان عظیم الجثه با اون همه دبدبه و

۴۲

کبکبه با یه صدا فرار کرد اما خودم زخم بی تجربگی رو خوردم آقا کوروش دیگه شمشیرتو با استرس و عجولانه بیرون نکش البته اگر این کارو هم کردی طوری دربیار که دشمنات بترسن اما خودت آسیب نبینی!

* حالا او استاد خودش هم شده بود مثل اینکه اولین تجربه اش حسابی او را تحت تأثیر قرار داده بود.

- بهتره زودتر اینجا رو ترک کنم معلوم نیست اتفاق بعدی چی باشه خدا رو شکر که این یکی به خیر گذشت.

* تا برگشت که سوار اسبش شود که برود . . .

- اه . . . اسبم کجاست؟ . . . ای بابا اسبم یه لحظه ای کجا رفت؟

* کاملاً اطراف خودش را گشت اما اثری از اسب نبود . . . و به دلایلی نامعلوم ناپدید شد ه بود!

- آخ نه سختی هام تازه داره شروع می شه مثل اینکه اینجا بدتر از اون چیزیه که فکر می کردم نمی دونم سرانجام چی می شه امیدوارم خدای بزرگ منو کمک کنه . . .

* بعد از این اتفاقات عجیب مجبور می شود اسباب و اثاثیه اش را به کولش ببندد و پیاده به سفرش ادامه بدهد که این سختی کارش را دو چندان کرد سپس نقشه راه را در می آورد تا موقعیت و مسیر بعدی خودش را پیدا کند.همچنان سرش به کار خودش بند بود درحالی که استرس بالایی هم داشت و نمی توانست آرام باشد در حال حرکت بود اما . . .

- اوه . . . اوه . . . آخ خ خ . . . چرا گلوم اینقدر درد گرفته . . . اوه . . . اوه . . . چرا از گلوم خون میاد؟

* سرفه های خیلی شدیدی می زند درحالی که خودش علتش را نمی داند . . .

- اوه . . . اوه . . . اوه . . .

* در این هنگام پشه بزرگی از گلویش بیرون می افتد حال این پشه بزرگ چطور به داخل گلوی کوروش رفته بود خودش هم متوجه نشده بود.

- خدایا . . . این هیولای کوچیک چطور تو گلوم رفته بود؟ وای خدای من! اینجا دیگه کجاست؟!!

* ناگهان دوباره صدای آخ کوروش بلند شد!

* خرس قهوه ای بزرگی با دو چنگال خود از پشت سر ضربه و زخم شدیدی به او زد و به زمین انداخت.. کوروش شمشیرش را از غلاف با شدت اما با احتیاط درآورد و فریادی هم زد به امید اینکه این جانور هم از صدای ناگهانی شمشیر مثل دفعه قبلی که اینگونه بود بترسد اما چون خرس در حال نعره کشیدن بود صدای خاصی طنین انداز نشد او شجاعانه به سمت خرس حمله کرد و ضربه شدیدی را به طرف خرس رد کرد اما خرس عقب نشینی کرد و به درخت خشکی برخورد کرد و بدنش زخم برداشت خرس زخمی شد و بر شدت وحشی گری اش افزوده .... با چنگال های پرقدرت خود سر کوروش را هدف می گیرد و با قدرت تمام ضربه خود را وارد می کند اما اوهوشمندانه می نشیند و چون ضربه خرس سرعت و قدرت زیادی داشت بخاطر جای خالی دادن کوروش تعادل خرس به هم خورد و زمین گیر شد کوروش

زخمی شده بود و سرش گیج می رفت. با تمام وجود و فریادی بلند شمشیر را چنان به کمر خرس می زند که از شکمش بیرون می آید و مقداری از سر شمشیر هم درون خاک فرو می رود و اولین نبرد خود را شجاعانه با پیروزی پشت سر می گذارد.

* در این هنگام شمشیر خود را از کمر خرس بیرون می کشد و درحالی که آخرین نفس های گرم از دهان خرس بیرون می آید نگاهی به آن می اندازد و با خرس چشم تو چشم می شود خرس قهوه ای ناامیدانه چشمانش را تا ابد می بندد.

* البته خودش هم حال خوبی نداشت از شدت جراحت، زخمش روی زمین نشست درد شدیدی را در ناحیه کمرش احساس می کرد او که از کشتن خرس اعتماد به نفس مضاعفی گرفته بود پیش خود گفت:

- قوی باش کوروش قوی باش پسر تو نباید به همین سادگی تسلیم شی یه زخم نه تنها نباید تو رو ضعیف کنه بلکه باید روح و روان تو رو هم تقویت کنه بلند شو پسر، کوروش جلوی کسی زانو نمی زنه . . . آره . . .

* انرژی مثبتی به خود نزریق کردو شمشیر خود را به زمین می کوبد و مانند عصا از آن برای بلند شدن خود استفاده می کند شجاعانه بلند شده و اتفاقی چشمش به گل یاس زیبایی می افتد و از دیدن آن یاس زیبا لذت می برد.

* اما قضیه فراتر از این حرفاست می بیند که یاس در حال خندیدن به اوست اما ابتدا فکر کرد که شاید از شدت جراحت توهم گرفته اما بعد از دقت فراوان می بیند کـه واقعـاً گل یـاس نه تنهـا در حال لبخند زدن به اوست بلکه زبان به سخن

گشود و گفت :

- آفرین و درود بر تو مرد شجاع که می خواهی علیه ظلم قیام کنی و این کار را شروع کردی من گل یاس جنگلی ام دوست حق و دشمن ظلم احساس کردم که تو برای حق می جنگی و از ظلم بیزاری و حال زخم شدید برداشتی.

* کوروش که فوق العاده متعجب شده بود گفت :

- تو واقعاً حرف می زنی؟! آره تو حرف زدی؟!! آخه تو یک گیاهی چطور ممکنه؟!؟

- درسته که من گیاهم اما ما هم مثل شما حرف می زنیم و احساس داریم.

* او که باورش نمی شد گفت :

- آخه چطور ممکنه؟! پس چرا تا به حال تو زندگیم حرف زدن شما گیاهانو ندیدم؟!

• برای اینکه تو الان از حالت عادی زندگی خارج شدی این جزیره با دنیای شما تفاوت های زیادی داره که خودبخود می فهمی.

* یاس چنان حرف می زد که انگار در بزرگترین دانشگاه های جهان لیسانس فلسفه گرفته!

* کوروش که از حرف زدن یاس خوشش آمده بود از او پرسید :

- آره حدس می زنم تو همون یاس جنگلی ای باشی که دیو به من گفته بود آره؟!

- آره درسته حدست درست بود من آن دیو مهربان و فداکار را می شناسم حالا هم می خواهم با تمام وجود بهت کمک کنم جوان!

۴۶

- ممنونم ... ولی عذر می خوام اما شما چه کمکی می تونی بهم بکنی؟
- جانم را فدای تو می کنم.
- آخه جان من و شما که با هم ارتباطی نداره من انسانم و شما گیاه!
- نه ارتباط داره اشتباه نکن، من جانم را فدای تو می کنم.
- آخه چطور؟
- تو من را از ریشه در آوری و ریشه ام را به زخمت می مالی و زخم تو کاملاً خوب می شود.
- واقعاً؟!
- بله ای مبارز جوان حالا مرا از ریشه دربیار و آن کاری را که گفتم انجام بده وقت را تلف نکن خون زیادی ازت رفته.
- نه ای گیاه مهربان هر کسی جانش براش شیرین و با ارزشه من نمی تونم به خاطر خودم تو رو از بین ببرم.
- نه اینگونه نیست من فداکاری می کنم که بتوانم این جزیره رو از دست شیاطین خبیث نجات بدم اگر ما موجودات زنده همکاری نداشته باشیم نمی توانیم مشکلات را از سر راهمان پاک کنیم زود باش من که به تنهایی زورم به شیاطین نمی رسه تو هم همینطور پس باید دست به دست هم بدهیم تا زهرآگین و امثال آن را نابود سازیم درسته که تو ریشه مرا در می آوری اما من امیدوارم که با این کار ریشه زهرآگین و شیاطین برای همیشه سوزانده شود زود باش . . . زود باش
- نه . . . نمی تونم چطور ممکنه گیاهی به لطافت و خوبی تو رو از بین ببرم. نه امکام نداره.

- خواهش می کنم من دوست دارم در راه حق بمیرم درسته که بعضی از شما انسان

ها به ما توجهی ندارید و ما را زیر پای خود له می کنید اما ما گیاهان عاشق دوستی و مودت هستیم.

* کوروش که دید، یک گیاه چقدر احساس لطیف و با ارزشی در وجودش دارد و خود خبر نداشت به خاطر همکاری و برآورده کردن آرزوی یاس با چشمانی اشک آلود دست به سمت یاس برد تا آن را از ریشه در بیاورد و مرهم درد خود کند اما در این هنگام به یاس گفت :

- یاس عزیز درسته که با کندن تو بدنم مرهم پیدا می کنه اما از بس که بهت علاقه مند شدم روحم از نبودنت زخم می خوره . . . واقعاً که ما آدم ها باید به خودمون بیایمو . . .

- زود باش وقت زیادی نداری خون زیادی ازت رفته داری می میری چشمات بالا و پایین می ره عجله کن.

* کوروش خیلی خون از دست داده بود سرش گیج می رفت اگر بیهوش می شد ممکن نبود نجات پیدا کند یا نه. تنها راه نجاتش کندن یاس و قرار دادن ریشه آن بر روی زخمش بود کوروش ناچاراً و طبق آرزوی یاس این کارو قبول کرد و گفت :

- باشه این کارو می کنم فقط در لحظه آخر اگر خواسته ای داری بگو خواسته دیگه ای نداری؟

- فقط دو چیز کوچک..

- بفرما

- اول اینکه فراموش نکن مرگ با سربلندی بسیار بهتر از زندگی با خفت است.

* کوروش فوق العاده از حرف یاس که گیاهی بیش نبود متعجب شده بود تحت تأثیر قرار گرفت و سرش را از تعجب چپ و راست کرد و همچنان که هم سرش گیج می رفت و در چشمانش اشک بود گفت :

- بسیار خوب و حرف بعدی . . .

- وقتی مرا کندی قسمتی از ریشه مرا در خاک باقی بگذار تا نسل من از بین نرود. از بین یاس ها در این جزیره فقط من مانده ام آخر هر چه گونه های گیاهی و جانوری کم شوند کیفیت زندگی شما انسان ها پایین تر می آید.

- باشه حتماً یاس عزیز

* بعد از گفته های یاس کوروش که دیگر اشک از چشمانش کاملاً سرازیر شده بود یاس را کند و روی زخمش گذاشت و مقداری از ریشه آن را هم طبق گفته یاس در زمین کاشت و جالب این بود که سریعاً زخمش ترمیم یافت و حالش بسیار سریع بهبود پیدا کرد و چنان تأثیری گذاشت که انگار هیچ زخمی برنداشته و حتی کوچک ترین ردی هم از خود باقی نگذاشت.

رخداد یازدهم : در راه (۲) ...

* کوروش اسباب و اثاثیه خود را جمع کرد و دوباره به راه افتاد وی کماکان به این فکر می کرد که چه اتفاقی سر دوست عزیزش سیاوش آمده و در حال حاضر کجاست؟ آیا زنده است؟ آیا مرده است؟ آیا ازش بیگاری می کشند؟ خلاصه سرش چه آمده است؟ این افکاری است که هر گاه کوروش به آنان فکر می کرد عزمش برای نابودی زهرآگین و همدستانش بیشتر می شد. او با خود می گفت :

- باورم نمی شه که چطور اینجا اومدم؟ واقعاً چه فکرهایی می کردم؟ واقعاً اینجا کجاست؟ اصلاً ما کجاییم؟ چقدر در مورد تخیلاتم فکر می کردم انصافاً درسته که می گن فکر انسان رفتارش و رفتارش زندگیشو می سازه !

* او به فکر چگونگی شکل گیری این قضایا می افتد به یاد دانشگاه . . .

- همه این کارها و این قضیه های وحشتناک از آزمایشگاه شروع شد از اون باکتری . . . هی . . . ببین تصوراتم منو به کجا کشوند؟

* همینطور در حال فکر کردن و صحبت کردن با خودش بود که ناگهان تیری با سرعت از جلوی سرش رد شد و به درختی که سمت چپش بود محکم چسبید و شانس آورد که به سرش اصابت نکرد وگرنه کتاب زندگی او به همین زودی بسته می شد!

- این دیگه چی بود؟!!

* در این لحظه تیری دیگر به سمتش زده شد و به کوله پشتی اش خورد. او بلافاصله به پشت همان درختی که کنارش بود رفت و پناه گرفت.

* این تیرها از کمان های یک گروه از موجودات شبه انسانی وحشی جزیره رها شده بود. نام این گروه وحشی مارزانوآ بود . . .

- او نیم نگاهی به پشت خود کرد دید موجوداتی شبیه انسان اما با قیافه های وحشتناک و عجیب و غریب که حدود دهها نفر بودند به سمت او حمله کردند با سلاح هایی از قبیل شمشیر و نیزه گرفته تا کمان و گرز . . خونسردی خود را حفظ کرد و با خود بسیار اندک اما مفید فکر کرد چراکه زمان زیادی برای فکر کردن نداشت از طرفی تعداد وحشی ها خیلی زیاد بود و او به تنهایی نمی توانست با آنان روبرو شود.

* از داخل کوله کمانش را درآورد درحالی که وحشی ها پشت سر هم تیر به سمتش پرتاب می کردند تنها پناهگاهش همان درخت بود، درختی پیر و تنومند که به راحتی نمی توانستند او را هدف بگیرند. وحشی ها آنقدر به درخت زده بودند که تنه درخت شبیه بدن جوجه تیغی شده بود این فقط نمادی کوچک از وحشی گری مارزانوآها بود. کوروش هوشمندانه عمل کرد و حدود صدها تیر را که به تنه درخت اصابت کرده بود را دید..پیش خود گفت :

- اگر فرار کنم که کارم خیلی سخت می شه باید از همین تیرهای رو درخت علیه خودشان استفاده کنم . . .

* زمان زیادی برای برنامه ریزی نداشت چون مارزانوآها خیلی به او نزدیک شده بودند بلافاصله زره ای را که قبلاً دیو به او داده بود را از کوله اش

درآورد و جلوی خود گرفت و نیز به جلوی درخت دقیقاً روبروی مارزانوآها رفت و پشت به تیرهای چسبیده شده به درخت قرار گرفت این استراتژی خاص جنگی او به خاطر این بود که هم از جلو که زره اش قرار داشت پناه داشته باشد و هم از پشت به تیرها دسترسی پیدا کند بلافاصله زره را محکم به زمین کوبید بطوریکه زره در خاک های مرطوب جنگل به راحتی فرو رفت و با این شگرد نیز پناهگاه نسبتاً امنی برای خود ساخت بر روی زمین و با دید مناسب به مارزانوآها دراز کشید ناگهان چشمش به سوراخ بالای زره که جایی برای بستن زره به کمربند بود افتاد، تیرها را از درون همان سوراخ به سمت مارزانوآها گرفت و یکی پس از دیگری پرتاب می کرد و یکی یکی آنان را هلاک می کرد. با این شگرد هم زره پناهگاهی برایش بود و هم می توانست دشمن را هدف قرار دهد البته شانس هم با او یار بود چراکه تیرهایی را که مارزانوآها به تنه درخت زده بودند تقریباً همه آنها به سمت پایین درخت چسبیده بود چراکه می خواستند پاهایش را هدف قرار دهند و آن را زنده بگیرند برای اینکه دست پرورده زهرآگین بودند و او را زنده می خواستند. خلاصه پشت سر هم تیرها را از درخت می کند به کمان می گذاشت و پرتاب می کرد و دشمنانش را نابود می کرد. مارزانوآها هر چه به او نزدیک تر می شدند تعدادشان نیز کمتر می شد و از مردن هیچ ابایی نداشتند چراکه وحشی بودند و خوب و بد را تشخیص نمی دادند تا جایی رسید که وقتی دست به عقب خود برد دستش کاملاً به تنه درخت خود چراکه تیرهای پایین تنه کاملاً تمام شده بودند و فقط یک تیر در بالای حدود یک متری درخت بود سریعاً تیرهای خود را درآورد و مجدداً تیراندازی

خود را شروع کرد. سی تا از مارزانوآها باقی مانده بودند که به سمتش همچنان حمله ور بودند.

* سپر را از زمین درآورد و به پشت درخت رفت و سپر را به کمر خود بست که فرار کند تا از شر تیرهای مارزانوآها نیز در امان بماند ظاهراً مارزانوآها نیز آنقدر بی برنامه تیراندازی کردند که تیرهای آنان نیز تقریباً تمام شده بود شروع به فرار کردن کرد... چند تیر باقی مانده مارزانوآها نیز به سپرش برخورد کرد یکی دو تیر هم به سمت پاهای او پرتاب شد که به او نگرفت ... کماکان در حال فرار کردن بود که ناگهان به دره ای مرتفع و وسیع رسید که جایی برای فرار نبود در این هنگام نیز مارزانوآها به او نزدیک و نزدیک تر شدند یکی از تیراندازهای مارزانوآها بطور اتفاقی یکی از تیرهای پرتاب شده را که روی زمین افتاده بود پیدا کرد و به سمتش رها کرد که به پای او اصابت کرد و او را به زمین انداخت کوروش یک نگاه به تیر و یک تصور از دوستش سیاوش کرد مابین این دو حس بود که ناگهان...

رخداد دوازدهم : خشم کوروش

* کوروش که درد زیادی داشت فریاد بلندی کشید و تیر را با دست چپش از پای خود بیرون کشید به نظر می رسید که غیرت او برانگیخته شده بود و با دست راست خود نیز شمشیرش را از غلاف کشید و به سمت مارزانوآها حرکت کرد و انگار که زخمی بر پای او وجود نداشت به محض اینکه به مارزانوآها رسید همان تیری را که با دست چپش از پای خود بیرون کشیده بود با همان دست با تمام قدرت به قلب یکی از آنان فرو برد و خون سیاهی از این وحشی بیرون ریخت. احتمالاً وحشی بودن و چرکین بودن قلب و روح این موجودات خبیث رنگ خون آنان را سیاه کرده بود . . . او با شدت و قدرت تمام بطوریکه خشم وصف نشدنی داشت با این موجودات می جنگید و آنان را یکی یکی می کشت و از خود دفاع می کرد اما تعداد مارزانوآها زیاد بود کوروش دقیقاً نصف آنان را کشت و دقیقاً پانزده مارزانوی دیگر باقی مانده بود. درحالی که به شدت خسته شده بود ایـن پانزده وحشی او را محاصره کردند که در این حالت مبارزه را برایش بسیار سخت کرده بود.

* محاصره شده بود نمی دانست چه کار کند . . . مارزانوآها هم با اون چهره های وحشتناک و خبیث که از لب و دهانشان خون می چکید فقط خواستار دستگیری او بودند و البته دستور داشتند در صورت مقاومت زیاد آن را به بدترین شکل ممکن بکشند و اصلاً هم رحمی در وجودشان احساس نمی شد! کوروش در این هنگام فریاد می زند :

۵۴

- برید گمشید لعنتی ها . . . برید گمشید موجودات خبیث . . . چی از من می خواین؟ برید . . . گمشیید . . .

* اما آن موجودات شیطانی با این حرف ها دست از کار خود نمی کشیدند. مثل باران از سر و رویش عرق می چکید و استرس فوق العاده بالایی داشت اینکه چطور از این محاصره خارج شود باید سریعاً تصمیم می گرفت و بهترین و اصولی ترین راه ممکن را انتخاب می کرد اما ناگهان فکری به ذهنش رسید . . .

* شمشیر خود را به زمین زد و مقداری خار و خاشاک به چشم یکی از مارزانوآهایی که روبروی او ایستاده بودند پاشید به محض اینکه آن مارزانو چشم خود را گرفت سریعاً از کنارش گریخت مجدداً مارزانوآها او را تعقیب کردند ... از لابلای درختان عبور می کرد و هر مارزانوای که به او نزدیک می شد با شدت و جسارت زیادی او را می کشت. علی رغم چهره خشن مارزانوآها آنان از توان رزمی بالایی برخوردار نبودند و به راحتی کشته می شدند. کوروش با همین شگرد تعداد زیادی از آنان را نابود کرد و فقط چند تا دیگر از آنان باقی نمانده بودند ...به شدت نفسش بند آمده بود و نای حرکت نداشت و بسیار خسته شده بود اما با دیدن فقط چند تا از مارزانوآها روحیه گرفت و فهمید که چه شاهکاری کرده که تقریباً همه آنان را نابود کرده این دیدگاه به او انرژی داد و او نیز آنان را دنبال کرد با فریاد و خشم نیز مابقی آنان را کشت... جالب این بود آخرین نفری را که از پای درآورد نزدیک همان درختی بود که تیرهای مارزانوآها به آن اصابت و کوروش از آن درخت به نفع خود و علیه آنان استفاده کرده بود.او بعد از کشتن آنان دو دست خود را به

زانو زد تا نفسش باز شود اما ناگهان ضربه ای محکم به پشتش اصابت کرد و او را پخش بر زمین کرد به محض اینکه برگشت وحشی دیگر و قوی تری را دید که با حالتی خسته و درمانده به آن وحشی گفت :

- تو دیگه کی هستی؟

* رئیس مارزانوآها بود که بعد از معرفی خود شمشیرش را به سمتش فرود آورد. کوروش نیز با شمشیرش ضربه او را دفع کرد اما از شدت ضربه دشمن شمشیرش شکست او که هم زخمی بود و هم بسیار خسته کم کم روی زمین خزید و به عقب رفت و دقیقا به همان درخت قبلی که ظاهراً دست بردارش نبود رسید. سرش از بی حالی به عقب افتاد و روی تنه درخت قرار گرفت که ناگهان چشمش به همان یک تیری که به بالای تنه چسبیده بود افتاد اما مشکل اینجا بود که آن تیر بالاتر از جای نشستن او بود و آن دفعه هم به همین دلیل نتوانسته بود از آن استفاده کند. به نظر می رسید این درخت و این تیر برایش معنا و مفهوم خاصی داشت . دفعه قبل که تیراندازی می کرد مهاجم بود و سالم اما الان مدافع هست و زخمی اما با این حال به محض اینکه سردسته مارزانوآها شمشیر را بالا گرفت تا ضربه نهایی و مرگ آفرین را به او بزند با پای سالمش به زیر پای وحشی زد و آن را به زمین انداخت سریعاً بلند شد تیر را از تنه درخت کند و در یک چشم بر هم زدن آن تیر را به مغز آخرین مارزانو زد و این جنگ بسیار سخت و نابرابر را پایان داد اما خود نیز باز هم حال خوبی نداشت و از شدت خستگی و خونریزی از ناحیه پا از حال رفت!

رخداد سیزدهم : رؤیای عجیب کوروش و ملاقات عجیب تر

* کوروش که دیگر بیهوشی برایش تکرار شده این بار در این عالم ..رؤیایی می بیند . . .

- کوروش دوست عزیز . . . خواهش می کنم . . . منو نجات بده . . . در رنجم . . در مشقتم نه تنها من بلکه همه چیز در مشقته . . .

* سیاوش ناله ای عجیب می کرد و همچنان در رؤیای کوروش به این ناله ادامه می داد . . .

- اگر دیر بجنبی یا سست عنصری کنی همه جا از شیاطین پر می شه درسته تو دنبال اژدها اومدی . . . اینجا اژدها هست . . . اینجا اژدهایی است که هیچ چیزی اونارو هدایت نمی کنه بجنب کوروش . . . نه . . . آخ . . . نه . . .

* کوروش بعد از چند سرفه و دو سه بار پلک زدن چشمانش را باز می کند و از رؤیایی که دیده بود به شدت متعجب شده و خود را در مقابل موجود عجیب و غریبی می بیند . . .

- تو؟؟!

- آن موجود عجیب و غریب با لبخندی معنادار می گوید :

- من از دوستان دیوم. همان دیوی که چند وقت پیش مشابه همین حالت رو پیشش تجربه کردی.

* کوروش با جسارت گفت :

- اسمت چیه؟

- دلبر هشتم.

* کوروش پوزخندی زد و گفت :

- ببخشید . . . جالب شد چه اسم عجیبی؟ . . . چه ارتباطی بین خودت و اسمت وجود داره.

- همانطور که گفتم از دوستان دیوم و از طرف اون نماینده ام تا برای هر کسی که می خواد در راه ظلم در این جزیره قیام کنه دختری زیبا و خوش سیرت را از همین جزیره و از دوستان خودمون... البته با رضایت قیام کننده نه به اجبار به ازدواجش درآورم از آنجا که من هشتمین نفری هستم که این وظیفه رو به عهده گرفتم به دلبر هشتم شهرت یافتم..

- یعنی الان شما می خواهید به من زن بدید؟! با اینکه مرد هستی ولی این کارت شبیه خانومهاست

- آره البته به رضایت خودت دلیلش هم اینه که وقتی ازدواج کنی نیروهای روانی و آرامش تو افزایش پیدا می کنه و انگیزه ات برای زندگی و براندازی ظلم بیشتر می شه . .

* کوروش با ابرو انداختن به بالا تعجب خود را ابراز کرد و در فکر فرو رفت و بعد از چند لحظه گفت :

- ببخشید خارج از بحث ازدواج اینا به من بگو چطور منو به اینجا آوردی؟ و چطور من زنده ماندم؟ اصلاً از کجا فهمیدی که من بر اثر خونریزی شدیدی که از جنگ برداشته . . .

* حرف هایش تمام نشده بود که دلبر هشتم گفت :

- آقا کوروش عجله نکن . . . باشه می گم . . . پس با دقت گوش کن.

* کوروش با کشیدن نفسی عمیق سعی در بلند شدن از رختخواب می کند و در بستر می نشیند و با حالتی خاص که ناشی از رنجی بود که از زخم دیده بود گفت :

- من سراپا گوشم بفرمایید.

- در تمام این جزیره بز شش شاخی وجود داره که تمام اخبار این جزیره رو به ما اطلاع می ده. این بزها تنها جاندارانی هستند که توسط افراد زهرآگین به عنوان دشمنان شناسایی نشده و این بز اطلاعات رو به مقر مخفی ما در جزیره اطلاع می ده!

* کوروش کاملاً شگفت زده شد و گفت :

- آخه چه جوری؟

* دلبر هشتم با خونسردی دوباره گفت :

- برای اینکه زهرآگین از ماده خاصی که در شاخ های این بز هست وحشت داره و به هیچ وجه خودش به این بز کاری نداره.

* کوروش به سرعت پرسید :

- چرا مگه چی داره که زهرآگین ازش می ترسه؟

- هیچکس نمی دونه.

* کوروش سر خود را پایین انداخت و به زمین خیره شد چراکه اینجور چیزها را تا به حال در زندگی خود نشنیده بود و باز پرسید :

- خب پس این بز بود که خبر جنگ منو به تو رساند؟

- آره دقیقاً

- خب پس چرا کمکم نیومدید؟

- نمی تونستیم.

- چرا؟

- چون هنوز برنامه خاصی برای جنگیدن نداریم و فعلاً در حال برنامه ریزی هستیم. اگر بی برنامه در هر کاری عمل کنی حتماً شکست می خوری و ما هم این کارو انجام ندادیم.

- بسیار خب حالا تو اینجا تنهایی؟ راستی من کجام؟ منو چه جور اینجا آوردین؟

- اینکه چه جور تو رو اینجا آوردیم خب معلومه با اسب بعد از پایان جنگ و اعلام اخبار توسط بز به ما و سپس بز شش شاخ راه را به ما نشان داد و تو رو اینجا آوردیم اما اینکه کجا هستی می تونی بری بیرون و مقر اطلاعاتی ما رو ببینی.

- آها راستی یادم رفته بود آره گفتی که پایگاه اطلاعاتی شماست با این حال مشتاقم یه گشتی داخلش بزنم اشکال که نداره؟

- نه . . . بیا با هم بریم تا یه چیزایی نشونت بدم.

* کوروش در اتاق خود را باز کرد و بیرون از آن رفت اتاق های عجیبی را دلبر هشتم به او نشان داد کوروش نیز از تلاش آنان برای قیام علیه زهرآگین ظالم لذت برد . . .

* دلبر هشتم به کوروش گفت:

- ای قهرمان جوان ای کوروش ظلم ستیز ای دلیرمرد دوست دارم تو رو به محل های دیگر این مقر ببرم دوست دارم بیشتر با ما مقر ما آشنا شی . . .

- من شایسته اینقدر تمجید نیستم..... ولی کاملاً موافقم با مقر شما بیشتر آشنا شم. . .

- خوبه . . . دنبالم بیا قهرمان

رخداد چهاردهم : سیری دقیق تر از مقر مخفی

* دلبر هشتم که از شجاعت های کوروش در نبردهای اخیر لذت برده بود گفت :

- می خوام تو رو به اتاقم ببرم البته بعد از اینکه خوب مقر ما رو دیدی.

- باشه

- دنبالم بیا

* کوروش با شگفتی دور و اطراف خود را نگاه می کرد تعداد زیادی نیرو، اسلحه خانه های فراوان ،حیوانات عجیب و . . . حسابی توجه اش را جلب کرده بود. او با توجه به اینکه اسلحه خانه ها تماماً سلاح های سرد بود و البته هر چه تا الان در آن جزیره استفاده شده از سلاح های سرد سنتی شمشیر نیزه کمان و . . . بود در فکر و تأمل فرو رفت چراکه وقتی در شهر خودش بود نظامیان و یا هر کس دیگه ای که مسلح بودند از سلاح های گرم استفاده می کردند حال این تغییر تسلیحاتی به مدل های پایین تر برایش تأمل برانگیز بود که گفت :

- دلبر می گم سؤالی برام پیش اومده.

- بپرس

- چرا با توجه به پیشرفت تکنولوژی و این همه سلاح های گرم مدرن و جدید اینجا هنوز از سلاح سرد استفاده می شه و کسی سلاح گرم نداره؟

البته این سؤال زمانی که دیو هم به من سلاح سرد داده بود پیش اومد اما فراموش کردم بپرسم.

- چون سلاح گرم اینجا اصلاً کار نمی کنه . . . چون نیرویی به نام نیروی پنهان در این جزیره وجود داره که عملاً سلاح گرمی کار نمی کنه و حتی هر سلاح گرمی که به این جزیره میاد خودبخود نابود می شه این کار حدود چهار هزار سال قبل توسط ماهورای جوان که قدرت پیش بینی آینده را در آن زمان بدست آورده بود به منظور کمک به قهرمانان آتی که الان شما باشی و امثال شما پایه گذاری شد. ماهورای جوان قهرمان آن زمان بود که علیه شیاطین آن زمان قیام کرد که البته موفق نشد و سپس کشته شد این راز چگونگی خنثی سازی سلاح های گرم توسط ماهورای جوان در تمام زمان های این جزیره هنوز کشف نشده . . .

* کوروش که دیگر از عجایب این جزیره شگفت زده نمی شد و برایش عادی شده بود گفت :

- منظورت اینه که از هزاران سال قبل هم در این جزیره شیاطین بوده اند؟

- آره دقیقاً

* دلبر هشتم قضیه رو کاملاً عوض می کند و به کوروش می گوید :

- راستی نگفتی نظرت برای ازدواج چیه؟

- حالا چطور یه دفعه از این موضوع یادت اومد؟

- به هر حال از مهمترین وظایف من همینه.

- من زیاد فکر کردم . . . الان نه . . . نباید ازدواج کنم. من احتمال می دم با کشتن زهرآگین و پاکسازی این جزیره از شیاطین جشن آزادی بزرگی برپا

کنم اون وقت ازدواج هم می کنم البته نه در این جزیره بلکه با برگشتن به

شهر خودم و با رضایت خانواده ام . . . من خانواده دارم . . . راستی . . . گفتم

خانواده ..نمی دونم اونا الان چقدر نگرانم هستن!

- باشه . . . اصراری نیست که الان ازدواج کنی ، ما به نظرت احترام می ذاریم

اما نگران خانواده ات نباش زمانه اینجا با شهر خودت فرق می کنه . . .

- یعنی چی فرق داره؟

- یعنی همین . . . فرض بر اینکه برگردی و دوباره به شهرت برسی شاید

حدود یک روز خودت باشه درحالی که اینجا ممکنه صدها سال برات تلقی

شه!!

- وای خدای من! اینجوریشو دیگه ندیده بودم یعنی من واقعاً کجام؟

* کوروش اندکی به فکر فرو رفت سپس دلبر هشتم به او گفت :

- خیلی خب بسه دیگه حالا بیا تا تجهیزت کنم تا برای قدم های بعدی

جنگ هایت آماده شی . . .

- قطعاً راه سختی در انتظارته . . .

- چه جور تجهیزاتی؟

- یه سری تجهیزات جنگی... ضمناً یک لوحی را به تو وصل می کنیم که هر

جا باشی

ما از تو خبردار می شیم و بهتر می تونیم بهت کمک کنیم.

- چرا باید شما از من خبردار باشید؟

- تو چه بخوای چه نخوای از این به بعد سرباز ما هستی چون برای حق می

جنگی . . .

- اگه دوست نداشته باشم سرباز شما باشم چی می شه؟

هیچی . . .

- یعنی چی؟ هیچی!

- یعنی ما تو رو وادار نمی کنیم که سرباز ما باشی اما اگه نباشی . . .

- نباشم چی؟

- کشته می شی

* کوروش تصور کرد که اگر دعوت گروه دلبر هشتم را قبول نکند کشته خواهد شد نوعی جبری گری را از سوی آنان استنباط کرد بلافاصله شمشیر خود بیرون کشید و بر گردن دلبر هشتم قرار داد و احساس کرد که وی از دشمنانش است و گفت :

- چرا باید کشته بشم؟ اگه شما از سپاه حق هستید نمی تونید کسی رو اجبار به کاری کنید.

* دلبر هشتم با خونسردی تمام گفت:

- تو اشتباه متوجه شدی و اشتباه برداشت کردی.

- هیچ اشتباهی در کار نیست تو از دشمنان ما هستی و از دست نشانده های زهرآگین خبیث

- کوروش، شمشیرتو کنار بذار، داره اشتباه می کنی

- ساکت شو خائن . . . یا اعتراف می کنی ، یا همین جا خونتو می ریزم تا بفهمی که کسی نمی تونه منو فریب بده

- هر جور می خوای فکر کن اما قبل از هر چیز به دستم نگاه کن

۶۵

* دست دلبر هشتم روی یک جسم کره مانند کوچکی بود که به کمرش نصب بود . . . کوروش پرسید:

- خب که چی؟ اون چیه؟

- اگه دستمو روی این بذارم ، نیروهای من به این جا می آن و اعلام خطر را درک می کنند در نتیجه تو رو با کمان تیر باران می کنند . . . پس عاقل باش و عاقلانه عمل کن

- هیچ غلطی نمی تونی کنی. . .خائن

* دلبر هشتم ، دست خود را روی کره گذاشت و بطور مرموزی ، نیروهای زیادی مثل مور و ملخ و همگی کمان دار به آنجا آمدند همه و همه کوروش را محاصره کردندو منتظر دستور دلبر هشتم شدند

* کوروش باورش نمی شد که حرف دلبر هشتم، درست از آب در آمده است.

* دلبر هشتم به کوروش خیره شدو حتی یک پلک هم نزدو به او گفتد:

- خب، چی میگی ؟ کوروش قهرمان

- فقط می گم که خیلی کثیفی

* دلبر هشتم به هیچ وجه پلک نزد ، کوروش نسبت به این عمل او، کنج کاو شد در این هنگام دلبر هشتم ابتدا به کوروش گفت:

- شمشیرتو بنداز

* کوروش که چاره ای نداشت، این کار را انجام داد، سپس به سربازانش گفت:

- برید، مشکلی نیست، خودم حلش میکنم

* سربازها با همان سرعتی که آمده بودند با همان سرعت رفتند و بعد از این که آنان رفتند دلبر هشتم شروع به پلک زدن کرد و خطاب به کوروش. . .

- نمی خوای دست از کارت برداری و بدبینی تو از ما دور کنی؟

- تا هویتتو نفهم . . . نه و اگه کشته ام شم باز هم مقابل دشمن زانو نمی زنم

- شجاعتتو تحسین میکنم اما ، حالا تو به حرف من گوش کن که بدانی ، اشتباه حرفمو برداشت کردی

- میشنوم؟

- منظور من از کشته شدنت این بود که اگر ما تو رو راهنمایی و یا تجهیزت نکنیم ، از آن جا که راه سختی در پیش داری حتماً توسط افراد زهرآگین کشته می شی.منظوره من این بود نه جبری گری امیدوارم حرفمو باور کنی،اگر چه به نظره من بهت ثابت شد

- باید باور کنم؟

- بله کوروش باور کن..

* کوروش فهمید که سوء تفاهمی پیش آمده سپس از دلبر هشتم پرسید:

- پس چرا سربازهایت را خبر کردی؟

- برای این که بدانی ما مقتدریم و دروغی در کار نیست

- چرا اون لحظه ای که سربازهات منو محاصره کرده بودند، به من خیره شدی و پلک نمی زدی؟

- انصافاً که باهوشی ، آفرین، برای این که سربازان من در این جور مواقع یک چشمشان به پلک های من و یک چشمشان به دشمنه!

- خب؟

- سربازان ما در این گونه مواقع فقط منتظر پلک زدن من هستند که بلافاصله دشمن را تیر باران کنند، بطوری که با این روش حتی دشمن، توانایی حدس زدن هم برای حمله ی ما نداشته باشه، اگه من پلک می زدم تو رو تیر باران می کردند در حالی که من طبیعتاً نمی خواستم که تو کشته بشی

* کوروش از این تکنیک های رزمی لذت برد و به تجربه های خود اندوخت . . . و از دلبر هشتم عذر خواهی کرد البته دلبر هشتم نیز به او گفت:

- ایرادی نداره، یک مبارز همیشه باید آماده باشه و تو این طور بودی، خوبه. .
.

* سپس دلبر هشتم کوروش را مسلح کردو لوحی را نیز به او داد ودرباره آن گفت:

- این لوح را بگیر و از خودت دور نکن ومراقب باش گم یا نابود نشه، ما با این لوح موقعیت تو رو می فهمیم و می تونیم بهت کمک کنیم.

- بله، بسیار خوب.

* ضمناً دلبر هشتم نقشه ی قلعه ای را به کوروش می دهد که به آن جا رود و طبق برنامه قلعه را فتح کند، البته با کلی برنامه های از پیش تعیین شده و حرفه ای ، دلبر

هشتم آخرین توصیه های خود را به کوروش می کند. . .

- کوروش . . .باند آبی ای که روی لوح هست را هر گاه لمس کنی می توانی با ما ارتباط برقرار کنی این لوح اسرارآمیز است، پس هر وقت احساس کمک

کردی یا سوالی داشتی باند آبی روی لوح را لمس کن تا صدای مارا دریافت کنی

- وای...عجب چیز جالبی!باشه

- موفق باشی... امیدوارم به اهدافت برسی، اول پیداکردن دوستت بعد آزادی جزیره

- نه...اول آزادی جزیره .بعد دوستم...اهدافم والاتر شده ! و دوست دارم برای حق بجنگم من هدفمو معنوی تر کردم

- خوشحالم، عالیه...

- پیروز باشی

- ممنونم، خداحافظ

- خداحافظ دلاور

رخداد پانزدهم : نزدیک به قلعه

* کوروش بعد از سفری نسبتاً طولانی ونسبتا امن که البته از طریق نقشه های اسرارآمیزی بود که از طرف پایگاه دلبر هشتم گرفته شده بود، نزدیک به قلعه ای می شود، در این هنگام حدس می زند که این قلعه، همان قلعه ای است که دلبر هشتم به اوگفته بود... در این هنگام لوح را درآورد، باند آبی را لمس کردو صدای در خور توجهی ازآن ـمو و گفت...

- سلام، کوروش سؤالتو بپرس؟

- سلام، توکی هستی ؟

- من فرمانده پایگاهم، همان پایگاهی که که تو رو مجهز کردیمو این لوحو دلبر هشتم بهت داد،...فرمانده ماهان هستم

. . . - فرمانده اون پایگاه شما بودید؟

- بله کوروش جوان

- پس چرا سعادت آشنایی با شما را نداشتم؟

- این دیگه بحث امنیتیه . . . سؤالتو بپرس؟

- من نزدیک یک قلعه ام، طبق نقشه ای که دادید پیش آمدم، فکر کنم درست آمدم

- قلعه چه شکلیه؟

* کوروش، نوع، شکل و موقعیت قلعه را گفت . . .

- آره،درسته دلاور جوان ، اسم این قلعه، "کارامدرانا" ست.

۷۰

- خوب، حالا باید من چیکار کنم؟

- باید یه جوری خودتو، داخل قلعه ببری و هر جور هست داخلش نفوذ کنی، بعد زندانیها رو آزاد کنی و به انبار تجهیزات ببری و سپس جنگ و فتح قلعه.

. .

- چی؟!! من تنها؟!! آخه چطور ممکنه؟

- این قلعه خیلی عجیبه ما نمی تونیم ، سربازی برای تو بفرستیم اگر فقط لحظه ای اشتباه کنیم، کلک هممون کندست . . .

- آخه چرا؟ . . . من تنها چطور باید نفوذ کنم؟

- این دیگه به هوش و ذکاوت، اراده و رزم تو بستگی داره . . .

- شوخی میکنی! آخه چرا نمی تونید به من سرباز بدید؟ من فکر می کردم شما منو با فرستادن سربازها و نیروهاتون، حمایت می کنید؟!

- متأسفم اگه سربازهامو حرکت می دادم که به تو ملحق شن، جاسوسان زهرآگین در این جزیره حتما خبر دار می شن، آخه از مقر ما به هیچ وجه نمیشه نیرویی را علیه زهرآگین به قصد فتح قلعه ی کارامدرانا فرستاد، اگه موفق بشی و قلعه را فتح کنی بعدش می تونیم برات سرباز بفرستیم، اما الان به هیچ وجه، تنها راه فتح این قلعه ، همینه که گفتم، تنها و با هوش وارد قلعه بشی بعد با آزادی زندانیها و تجهیز آنان علیه دشمن بجنگی، اطلاعات قلعه رو در نقشه های بعدی هست، می تونی ببینی و ازش در جهت فتح کارامدرانا استفاده کنی . . .

- باشه . . . ظاهرا چاره ای ندارم

رخداد شانزدهم : نبرد خونین (۱)

* کوروش به راه می افتد . . . و از آنجا که راه سختی رادر پیش دارد، دائم به خود امید میدهد،کم کم به قلعه ی کارامدرانا که قلعه ی مخوفی بود نزدیک می شود . . . از پشت بوته های بلندی که آنجا بود به قلعه نگاهی می اندازد و متوجه عظمت قلعه و سربازای زیادش می شود، فقط در جلوی در ورودی حدودبیست نگهبان قوی هیکل، در حال نگهبانی بودند، او همینطور در حال نظاره کردن قلعه بود که چیزی، توجهش را کاملاً جلب می کند . . .

- عجب مجسمه های بزرگ و عجیبی، . . . مثل این که تکان هم می خوره . .
.

* بعد از دقت بیش تر متوجه چیز عجیب و غریبی شد . . .

- خدای من !!! خدای من !!، اون مجسمه ها . . . اونا؟!!

* آنها مجسمه نبودند دو موجود عظیم الجثه و غول پیکر که ظاهراً نگهبانان اصلی قلعه بودند

* کوروش آن قدر متعجب شد که نمی دانست،چه بگوید.

- آخه چطور ممکنه، . . . دوتا غول شبه انسان!اما نه اونادقیقاً هم مثل آدم نیستن . . . تورو خدا چه هیکل های بزرگی دارن . . . این جزیره چه خبره؟!! تو این جزیره چی میگذره؟!!کارم سخت شد،حالا باید چطور از پس این دو تا بر بیام. . .البته نه!

* کوروش عزم خود را جزم می کند و مشت خود را محکم به زمین می زند و می گوید:

- هر کی هستن، براخودشونن . . . آره،من کلک همشونو می کنم . . . انسان هر چه که بخواد می تونه . . .

* بعد از اراده پولادینی که از وجودش سرچشمه گرفته بود با قدم های محکم به قصد فتح قلعه می کوشد . . . دراین هنگام پشت تپه ای که دقیقاً روبروی در ورودی قلعه بود مخفی می شود و اوضاع را تحت کنترل می گیرد،سپس کمان خود را در می آوردو با دویست تیری که از طرف مقر فرمانده ماهان به او داده شده بود،آماده تیراندازی می شود.به نظر می رسد او واقعاً قصد جنگیدن دارد امّا چگونگی آن نیز به روش های جنگی مربوط میشد . . . تیرها را درکمان گذاشته بود و با دقت بسیار زیاد شروع به تیراندازی به سمت نگهبانان قلعه کرد البته موقعیت و استقرارش آن قدر هوشمندانه بود که هم به قلعه اشراف داشت هم نگهبانان را زیر نظر و هم خود مخفی بود.

* چند نگهبان قلعه به هلاکت می رسند امّا چند تا از تیرها هم به خطا رفت بعد از چند لحظه از تیراندازی،صدای مهیب"ویز ویزی" توجهش را جلب کرد، این صدا از یک زنبور بزرگ حکایت می کرد که پشت سرش بود . . . کوروش خشکش زد که این زنبور چقدر بزرگه . . . بلافاصله کمان خود را به سمت زنبور گرفت، زنبور به سمتش حمله کرد امّا او مغز زنبور راتیرباران کردامّا هیچ عکس العملی از زنبور دیده نشد، زنبور غول پیکر دوباره به سمتش حمله کرد و نیش خود را در آورد، فقط نیش زنبور به تنهایی اندازه

یک نیزه می شد! نیش زنبور به سمتش آمد امّا با شمشیرش از خود دفاع کرد و ضربه ای محکم به سر زنبور زد که سر زنبور از تنش جدا شد، کوروش که نمی دانست چه قضایایی ممکن است پیش روی او باشد . . . کاملاً مضطرب بود.

* دوباره به تیر اندازی خود ادامه داد . . . نگهبانان زیادی را به هلاکت رساند . . . تقریبا تمام تیرهای کوروش پرتاب شده بودند بغیر از دو - سه تیری که خراب بودند و کارایی نداشتند، امّا او همان تیرها را هم داخل کمان گذاشت و آنقدر هوشمندانه و با دقت فراوان آنان را به سمت چشمان نگهبانان دیگر هدف گرفت و پرتاب کرد، اگرچه این چند تا تیر برندگی نداشتند امّا باعث کورشدن دشمن شد او که تقریبأحرفه ای شده بود بی گدار به آب نمی زد، و کاملاًمسلط، تمام تیرهای خود را به نفع پیروزی خود که منجر به کشته شدن تعداد بسیار زیادی از نگهبانان شد، استفاده کرد، بعد از این تیراندازی حرفه ای، متوجه صدای سرسام آوری شد، این صدا مربوط به شیپورهایی بود که افراد دیگر قلعه به صدا در آوردند.ابتدا تصور کرد که این رخداد، اتفاق عادی است چرا که طبیعتاً هنگام جنگ شیپورهای جنگی به صدادر می آیند؛امّا مثل این که حدسش غلط بود، چرا که با این شیپورها همان دو غول نگهبان بمنظور نابودی دشمن رها شدند!

- فکر کنم توی دردسر افتادم . . .اون دو تا غول رها شدند، فکر کنم دنبال من اند. . .آره، دنبال دشمنشون می گردن، چقدر بزرگ اند! این جوریشو حتی تو خواب هم ندیده بودم!! باید موقعیتمو عوض کنم، وگرنه معلوم نیست،چه بلایی سرم بیاد. . .

* غول های آدم نما در حال گشتن بودن تا دشمن را پیدا کنند.. . البته با آن هیکل بزرگ سرعت عمل قابل توجهی داشتند ، گاهی اوقات به هم می خوردند و یکی از آنان در یک لحظه به زمین خورد و گرد وخاک زیادی را بلند کرد و زمین را لرزاند!

* کوروش هم موقعیت خود را سریع و دائم تغییر داد تا مبادا، گیر برود، امّا گاهی اوقات هم وقتی می دوید، تعادلش به سبب حرکت غول ها که وزن زیادی داشتند و باعث لرزش زمین می شدند، به هم می ریخت . . .

* او بعد از چند تعویض موقعیت ، بالاخره پشت یک درخت عظیم که میوه های منحصر به فردی داشت، مخفی شد،غول ها کماکان در حال گشتن بودند، که یکی از آن دو، که کچل بود به غول دیگری که بر عکس آن،موهای پریشان و بلندی داشت با صدایی رعب آور گفت:

- فایده نداره. . .معلوم نیست کجا در رفت، باید به قلعه برگردیم، دفعه بعد که دیدیمش خودم درسته قورتش می دم

* غول مو بلند که قدش از غول کچل هم بلند تر بود، در جواب گفت:

- آره موافقم، امّا مثل همیشه باید قبل از برگشتن به قلعه، چیزی بخوریم. . .

* این دو غول به دلیل جثه و وزن زیادی که داشتند بعد از مأموریتی حتی ناچیزباید غذای فراوان می خوردند تا انرژی از دست رفته جبران شود، جالب این جا بود که این دو طوری بودند که چه کم و چه زیاد فعالیت می کردند،همیشه به یک اندازه غذا می خوردند . . . غول کچل مجدداً گفت:

- من میگم بریم از غذاهای آشپزخانه قلعه بخوریم

- نه کند ذهن،مگه نمی دونی توی قلعه بخاطر کثرت زندانیها،غذا جیره بندی شده. . .

* کوروش تمام حرف های آن دو را به جهت کسب اطلاعات بیش تر، کاملاً زیر نظر دارد

* غول کچل . . .

- خب، پس بریم از میوه های درخت "کواشرناس"بخوریم

- اگه تو زندگیت یه حرف درست حسابی هم زده باشی، همینه

* کوروش که حواسش از حرفای آن دو غول،پرت نمی شد، پیش خود می گفت:

- درخت کواشرناس چیه؟تا بحال اسمشو نشنیدم، بهتره پشت همین درخت بشینم تا از شرشون خلاص شم

* سپس بـه درخت تکیه داد، بطوری که پشت به قلعه بود، امّا لحظه به لحظه به شدت

لرزه ها اضافه میشد!، ابتدا فکر کرد،زلزله ای در کار است امّا بعد فهمید که . .
.

- فکر کنم،زیر همون درختی که مد نظر اونا بود نشستم، عجب بد شانسی ای!!

* امّا تا تصمیم گرفت از جای خود بلند شود و تغییر موضع بدهد غول ها به آن جا رسیدند، *غول کچل!

- عجب میوه های رسیده ای

* غول موبلند که خشن تر بود. . .

- بجای این که این قدر حرف مفد بزنی، زودتر بخور باید بریم

- خیلی گشنمه

- بسه دیگه این قدر حرف نزن،مفدخور

* بار دیگر شیپورهای قلعه به صدا درآمد. این صدا مربوط به برگشتن غول ها بود، طبق قوانین قلعه، هر وقت شیپورها به صدا در می آمدند، اگر غول ها خارج از قلعه بودندباید به آن جا بر می گشتند، غول کچل گفت:

- لعنت بر شانس، باز این صدای مسخره درآمد، امّا من نمی تونم، خیلی گشنمه

- ساکت شو، مجبوریم بر گردیم، چاره ای نداریم، مگه نمی دونی اگه بر نگردیم فرمانده ما رو زنده زنده، می سوزونه

* غول کچل با ناامیدی. . .

- خب، بریم

* کوروش قبل از رسیدن این دو غول سریع به بالای درخت رفته بود و در میان شاخه ها مخفی شده بود امّا بر حسب اتفاق یکی از شاخه هایی که روی آن بود شکست، این شاخه روی شاخه های دیگر افتاد،و میوه هایی که روی آن بود نیز به سر غول موبلند افتاد، در این هنگام گفت:

- تو هم متوجه شدی؟

- چیو؟

- ریختن میوه هارو؟

- خب، فصل پاییزه دیگه میوه ها می ریزن

- ابله، فصل پاییز برگ ها می ریزن نه میوه ها

- خب که چی؟

- برو ببین روی درخت چی بود؟

* سپس نگاهی اجمالی به درخت انداخت و گفت :

- چیزی نبود

* ناگهان غول مو بلند. . .

- بگیرش

- چیو؟

* کوروش بلافاصله به پایین درخت پریده بود و درحال فرار کردن بودکه غول مو بلند او را دیده و با متوجه کردن غول کچل، به دنبال کردنش پرداختند. . .

* کوروش همان طور که فرار می کرد، شمشیر خود رابیرون کشید. . .

* غول کچل که به کوروش نزدیک تر بود، زودتر به او رسیدو تا دست خود را به سمت کوروش برد، او با یک ضربه ی سخت، انگشت آن را قطع کرد، غول کچل فریاد بلندی زد طوری که افراد قلعه مطلع شدند و فرمانده قلعه که "اژدرخان" بود، حدس زد که غول ها در تعقیب دشمن، دچار دردسر شده اند در این هنگام به نظامیان خود دستور داد تا سریع به محل بروند و تا دشمن را دستگیر نکرده اند به قلعه بر نگردند. . .

* کوروش به سرعت در حال فرار کردن بود، در این لحظه، نظامیان زیادی از داخل قلعه با نظم و آرایش جنگی خاصی بیرون آمدند، نکته ای که برای کوروش از همه بیش تر نگران کننده بود، تادندان مسلح بودن آنان بود. . .

* او که دیگر نای دویدن نداشت، ناگهان چشمش به برکه ای کوچک افتاد، امّا فرصت زیادی برای تصمیم گیری نداشت، غول موبلند که چابک تر بود لحظه به لحظه به او نزدیک تر می شدو چند قدمی دیگر با او فاصله نداشت که معلوم نبود بعد از دستگیری اش چه بلایی به سر او خواهد آمد، کوروش برای پریدن به برکه فکر می کرد امّا هر چه بیش تر فکر می کرد غول به او نزدیک تر می شد،دیگر نزدیک بود که تمام آرزوهایش، به باد برود، فقط فاصله ی بسیار کمی مانده بود تا غول دستش به کوروش برسد امّا فاصله ی کوروش به برکه بیش تر از این نسبت بود، او دل را به دریا زد و پیش خود گفت:

- اگر نپرم،غول منو می گیره، امّا اگه بپرم ممکنه عمیق باشه و نتونه منو بگیره، بالاخره عقل میگه باید بپرم

* که ناگهان شمشیر خود را به زمین کوبید و خود را به سمت برکه پرتاب کرد که البته ناخن غول مو بلند به پشت لباسش گرفته و لباسش را پاره کرد امّا. . .

* این بار خوش شانس بود وبرکه عمیق بود . . . امّا این احساس رضایتش زیاد هم دوام نداشت چرا که برکه آن قدر عمیق بود که ته آن مشخص نبود!!امّا او خیلی زرنگ تر و چابک تر از این حرفا بود، بلافاصله به سمت دیواره ی برکه رفت و خود را به آن جا نگه داشت تا پایین نرود، این برکه علی رغم عمق زیاد عرض کمی داشت.امّا این شیوه هم نهایت یکی – دودقیقه کارساز بود و بعد از این مدت، او نیازمند نفس گرفتن می شد و مجبور بود برای جلوگیری از خفگی به سطح آب برگردد که اگرمی رفت باز

همان قضیه های قبلی تکرار می شد، دیگر نفس بند آمد، مجبور شد به سطح آب برگردد تا نفسی دوباره حبس کند، امّا بلافاصله بعد از این که به سطح آب رسید، دشمنانش سریع با نیزه دور سرش را محاصره کردند او که متحیر شده بود، معلوم نبود که چگونه می خواست از این مخمصه رهایی پیدا کند و ظاهراً گیر افتاده بود . . . دراین هنگام غول موبلند گفت:

- کی هستی؟ و از کجا آمدی؟

- من مسافرم و برای شکار آمدم

* غول موبلند با خشونت پرسید:

- دروغ میگی . . . از این جا بیرون بیا و فکر فرار هم به سرت نزنه

* ظاهراً کوروش نقشه ای درسر می پروراند، به نظر می رسید بوته های لوله ای مانندی که در جداره های برکه در زیر سطح آب روییده بودند، مرتبط با نقشه ی او بودند . . . بوته هایی با ساقه های لوله ای بسیار بلند و البته نازک که رأس آنان به روی سطح آب ختم می شد و نمایی شبیه به جلبک ها را به سطح برکه می داد. . .

* بعد از آن که غول موبلند دستور خروج کوروش از برکه را داد، در همان لحظه کوروش بلافاصله مجدداً به عمق آب برگشت و فرار کرد امّا نیزه ای به سمت او پرتاب شد که بازوی او را زخمی کرد امّا او یکی از آن بوته ها را کند، رأس بوته به سطح آب بر می گشت ته آن را به داخل دهان خود گرفت و با این شیوه قصد نفس گرفتن از بالای سطح آب را داشت و البته موفق نیز شد. . .

* غول مو بلند که گشنگی به آن فشار آورده بود . . . . با دیدن خون در آب که ناشی از زخمی شدن کوروش بود، تصور کرد که او کشته شده و دستور داد نظامیان آن جا را ترک کنند که نتیجه ی فشار گرسنگی اش بود!وگرنه این غول خیلی سمج تر این حرفا بود. . .

* کوروش درون آب، با چشمانی باز در حال نگاه کردن به سطح آب بود و با دیدن رفع سایه ی نظامیان، احساس کرد که دشمنانش آن جا را ترک کردند با احتیاط شروع به بالا رفتن به سطح آب کرد که ناگهان قبل از رسیدنش به سطح آب موجودی او را گرفت و به داخل غاری بزرگ که در جدار همین برکه بود ،برد.. جالب این بود که آبی به داخل غار نمی ریخت!!

* آن موجود بعد از آن که او را به آ ن جا برد خود نیز به داخل غار آمد، کوروش با پای خود ضربه ی محکمی به سینه ی آن موجود که البته بسیار بسیار شبیه به انسان بود و تنها تفاوتش اتصال انتهای موهایش به کمرش بود، نیز زد و آنرا پخش زمین کرد کوروش که نه تنها شمشیر، بلکه تمام تسلیحاتش به داخل آب ریخته بود و هیچ چیز نداشت به سمت اورفت امّا آن موجود نیز گفت:

- صبر کن. . .

* کوروش با شجاعت گفت:

- تو کی هستی؟

- هم پیمان با تو؟

- مگه تو کی هستی که هم پیمان با منی؟

* آن شخص بلند شد و دست خود را به سمت کوروش برد وگفت:

- توان رزمی و شجاعتت تحسین برانگیزه، اسم من "بافیناس"

* کوروش با اندکی تأمل به او دست داد وگفت:

- بافیناس؟ تو کی هستی؟

* من تنها زندانی ای هستم که از بند زهرآگین و یارانش فرار کردم و به این ناحیه پناه آوردم، هیچ کدام از نیروهای زهر آگین نمی دونن که من اینجام وگرنه حتماً کلکمو می کنن، من هم مخفیانه دارم نیرو هایی رو جمع میکنم که علیه این شیطان خبیث بجنگم

- تومنو می شناسی؟

- نه امّا طبق اطلاعاتی که از طریق نیروهام رسیده بود، یکی هستی که دنبال دوستتی و شنیدم طبق قضایای عجیب و غریبی به این جزیره آمدین

* کوروش بلافاصله گفت :

- آره همینطوره؛ البته الان دو تا هدف دارم؟

- چی؟

- هم دوستمو پیدا کنم، هم عزم جدی کردم که این زهرآگین خبیثو نابود کنم تا این جزیره به آرامش برسه. . .

* بعد از این حرف کوروش اشک از چشمان بافیناس جاری شد و با چشمانی گریان گفت :

- آفرین به تو . . . اتفاقاً ما "مامات" ها هم همینطوری هستیم

- مامات؟!

- آره ما، مامات هستیم نه انسان

- یعنی چی؟

- بافیناس اتصال انتهای موهای خود به کمرش و دم نسبتاً بلند خود را که زیر لباسش پنهان بود و از چشم کوروش دور مانده بود را به او نشان داد

* او بسیار شگفت زده شد و خطاب به بافیناس. . .

- میشه یه کم از نژادت برام بگی؟

- حتماً. . .نژاد ما از یک میلیون سال پیش شکل گرفت، زمانی که نیروهای یکی از سرزمین های ناشناخته ی بسیار کهن، موجوداتی به زمین برای دزدیدن "الماس سبز" اعزام و حمله کردند و جنگ و خونریزی شدیدی میان انسان ها و آن موجودات شکل گرفت که منجر به کشته شدن همه ی موجودات ناشناخته و انسان ها شد به غیر از سه نفر انسان، یک مرد ودو زن و دو موجود از آن موجودات مهاجم یک نر و یک ماده باقی ماند . . . البته یکی از زنان انسان هم به دلیل جراحت سختی که برداشته بود، جان بـاخت و از هـر گروه فقط یک جفت باقی ماند که هر کدام از این جفت ها باعث شد تانسل هر دو موجودات از بین نرود و پابرجا بماند. . .

* کوروش گفت:

- خب شما چطور خلق شدید؟ و به وجود آمدید؟

- ما اصلا آنزمان نبودیم ، بعد از این واقعه همان چهار جفت آدم و موجودات تصمیم گرفتند با هم صلح کنند امّا در همان لحظه ای که با هم ملاقات صلح گذاشتند در زمین نوری از الماس سبز به این چهار جفت تابانیده شد و موجودات حد واسطی که از انسان و آن موجودات بود به وجود آمد؛آن موجودات ما هستیم که حد واسطیم.

* کوروش مجدداً پرسید:

"- الماس سبز" چیه؟

- اون الماسیه که بسیار با ارزشه و ارزشش خیلی خیلی بیش تر از الماس های معمولیه، آن الماس همیشه به خواسته های بشر دوستانه آدم ها کمک می کنه مثلاً همین خلق نژاد ما که موجودات "ضد ستم" مشهور شدیم!

- خب، اون الماس الان کجاست؟ بافیناس

- دقیق نمی دونم. . .

- هیچی ازش نمی دونی؟هیچ سره نخی از مکانش هم در دسترس یا خاطرت نیست؟ شاید بتونیم با پیداکردنش برای نابودی زهرآگین ازش استفاده کنم.

- خب، البته، هیچی هم که نه! فقط یادمه اون توی یک کوه بود! البته این رو هم شنیدم، برای این که من خودمم هنوز اون الماسو ندیدم

- اسم کوهشو نمی دونی

- نه، ولی احساس می کنم می تونیم با کمک هم پیداش کنیم . . . البته قبل از اینکه دست زهرآگین بهش برسه!

- زهرآگین؟

- آره، آخه اون خبیث هم دنبالشه و می خواد با پیداکردنش، قدرت الماسو از خودش کنه و در راه شیطانی ازش استفاده کنه، اگه به دست زهرآگین برسه، خیلی بد میشه، خیلی

- نگران نباش . . .من نمی ذارم اون خبیث در نهایت پیروز بشه، حتماً شکستش می دیم

- امیدوارم

۸۴

* بعداز تمام شدن این گفتگوها بافیناس کوروش را به محل استقرار و تمرینات نیروهای تحت امرش میبرد و بعد از معرفی کوروش به آنها و تعریف کردن اتفاقاتی که رخ داده بود به کوروش ناگهان پیشنهاد فرماندهی نیروهایش را میدهد..کوروش از این پیشنهاد بسیار شوکه میشود و بلافاصله میگوید:

- نه نه فرمانده بافیناس من اصلا این پیشنهادوقبول نمیکنم..من تازه با شما آشنا شدم وتجربه ی جنگ هم ندارم نه نه من اصلا نمیتونم از شما این پیشنهادو قبول کنم اگه قبول کنم فقط یه سو استفاده از مهربانی شماست

* بافیناس با لبخندی افتخار آمیز خطاب به کوروش ...

- نه دوست عزیز،من هم به پاکی و هم به قدرت رزم تو ایمان دارم، مبارزاتی که ازت دیدم جانانه بود با قلبت بود، و میدونم که از سمت فرمانده ماهان آمدی اون از دوستان من بود.. افراده من می دونن، من بیهوده تصمیم نمی گیرم و می خوام واقعا فرماندهی رو به تو بسپارم...

* در همین لحظه ناگهان یکی از مامات ها که جنگاوری بی نظیر بود، و "نیهاتو" نام داشت به بافیناس گفت:

- فرمانده عذرمی خوام، نظری دارم، اجازه می فرمایید؟

- بله، حتماً نیهاتوی دلیر!

- شما از کجا اطلاع دارید که دوستتون، از ما بهتر می جنگه!، اگر یکی از ماها بهتر از اون بجنگیم، چطور؟ اصلا خود شما که جنگجوی برتر ما هستید.

..

* کوروش خونسردانه به حرف نیهاتو گوش می داد و به صورت وی خیره شده بود،

* بافیناس. . .

• من که گفتم جنگیدن کوروش را دیدم البته من به نظره تو احترام می ذارم، بهتره جنگاوری کوروش را خودتان، با مبارزه ای که ترتیب می دم ببینید . . . البته اگه کوروش موافق باشه یک مبارزه دوستانه امّا کامل، با خودتو داشته باشه،. . .

* سپس رو به کوروش گفت:

- شما موافقید، دوست عزیز؟

- باشه، اشکالی نداره، من حاضرم

* و رو به نیهاتو. . .

- و تو جنگجوی من؟

- البته که حاضرم، من همیشه آماده نبردم!

* سپس بافیناس دستور داد تا وسط محل تمرین را باز کنند و دو مبارز را به آن جا دعوت کرد. . .

* شمشیری از سمت سایر ماماتها به سمت نیهاتو پرتاب شد وگرفت و جالب بود که خود بافیناس شمشیرش را در آورد و به سمت کوروش انداخت امّا کوروش نگرفت و شمشیر به زمین افتاد!

• همگی متعجبانه به کوروش نگاه کردند که بافیناس به او گفت:

- چرا شمشیرو بر نداشتی؟!

* کوروش با خونسردی گفت:

- ترجیح می دم توی این مبارزه بدون شمشیر باشم

- چرا؟ نیهاتو یک مبارز و جنگجوی حرفه ایست تا بحال کسی از ماماتها نتونسته اونو شکست بده، تنها کسی که اونو شکست داده من بودم

* نیهاتو بلافاصله بعد از شنیدن این حرفا از بافیناس، سر خود را سریع بمنظور ادای احترام به فرمانده اش، بافیناس پایین انداخت، و پاهای خود را جفت کرد و به هم چسباند ظاهراً این حرکت نوعی تواضع مقابل فرمانده ی ارشد، در ماماتها بود

* کوروش در جواب بافیناس. . .

- ترجیح میدم بدون شمشیر بجنگم

* نیهاتو با فریاد و ناراحتی گفت:

- نه، این توهین به منه! اون می خواد طوری وانمود کنه که اگه شکست خورد ، بهانه ای داشته باشه

* بافیناس رو به نیهاتو به او گوشزد کرد. . .

- نیهاتو آرام باش و احترام مهمان را نگه دار

* به نظر می رسید، نیهاتو به کوروش حسادت ورزیده بود

* کوروش در جواب نیهاتو گفت:

- نه،اگه شکست خوردم، می پذیرم

* بافیناس بار دیگر پادرمیانی کرد و به نیهاتو گفت:

- حالا چی؟قبول میکنی؟

- باشه، حرفی نیست امّا آقا کوروش، بدان اشتباه کردی، دوست عزیز!

* کوروش چیزی نگفت و به او فقط نگاه کرد، امّا نگاهی معنادار!

* بافیناس گفت:

- هر دو آماده اید؟

* آن دوهر دو آمادگی خود را اعلام کردند، سپس بافیناس دستور شروع مبارزه را داد

* نیهاتو شمشیرش را محکم به دست گرفته بود و با حالتی خاص و رزم گونه به سمت کوروش حمله کرد و شمشیرش را از کنار و سمت راست خود بالا می آورد تا کوروش را غافلگیر کند، کوروش خونسرد سر جای خود ایستاده. . .نیهاتو با همان حالت، نزدیک و نزدیک تر می شد . . . . درهمین لحظه ناگهان نیهاتو سرعتش را به سمت کوروش بیش تر کرد امّا، کوروش بازهم از سر جای خود تکان نخورد، همه ی ماماتها تصور کردند که کوروش از ترس سر جایش خشکش زده امّا این تصور تمام نشده بوده که کوروش سریعاً دو — سه قدمی به سمت نیهاتو رفت و به هوا پرید و با پای راست خود ضربه ی ناگهانی و سهمگینی به سینه ی نیهاتو قبل از آن که، او شمشیرش را به سمتش ببرد و وارد کند، زد و نیهاتوی پر مدعا را با شمشیرش محکم به زمین انداخت امّا در لحظه ی آخر که زمین خورده بود بواسطه محکم گرفتن شمشیرش ، از دستش نیفتاد و شمشیر را به سمت کوروش پرتاب کرد.امّا کوروش با هوشمندی ضربه ی مشت محکمی هم به قسمت صاف شمشیر زد و آنرا به دونیم کرد!!

* همگی متحیرومتعجب،ازقدرت مبارزه وجنگاوری کوروش بودند.بافیناس بعدازچندلحظه

دو تا کف زدو ختم مبارزه را اعلام کرد و گفت :

۸۸

- واقعاً که کوروش، تو شایسته ی فرماندهی هستی! به خدا قسم تا به حال چنین ضربه

و چابکی ای ندیده بودم!!

* نیهاتو هم از حقارت فقط سرشو پایین انداخته بود و هیچ چیز نمی گفت و خود فهمید که عاقبت غرور، حقارت است

* مجدداً بافیناس گفت:

- واقعاً که فوق العاده بود، البته نیهاتوی جنگجو این شکست هیچی از ارزش های جنگاوری ودلاوری تو کم نمی کنه، ما ماماتها همیشه تو را بعنوان یک جنگجوی تمام عیار می دانیم

* نیهاتو مثل دفعه ی قبل به بافیناس احترام گذاشت، در این لحظه کوروش، آرام آرام و قدم به قدم به سمت نیهاتو پیش رفت و دست خود را به سمت او دراز کرد وگفت:

- خسته نباشی، دوست عزیز، من مطمئنم تو فوق العاده ای، این فقط یک اتفاق بود هر مبارزی ممکنه شکست بخوره، من تو رو دوست دارم نیهاتوی قهرمان

* نیهاتو از اخلاق نیکو و انسان دوستانه کوروش شرمسار شد بطوریکه که با خوش اخلاقیش تمام کینه ها در قلبش نسبت به او تبدیل به محبت شد و اشک از چشمانش جاری گشت و دست خود را محکم به کوروش داد وگفت:

- جانم فدایت فرمانده کوروش، منم تو رو دوست دارم، اون چیزی که باعث حیرت من شد مبارزه ی جانانه ی تو بود امّا از اون بیش تر، اخلاق نیکت بود

که منو نه تنها از رفتار تندم شرمسار کرد، بلکه محبت تو رو توی قلبم انداخت، من همین الان وفاداریموبهت اعلام می کنم فرمانده. . .

* سپس نیهاتو جلوی کوروش زانو زد، امّا کوروش جوان او را بلند کرد و در آغوش

گرفت. . .فضای تمرین ماماتها صرفاً به علت اخلاق ناب کوروش به فضای مهر و عاطفه تبدیل شد در همان لحظه بافیناس با حسی عجیب گفت:

- ای ماماتهای سرافراز هر کس کوروش را بعنوان فرمانده ی جدیدش قبول دارد دست خود را روی دستهای به هم پیوند خورده ی کوروش و نیهاتو بگذارد، همانطور که قلب این دو جنگجوی دلاور مثل دستان توانایشان به هم پیونده خورده!

* ماماتها یکی یکی با شور و اشتیاق وهیجان و با حسی مطمئن از اعلام هم پیمانی و وفاداری با کوروش به سمت او رفتند و همه ی آنان دستان خود را روی دستان کوروش و نیهاتو گذاشتند و در آخر خود بافیناس با دو دستش خود را به این جمع اضافه کرد.

رخداد هفدهم : طراحی نقشه ی جنگ

* ارتش ماماتها به همراه کوروش کاملا مجهز و آماده ی نبرد شدند تا با استراتژی خاصی که کوروش و بافیناس طراحی کرده بودند راهی میدان جنگ گردند و قلعه ی کارامدرانا را فتح کنند.پیروزی در این عملیات مربوط می شد،اول، فتح انبار تسلیحات دوم آزادی زندانی ها و تجهیز آنان و سوم کشتن اژدرخان.کوروش هم با توجه به تعداد کمتر ماماتها نسبت به سربازان دشمن گفت:

• - نباید عجولانه وارد عمل بشیم، تعداد سربازان قلعه ی کارامدرانا سه برابر ماست تقریباً تعداد ما هزار نفره امّا طبق اطلاعات بدست آمده نیروهای کارامدرانا سه هزار بعلاوه دو غول نگهبانه!باید منطقی عمل کنیم، ضمناً از موقعیت خود قلعه هم خبر دار نیستیم، ارتباط من هم با مقر فرماندهی و فرمانده ماهان قطع شده و نمی تونم از آنان اطلاعاتی کسب کنم برای این که همه وسیله هام و لوح ارتباطم داخل آب افتاده... امّا فرمانده بافیناس تا حدودی بدلیل زندانی بودنش توی زندانهای کارامدرانا اطلاعاتی اندک کسب کرده . . . خب حالا منو فرمانده بافیناس باید اطلاعات سپاه و چیدمانمونرو بررسی کنیم. . .

* کوروش خطاب به بافیناس گفت:

فرمانده بافیناس ، قلعه چند در داره؟

- دو تا، یکی در ورودیه که توسط همون دو تا غول محافظت میشه، یکی دیگه هم پشته قلعه است که کاملاً در مستحکمیه که البته بستست.و فقط اونو ازداخل میشه باز کرد

- خب من ارتش رو به پنج سپاه دویست نفره تقسیم می کنم، سپاه اول، فقط برای نابودی دو تا غول و باز کردن در. . .این سپاه را خودت فرماندهی شده به عهده بگیر فرمانده بافیناس، که اولین و محکم ترین قدم برای پیروزیه، اگه توی قدم اول شکست بخوریم، کارمون خیلی سخت میشه، فرمانده بافیناس از عهدش بر می آیی؟

- تمام تلاشمو می کنم فرمانده کوروش، امّا قبلش یه سؤالی داشتم؟

- بفرمائید؟

- شما با این سنه کم چطور اینقدر هوشمندانه برنامه ریزی می کنید؟ قبلاً تجربه ی جنگی داشتید؟

* کوروش لبخندی زد و گفت؟

- شما لطف دارید، نه تجربه جنگ نداشتم!

- پس چطور؟!! . . . اینقدر ماهرانه برنامه ریزی دارید؟

- از تجربه های استادم که به من آموخته استفاده می کنم.

* کوروش قضیه ی استادش، دیو، راً بازگو کرد و گفت:

- همه انسان ها نمی توانند، تجربه های دیگران را خودشون کسب کنن،برای این کار باید یا دانش کسب کرد یا از تجربه ی دیگران بهره برد

* بافیناس، با این گفته ی کوروش به تحسین وی پرداخت

* کوروش تشکر کرد و ادامه ی برنامه رو به همه ی افراد بازگو کرد. . .

- وقتی سپاه اول موفق به باز کردن در شد، بافیناس باید افراد باقی مانده شو سازماندهی کنه و یک جا جمعشون کنه بعد سپاه دوم که فرماندهی شو خودم به عهده می گیرم به همراه باقی مانده ی سپاه بافیناس که امیدوارم حداقل کشته و زخمی رو داشته باشه به قلب تسلیحات قلعه حمله می بریم، هدف ما در این حمله یک چیزه . . . فتح انبار تسلیحات، این جا دو نکته وجود داره اگه موفق شدیم به انبار تسلیحات دست پیدا کنیم که بسیار خب،اگه موفق نشدیم، سپاه سوم که فرماندهی شو نیهاتو باید به عهده بگیره باید وارد کارزار بشه و به ما کمک کنه تا هرجور که هست انبار تسلیحات را فتح کنیم. . .

* نیهاتو پرسید:

- ببخشید فرمانده، چرا اول زندانیها رو آزاد نکنیم؟برای چی اول باید انبار تسلیحات فتح بشه

* کوروش با اعتماد بنفس پاسخ داد:

- سؤاله به جا و خوبی بود، آفرین نیهاتو، برا این که بعد از این که انبارو گرفتیم، زندانی

ها رو آزاد میکنیم و به انبارمی آریم تا مسلح شن اونوقت کارمون راحت تر میشه امّا اگه اول زندانی ها رو آزاد کنیم چون مسلح نیستن تعداد زیادی از اونا به دست افراد دشمن کشته می شن،

- بله . . . فرمانده، کوروش

* سپس کوروش ادامه داد. . .

۹۳

- همانطور که گفتم بعد از فتح انبار تسلیحات زندانی هارو آزادمی کنیم و اونارو مسلح کرده و به خودمون ملحق می کنیم، بعد از این که این کار انجام شد، باید شما ماماتها خارج شید و بالای دیواره های قلعه برید از هوا تیراندازی کنید چون شما ماماتها در تیراندازی مهارت فوق العاده دارید، بنابراین توی این مرحله حمله ی ما از زمین از طریق زندانی ها و از بالا توسط شما ماماتهاست.

* مجدداً نیهاتو پرسید:

- اگر زندانی ها به ما نپیوندد چی؟

* بجای کوروش، بافیناس که تجربه ی زندانی شدن داشت، جواب داد:

- این مطلبو قبلا با فرمانده کوروش در میان گذاشتم، من وقتی زندانی بودم شاهد بودم، از بس که به زندانی ها ظلم و ستم می شد، اونا فقط منتظر یک فرصت هستند که به شدیدترین شکل ممکن علیه اژدرخان و سربازان و زندان قیام کنند، اونا نه تنها به ما قطعاً ملحق می شن بلکه ما براشون محبوب هم می شیم.

* نیهاتو مجدداً قانع شد و کوروش ادامه داد. . .

- برای اینکه بتونید بالای قلعه برید و از سد محافظان بالای دیواره قلعه، عبور کنید،سپاه چهارم باید حین کارزار ما، از دیواره ها بالابره، امّا سپاه پنجم باید سپاه چهارم را حمایت کنه تا در نهایت سپاه چهار و پنج به بالای دیواره های قلعه راه پیدا کنند. . .این کلیدپیروزیه!

* کوروش خطاب به بافیناس گفت :

- فرماندهی سپاه چهارم و پنجم رو به کی بسپارم؟

* بافیناس دو تا از افراد لایق خودش بنام، ماندر وپاندر که برادران دو قلو بودند رابه این سمت ها منصوب کرد.

* کوروش بعد از عرض ادب به ماندر و پاندر. . .

- بعد از اینکه قلعه فتح شد با علامت من، همگی دنبال اژدرخان می گردیم، البته اگه خودش به میدان نیاد، بافیناس تو اونو می شناسی؟

- دقیقا چهره ی خبیثشو به یاد دارم، امّا باید به فکر گارد ویژه ی اژدرخان هم بود، این نکته را فراموش کردم،بگم.

- گارد ویژه ی اژدرخان؟!؟!!

- حدود صد نفر از افراد کاملاً وحشی که توانایی مبارزه با دو شمشیر را همزمان دارن و بسیار هم نیرومندند، اونا فقط وظیفه ی حفاظت از اژدرخان را به عهده دارن، همگی سواره نظامند و بر بوفالوهای شاخ دار وحشی که اونا هم خیلی خطرناکند، سوارن

* کوروش کمی فکر کرد و گفت:

- بعـد از اینکه قلعـه فتح شـد، همه با هم یکپارچـه و شجاعانه با اونا روبرو می شیم،

فرماندهی این نبرد آخرو خودم به عهده میگیرم!مطمئن باشید اگر باهم باشیم می تونیم این قلعرو از موجودات خبیث پاکسازی کنیم. . .

* او ادامه داد . . .

- کسی سؤالی نداره؟

* پاسخی نیامد. . .کوروش دست خود را روی میزی که روش برنامه ریزی می کردن گذاشت و فریاد زد

- با اتحاد یکدیگر، این ارتش، ارتش آزادی بخش این جزیره از شیاطین
خواهد شد

* همه ماماتها دست اتحاد خود را روی دست کوروش گذاشتند و سپس از
یک راه مخفی وارد دشت منتهی به قلعه ی کارامدرانا شدند.

رخداد هجدهم : نبرد خونین (۲)

* ارتش ماماتها طبق نقشه چیدمان خود را آماده کردند، فرمانده بافیناس بر روی اسب مخصوص خود که اسب سفیدو ورزیده ی خود سوار بود و به همراه سپاه اول به سمت دره قلعه می رفت، دو غول سرتاس و موبلند، فهمیدند که خطری بزرگ آنها را تهدید می کند، دیدبانهای بالای دیواره قلعه هم این خطر را احساس کردند و فهمیدند که این سپاه ، قصد جنگ با قلعه ی کارمدرانا را دارد.سریعاً خبر به اژدرخان رسید،اژدرخان نیز دستور داد تا شیپور های هشدار جنگ دمیده شود و قلعه را به حالت آماده باش و وضعیت جنگی در آورد،سپاه اول ارتش ماماتها به فرماندهی بافیناس درحال حرکت به سمت قلعه بود که ناگهان، دیده شد که دو غول محافظ، با حالتی مخوف به سمت سپاه بافیناس حرکت کردند، بافیناس سریعاً دستور داد کمانداران،آماده ی تیراندازی شوند و با اسبش برگشت و از وسط سپاه خود عبور کرد و به سپاه اعلام کرد:

- سپاه رابه دو قسمت تقسیم کنید . . . نیمه ی چپ سپاه غول سرتاس و نیمه ی سمت راست غول مو بلند را هدف تیراندازی قرار بدید، فراموش نکنید تیرها را فقط به سر این بی شاخ و دم ها بزنید ...خونسردی خود را حفظ کنید و با علامت من تیراندازی کنید. . .هر وقت دست راستم را پایین آوردم، سپاه سمت راست غول موبلند و هر وقت دست چپم رو پایین آوردم سپاه سمت چپ و غول سرتاس را هدف قرار بدید

* بافیناس دو دستش را بالا گرفت و آنقدر صبر کرد که هر دو غول نزدیک شوند ، سنگینی و آنها به مانند قبل باعث لرزش زمین میشد و هرچه نزدیک تر می شدند تعادل افراد سپاه بافیناس کمتر می شد،اما با این شرایط هم بافیناس زیاد صبر کرد و به سپاه خود گفت:

- مامات های دلیر آماده . . . کمان ها را کشیده. . .

* غول مو بلند که نسبت به غول سر تاس چابک تر بود به سپاه نزدیک تر شده بود، بنابراین بافیناس دست راست خود را زودتر پایین آورد. . .

- پرتاب. . .

* تیرها مثل باران به سمت غول مو بلند رها شدند . . . امّا برای نابودیش کافی نبود، بافیناس دوباره دستور تیر اندازی داد. . .امّا باز هم غول موبلند تسلیم نشد،باردیگر دستور صادر شد وقتی سومین بار دستور تیراندازی به سمت این غول صادر شد، تازه غول سرتاس به سپاه نزدیک شد، که البته بافیناس دستور تیراندازی آن را نیز به نیمه ی چپ سپاه صادر کرد و این غول نیز هدف تیراندازی قرار گرفت. . .تیراندازی های مکرر دو غول آنقدر صورت گرفت که آن دو کاملاً زخمی شده بودند امّا هنوز زنده و متحرک!

* غول ها به خاطر حفظ جان خود عقب نشینی کردند، غول سرتاس که تیرهای زیادی به چشمش اصابت کرده بود از شدت جراحات و نابینایی به زمین خورد، بافیناس به سپاه راست دستور حمله داد تا غول موبلند را نیز دنبال کنند و تیراندازی ها را به سمتش ادامه دهند، غول آهسته،آهسته در حال فرار به سمت قلعه بود که باز هم هدف تیراندازی قرار گرفت و لحظه به لحظه ضعیف و ضعیف ترمی شد، بافیناس. . .

- به تیراندازی ادامه بدید،اونقدر بزنید که نابود بشه

* غول سرتاس هم که به زمین خورده بود،توان ایستادن را نداشت، در این هنگام بافیناس به نیمه ی چپ سپاه خوددستور داد تا از این فرصت استفاده کنند و کار غول سرتاس را یک سره کنند. . .

- تیراندازی کافیه، اون دیگه حال بلند شدن نداره روی سرش برید و شمشیرهاتونو به مغزش بزنید تا این جزیره حداقل از دست یک پلید هم که فعلاً تو چنگ ماست، راحت بشه

* سپاه چپ دستور بافیناس را اجرا و شرغول سرتاس را برای همیشه از جزیره، از بین برد

* از آن طرف سپاه راست، کماکان در حال تیراندازی به غول مو بلند بود، ظاهراً این غول قصد تسلیم شدن نداشت، امّا سماجت سپاه راست بیش تر از استقامت غول مو بلند بود، خلاصه آن قدر تیربارانش کردند که دیگر غول مو بلند راهی جز تسلیم در برابر مرگ را نداشت و در نزدیکی قلعه، لحظه ای سرجای خود ایستاد و همانجا، جان خود را از دست داد و با شتاب در حال افتادن به زمین بود که به سبب جثه ی بزرگش طوری روی دیواره های قلعه افتاد که هم تعداد زیادی از سربازان قلعه نیز زیر جثه اش افتاده و کشته شدند و هم دیوار قلعه فرو ریخت و راهی به قلعه برای نیروهای کوروش و بافیناس باز شد!!

* بافیناس با دیدن این رویداد موفقیت آمیز، به سپاه راست فرمان توقف داد تا جلوتر نروند و طعمه ی تیراندازان قلعه نشوند؛سپس به یکی از افراد دستور

داد تا به نیمه ی چپ سپاه که عقب تر از آنان بود خبر دهد که به آنان بپیوندند و سپاه دوباره یکپارچه شود.

* ماماتهای سپاه اول به همراه سایر سپاه های نیروهای کوروش و بافیناس، از دور شاهد این پیروزی بودند و بسیار شادی می کردند، بافیناس به شیپورچی خود دستور داد تا شیپور موفقیت در مرحله ی اول را به صدا درآورد تا سپاه دوم که فرماندهی آنرا کوروش به همراه داشت، به آنان بپیوندد، شیپور به صدا در آمد و سپاه کوروش به راه افتاد و به محض رسیدن به بافیناس، کوروش و سایر افرادش به او و سایر نیروها تبریک گفتند!

* کوروش نیز بعد از تبریک و قدردانی از بافیناس و افرادش، به سپاه آنان دستور داد به علّت خستگی در پشت سپاه خود قرار بگیرند و خط مقدم را نیز خود به عهده گرفت و بار دیگر شجاعت و درایت خود را نیز ثابت کرد سپس به سرعت به همراه افرادش از همان قسمتی که دیواره ی قلعه تخریب شده بود قصد ورود به قلعه را کرد . . . در حال حرکت بود که ناگهان چشمش به تیراندازهای قلعه افتاد که آماده ی تیراندازی بودند که سریعاً دستور توقف سپاهیان خود را داد و به بافیناس گفت:

- فرمانده چرا به من نگفته بودی که روی دیواره های قلعه تیراندازهای زیادی مستقر شدن،

- راستشو بخوای، من هم تازه اونارو دیدم،آخه تا اونجایی که من اطلاع دارم هیچ وقت اونا،اون بالا نبودن!یعنی این قلعه بطور عادی هیچ گاه روی دیواره هایش تیرانداز نبود فقط نگهبان بود...

* کوروش اقرار کرد. . .

- منم حتی حدسشو نزدم با اینکه خودم قبلاً اونا رو تیرباران کرده بودم اما به این فکر نبودم که شاید خودشان تیراندازهای حرفه ای باشند.

* بافیناس متعجبانه گفت:

- جالبه هیچکداممان به ذهنمان نرسید!

- واقعاً جای شگفتی داره،حالا دیگه جایی برای تعجب کردن نیست،بجای این کار باید فکر چاره باشیم

* آن دو چند لحظه ای ساکت بودند که ناگهان کوروش. . .

فهمیدم!!

- چیو فهمیدید فرمانده کوروش؟!

- این که چطور از پس تیراندازها بربیایم!!

- واقعا؟!؟چطور؟!!!

* سپرهامون رو به سر و کمرمون می گیریم و روی اسبهامون دراز می کشیم و با سرعت هر چه تمام تر ازشون رد می شیم.امّا اول باید کمی نزدیک تر بشیم و ماماتها که توانایی تیراندازشون فوق العادست و نسبت به تیراندازهای قلعه یقینا بهترن به سمت اونا تیراندازی کنن و تعدادی از اونارو هلاک کنن تا راحت تر ازشون رد شیم ضمناً ماماتها باید در حال حرکت این کارو کنن یعنی هم خودشون را با به سر گذاشتن سپر، محافظت کنن هم سربازهای خودی را با تیراندازی به تیراندازان دشمن، حمایت کنن، بازم تأکید می کنم باید هر چه سریع تر وارد قلعه بشیم تا ورودی ایجاد شده توسط دشمن بسته نشه!

* بافیناس که از فرماندهی وهوش و ذکاوت بی نظیر کوروش، متحیر شده بود با روحیه ای مضاعف گفت:

- بله فرمانده،پس باید سریع تر حرکت کنیم

* کوروش نیز تا می خواست دستور حرکت بدهد بلافاصله بافیناس گفت:

- راستی فرمانده یه مشکل دیگه می مونه!

- چی؟ بافیناس

- ممکنه همون لحظه که در حال حرکت به جلو هستیم و حواسمون به تیراندازان بالای قلعه هست،گروهی از نیروهای دشمن ما رو از پایین دیواره ها واز روبرو هدف تیرهای خود کنن،اونوقت چی؟!

* کوروش با حیرت گفت:

- ممکنه، ،دراین صورت یکی باید مارو حمایت کنه و حمله ی ما رو زیر نظر داشته باشه تا رو دست نخوریم!

* بنابراین شد که گروهی دیگر از سربازان مامات این حمایت را برعهده بگیرند

* بافیناس بار دیگر گفت:

- فرمانده اگر در لحظه ای که به قلعه وارد می شیم،تیراندازان مارو محاصره کردن،چطور؟

* کوروش گفت:

- نگران نباش،من نقشه رو تغییر دادم

- چطور؟!!!

- وقتی این شرایط رو دیدم مجبور شدم توی ذهنم نقشه رو تغییر بدم

- چه شاهکاری،نقشه ی جدیدتون چیه؟

- چهارسپاه ابتدا همه با هم و پشت سرهم حمله می کنیم سپاه اول که ماماتها هستن رو فرماندهیش را خودم می گیرم ما فقط هدفمون اینه که تیراندازان رو نابود کنیم،سپاه تومارو حمایت می کنه تا به ما حمله نشه، سپاه نیهاتو زندانیها رو در همین حین باید آزاد کنه، سپاه پاندر هم کلیه اوضاع رو باید زیر نظر داشته باشه و در هر گاه احساس کمک داشتیم باید وارد عمل بشه.

* بعد از چندی صحبت در وسط میدان سپاه کوروش با دستورش طبق نقشه حمله کردند. . .بعد از تیراندازی توسط ماماتها به سمت دشمن، تعداد زیادی دیگر از آنان به هلاکت رسیدند بطوری که وقتی بالای قلعه مستقر بودند بخوبی در تیررس ماماتها قرار داشتند. . .امّا هلاکت دشمنان تنها رخداد این حمله نبود چراکه چند نفر از ماماتها هم توسط تیرهای تیراندازان دشمن، کشته شدند و از اولین کشته شدگان ارتش کوروش به حساب آمدند. . .امّا کوروش همچنان به هجوم خود ادامه می داد، سپس ریک سوم میانی سپاه به دو قسمت تقسیم شد و سپرها را به سرو کمان گذاشته و نزدیک و نزدیک تر به سمت دره قلعه به حرکت خود ادامه دادن، تیراندازی نیروهای دشمن زیاد و زیادتر می شد امّا نقشه ی کوروش جواب داده بود و به سپرهای نیروهایش اصابت می کرد و مصونشان می داشت امّا چندین تیر هم به پاهای برخی ماماتها خورد و آنان را زخمی کرد.

* از آن سو. . .اژدرخان که شاهد هجوم و توسعه ی حمله ی ارتش کوروش به سمت قلعه بود یکی از زیردستان خود به نام فرمانده"شاگاتو" که فردی

بسیار جنگجو و البته بی رحم بود را مسؤل فرماندهی و دفع هجوم نیروهای کوروش برگزید.فرمانده شاگاتو هم با کمال میل پذیرفت و قول داد تا مهاجمین را نابود کند!

* فرمانده شاگاتو بسیار سریع خود را بالای دیواره قلعه رساند تا از اوضاع جنگی شدید که حتی اژدرخان هم فکرش را نمی کرد که چنین تهاجمی به قلعه اش به راه بیافتد؛باخبر شود.

وقتی شاگاتو ماماتها را درازکش و سپر بر روی اسبها دید فهمید که میخواهند از تیرهای نیروهایش محفوظ بمانند و به همین شکل به آنان نزدیک و نزدیک تر شوند.شاگاتو دستور داد تیرها را به اسبهای ماماتها بزنند تا با زمین خوردن اسبها نیز آنان را سرنگون کنند افرادش هم به دستور عمل کرده و یکی یکی ماماتها را سرنگون می کردند.

* کوروش که شاهد این رویداد بود، دستور داد تا سریعاً افراد از اسبها پیاده شود و سپرهارا دوباره به سر گرفته و خود را به دیواره ها برسانند تا از کنار وچسبیده به دیواره های قلعه به بالای آنان راه یابند و وارد قلعه شوند در این میان سپاه کوروش پیاده به سمت دیواره ها در حال حرکت بود، شاگاتو دستور داد تا یک سپاه از داخل قلعه تا دندان مسلح به سمت سپاه کوروش از زمین حمله و آنان را غافلگیر کنند، این اتفاق رخ داد. . .

* یک سپاه تا دندان مسلح نیروهای شاگاتو با سرعت زیاد به سمت ماماتها حمله کردند. . .امّا این قضیه به همین جا ختم نشد،بعد از دیدن این صحنه، بافیناس نیز به شگرد قبلی با سپاهش سپرها را بر سر گذاشته و به سمت دشمن هجومی به سپاه کوروش، حمله کردند. . .تا کوروش و سپاهش بتوانند

مأموریت خود را انجام دهند، سپاه بافیناس باید عملکردی مضاعف از خود نشان می داد هم خود شان را از شر تیراندازان محفوظ بدارندهم با دست دیگر با دشمنان بجنگند و از آن سخت تر آنکه سپاه دشمن فوق العاده مسلح بود وعملکرد نظامی قدرتمندتری داشت.جنگ حسابی گره خورد. . .

* جنگ شدیدی در وسط میدان در گرفته بود!!بافیناس،کوروش،ماماتها با قدرت تمام می جنگیدندامّا تیراندازی های تیراندازان قلعه ی کارامدرانا نیز مزاحمتی برای پیشرفت جنگ به نفع سپاه کوروش و بافیناس بود. . .

* درهمین حین شاگاتو دوباره به تیراندازانش دستور داد تا اسبهای سوارکاران دشمنش را هدف بگیرند امّا این بار کارساز نبود چرا که افراد کوروش و بافیناس در حال توقف می جنگیدند و برخورد تیر به اسبهایشان فقط تعادل آنان را کمی به هم می زد، چرا که در دفعه ی قبلی که به زمین می خوردند زمانی بود که با اسب در حال حرکت بودند. . .

* در همان حالت جنگ و کارزار، کوروش به بافیناس گفت:

- هر جور هست باید به بالای دیواره های قلعه راه پیدا کنیم و نفوذ کنیم. . .

* بافیناس که درحال جنگ شدیدی بود بعد از کشتن دو – سه تادیگر از نیروهای دشمن در جواب کوروش گفت:

- آره باید بریم. . .باید فرمانده

* رسیدن به بالای دیواره های قلعه کار سختی بود ضمناً مسیر تخریبی ایجاد شده توسط جنازه ی غول مو بلند نیز به شدت محافظت می شد، کوروش مخفیانه خود را از کارزار جنگ بیرون کشید و ظاهراً نقشه ای را در سر می پروارنید. . .باصدای بلند بافیناس را صدا زد، بافیناس متوجه نشد،

صدای جنگ به حدی گوش خراش بود که صدا به صدا نمیرسید، کوروش دوباره و با صدای بلندتر صدا زد،بافیناس متوجه شد و رو به او کرد، کوروش اشاره کرد که پیشش بیاید،و به او گفت:

- بافیناس اگر به همین وضع پیش بریم، شکست می خوریم،اونا خیلی از ما مجهزترن

- آره، درسته، فکرنمی کردم، این قلعه ی لعنتی اینقدر قدرتمند باشه

- می گم بافیناس فکری به سرم زده؟!

- چی؟

* در این هنگام یکی از پشت به بافیناس حمله کرد امّا کوروش او را کنار کشید و شمشیرش را به قلب دشمن مهاجم فرو برد. . .و دوباره گفت:

- باید تعدادی از لباس های دشمن را بپوشیم و داخل قلعه بشیم!!

- امّا چطور فرمانده؟

- فکر اونجاشو کردم فقط سریع چند تا از سربازای کارکشتتو خبر کن

* کوروش نقشه را به بافیناس گفت،بافیناس نیز گفت:

- بله،فرمانده

- فقط سریع تر چون داره تلفاتمون زیاد تر میشه

* بافیناس سر خود را به معنای اطاعت پایین و بالا برد وبه سرعت هفت تا از نیروهای زیرک و چابک تر خود را از سپاهش پیدا کرد و قضیه را سریعاً به آنان اعلام کرد.

* کوروش، بافیناس به همراه هفت مامات دیگر، چندین سرباز دشمن را تحریک کردند،سربازان دشمن نیز به دنبال آنان افتادند، آنها، طبق نقشه فرار کردند!و چندین سرباز دشمن نیز آنان راتعقیب. . .

* آنها به پشت تپه ای که از چشم همه ی افراد در حال جنگ اعم از خودی و دشمن به دور بود، رفتند. . .ناگهان توقف کردند و شروع به جنگ با آنان پرداختند

* کوروش و بافیناس با نبردی خارق العاده با دشمن می جنگیدند سایر مامات ها نیز به نبرد می پرداختند که درنهایت با کشته شدن تمامی ده – یازده افراد دشمن به علاوه یک مامات نیز خاتمه یافت، خلاصه کوروش، بافیناس و شش نیروی باقی مانده مامات نیز لباس های دشمنان کشته شده را پوشیده و نقاب های زره ای لباس های جدیدشان را نیز به روی صورت انداختند و به سمت قلعه حرکت کردند، جالب اینجا بود که بعضی از مامات ها با فرض بر این که آنان دشمنشان اند به سمت شان حمله کردند، کوروش و بافیناس به خاطر اینکه لو نروند و از طرفی به نیروهای خودشان آسیب نزنند با دست و پا آنان را دفع کردند امّا باز هم یکی دیگر از افراد ماماتی که لباس نیروی دشمن را پوشیده بود به دست یک مامات هجومی کشته شد. . .و هزینه های این نقشه با کشته شدن دو مامات تا به اینجا طی شد. . .امّا بالاخره کوروش بافیناس و پنج مامات باقی مانده با لباس مبدل دشمن به داخل قلعه خود را رساندند و نقشه ی کوروش فعلاً لو نرفته و خوب پیش رفته بود دراین هنگام کوروش به بافیناس گفت:

- تو به داخل ورودی سمت چپ مسیر منتهی به بالای دیواره های قلعه وارد شو و به افراد دشمن بگو: طبق دستور فرمانده آنها از اونجا پایین بیایند، من هم به ورودی سمت راست می رمو همین کارو انجام می دم تا گولشون بزنیمو به محض تخلیه ی دیواره ها خودمون و بقیه بچه ها، دو تا در ورودی به این جاها رو می بندیم تا کسی وارد نشه و سپس کنترل دیواره ها رو به عهده می گیریم.

- فرمانده کوروش، چطور به افرادمون که در حال جنگن و نیروهای ذخیره خبر بدیم که بالای قلعه پاکسازی شده و کنترلشو به عهده گرفتیم؟

- مـن یه شیپور از یکـی از سربازای دشمن می گیـرم و با اون ...خبر می دیم بعد نیروهای

خودی زیادیرو به سمت بالای قلعه می آریم تا از بالا به داخل قلعه و به سمت دشمن تیراندازی کنند یادت باشه، در ورودی قلعه رو باز کنیم

- فرمانده کوروش امّا چطور نیروهامونو از دفاع نیروهای فرستاده شده دشمن به سمتشون، رها کنیم؟!

- وقتی کنترل دیواره ها را بر عهده گرفتیم به سمتشون تا جایی که بتونیم تیراندازی میکنیم ضمناً هر جور هست باید به نیروها بگیم که سریعتر خودشونو به سمت قلعه برسونن با باز شدن در قلعه روحیه می گیرن،

- باشه فرمانده کوروش، مراقب باش

* کوروش با آرزوی موفقیت و سلامتی برای بافیناس، دو تا از افراد را همراه خود وسه تای دیگر رابه همراه بافیناس فرستاد. . .

۱۰۸

* در بیرون قلعه، جنگ و خونریزی وحشتناکی بود، بلافاصله باز هم نقشه ی جنگ ارتش کوروش تغییر کرد، این تغییرات پی در پی بدلیل اطلاعات اندکی بود که بافیناس از قلعه داشت، البته او معتقد بود که اطلاعات کافی دارد امّا اینگونه نبود و دائم رو دست می خوردند و مجبور بودند برنامه ی جنگ رو تغییر بدهند. . .

* کوروش به داخل ورودی های مسیر منتهی به بالای قلعه رفت و نقشه ی خود را اجرا کرد و کاملاً هم جواب داد و نیروهای دشمن حرفش را که لباس مبدل خودشان را به تن داشت باور و خیلی سریع بالای سمت راست دیواره قلعه را خالی کردند و به محیط قلعه رفتند، امّا بافیناس وقتی در حال رفتن به سمت ورودی سمت چپ بود. . .ناگهان دید، فرمانده شاگاتو از ورودی پایین آمد، بافیناس خیلی از او خشمگین بود وظلم هایی را که در زمان زندانیش انجام داده بود مدام توی ذهنش مجسم می شد، دست به شمشیرش برد امّا یادش آمد نباید در چنین مواقعی احساسی شد.

* شاگاتو پایین آمد و دستیار خود یعنی یکی دیگر از جنگجویان قلعه ی کارامدرانا بنام "هیراک" را به بالای دیواره قلعه فرستاد تا اوضاع جنگ را کنترل کند. . .

* بافیناس اندکی فکر کرد وبا خود گفت:

- خب حالا چطور به افراد دشمن بگم که فرمانده گفته که پایین بیایید . ..آها!!آره . . . بهتره بگم مستقیماً از شاگاتو دستور دارم. . .

* بافیناس بعد از دور شدن شاگاتواز محل به داخل ورودی رفت و به افراد دشمن گفت:

- افراد. . .فرمانده شاگاتو گفته که هر چه زودتر این جا رو تخلیه کنید،برنامه ی جنگ عوض شده، زود باشید

* هیراک که شاهد پایین رفتن تعدادی از سربازان بود به آنان گفت:

- احمق ها چرا پایین می رید؟

* یکی از سربازها:

- یکی از افراد میگه: فرمانده شاگاتو دستور داده... برنامه جنگ عوض شده و هر چه زودتر اینجا روباید تخلیه کنیم و به محوطه قلعه بریم

* هیـراک به ایـن قضیه مشکوک شد و بـه پایین رفت تا اوضاع را جویا شود، او

شخصی با صورتی پوشیده که همان بافیناس بود را در حال گفتن چنین خبری دید، پیش او رفت و گفت:

- کی این چنین دستوری داده؟

* بافیناس جواب داد:

- فرمانده شاگاتو این دستورو داده، عالیجناب، احتمالاً قصد تغییر نقشه رو داره

* ظاهراً شاگاتو قبل از واگذاری این پست به هیراک به او گوشزد کرده بود که در اثر هر گونه اعلام دستور هیچ کسی رو سراغت نمی فرستمو مستقیماً خودم به این جا می آم در غیر این صورت توطئه ای در کاره. . .

.

* از آنجایی که هیراک علی رغم جنگجویی اش، با تجربه و کارکشته نبود، عجولانه عمل کرد و به جای این که ریشه ی توطئه علیهشان را

۱۱۰

پیدا و از آن بعنوان رمزی برای پیشبرد اهدافشان استفاده کند، خیلی سریع واکنش نشان داد و گفت:

- همه ی اون نقابدارها رو بکشید. . .اونا دشمنن به هممون کلک زدن . . عجله کنید بکشیدشون.

* بافیناس نفهمید که نقشه چگونه لو رفته، خلاصه با این که تعدادی از افراد هیراک پایین رفته بودند حدود ده — دوازده نفر دیگری باقی مانده بودند که به سمت بافیناس و افرادش که در مجموع فقط چهار نفر بودند حمله کردند، بافیناس اول دره ورودی را بست تا از پشت به آنان حمله نشود، سپس با تمام وجودش شروع به جنگیدن کرد، مبارزه ی شدید در گرفت تا اینکه خود ویکی دیگر از افرادش زنده مانند و بقیه ی افرادش کشته شدند.

ازافراد دشمن هم پنج نفر بعلاوه خود هیراک زنده بوداهیراک که خود هنوز دست به شمشیر نبرده بود و افرادش را روانه مبارزه با بافیناس و افرادش کرده بود، پنج نفر باقی مانده از افرادش را هم روانه ی مبارزه علیه بافیناس و یک یار باقی مانده اش کرد امّا بافیناس که از قدرت بالایی برخوردار بود به همراه تک مامات باقی مانده همه ی آنان را کشتند امّا یکی از سربازان هیراک آن مامات را هم کشت ولی بافیناس با ضربه ای سخت بر سر آن سرباز دشمن او را نیز از پا در آورد و تنها اشخاصی که در این کارزار باقی مانده بودند کسانی نبودند جز دو جنگجوی تمام عیار؛بافیناس و هیراک، هیراک آهسته و با اعتماد به نفس زیاد شمشیرش را از غلاف بیرون کشید، بافیناس که هم خسته و

۱۱۱

هم خشمگین بود صدای شیپوری را شنید و فهمید که کوروش درعملیاتش موفق شده،خوشحال شد و روحیه ی مضاعف گرفت وبه هیراک گفت:

- می دونی صدای چی بود؟

- من مثل تو احمق نیستم،خب صدای یه شیپور ساده

* بافیناس با تمسخر و غضب گفت:

- نه . . .کند ذهنِ بدبخت، صدای کشتن شما شیاطینه

* و ناگهان بر هیراک حمله برد. . .

* شمشیر زنی سختی بین این دو شکل گرفت، ضربات شمشیر از چپ و راست، بالا و پایین از هر دو نفر به سمت یکدیگر رد و بدل می شد،ظاهراً هیچ کدام قصد تسلیم شدن نداشتند جنگ و مبارزه ی سخت ادامه داشت، آنقدر با هم جنگیدند که هر دو نفس نفس افتادندامّا سرانجام بافیناس خود را به هوا پرتاب کرد و با دو دست شمشیرش را نیز بالا برد وچنان با قدرت بر سر هیراک فرود آورد بطوری که حتی دفاع هیراک با شمشیرش از سر خود، کارساز نبود و شمشیرش شکست،و قدرت ضربه ی بافیناس بر دفاع هیراک غلبه کرد و شمشیرش بر سر هیراک فرود آمد و سرش را ترکاند!! وهیراک نیز به کشته شدگان دشمنان بافیناس پیوست. بافیناس که فقط خودش در بالای دیواره مانده بود یکی از کمان هایی که ازافراد کشته شده دشمن آنجا افتاده بود را به همراه تیرهای فراوان گرفت و از بالاتیرهای فراوانی را به سمت دشمنانش پرتاب کرد. . .او به این کار با تمام نیرو و تمرکز ادامه داد،

نیهاتو با مشاهده ی فتح قسمت بالای دیواره، به کوروش و بافیناس علامت داد تا درها را بازکنند تا سپاه خود را به آنجا ببرد. . .ابتدا بافیناس موفق به این کار نشد تا این که آنقدر باتیرنیروهای دشمن را کشت تا این که شرایط فراهم شد سپس بلافاصله در ورودی را باز کرد و به سرعت سپاه نیهاتو وارد قلعه شد و جنگ و خونریزی جدید آغاز گشت...

رخداد نوزدهم : به سمت هدف

* جنگ سختی درمحیط قلعه شکل گرفته بود فتح دیواره های قلعه
توسط بافیناس وکوروش این فرصت را مهیا کرده بود که تعدادی از
ماماتها با تیراندازی به دشمن ضربه ی سختی را به آنان بزنند، دراین
قسمت از عملیات هدف،فتح انبار تسلیحات بود کوروش از بالای قلعه
اشاره کرد که تعداد نیروهای باقی مانده در خارج از قلعه نیز به داخل
بیایند در میدان قلعه، جنگ فوق العاده شدیدی در گرفته بود، کوروش
به تعداد تیراندازان در سمت راست دیواره ها افزود، و خود پایین آمد و
تن به تن شروع به جنگیدن کرد، و از پایین با اشاره به بافیناس دستور
داد تا پایین بیاید و به او ملحق شود و به مانند او تیرانداز به بالای
دیواره ها بفرستد، به نظر می رسید این شیوه جنگی بافیناس و کوروش
خیلی خوب جواب داده بود. . .

* تیراندازان ماماتی سریعا به بالای دیواره های قلعه رفتند و دشمنان را
به سرعت هدف تیرهای خود قرار دادند. . .

* بافیناس به کوروش گفت:

- باید سریعاً ادامه نقشه رو اجرا کنیم

- فرمانده بافیناس، به نظر من بهتره نقشه رو باز هم عوض کنیم آخه شرایط
از اون چیزی که پیش بینی می کردیم، بهتره، انگار خدا داره مستقیماً ما رو
کمک می کنه

- باشه؛ پس من با افرادم بعلاوه سپاه پاندر و سپاه ماندر می ریم انبار تسلیحات رو فتح می کنیم شما هم با نیهاتو برید زندانی ها رو آزاد کنید و اونا رو بفرستید به سمت انبار تسلیحات، موافقی فرمانده کوروش؟

- باشه، بافیناس، موفق باشی

- تو هم همین طور فرمانده کوروش

* بافیناس پاندر وماندر را فراخواند و با سه سپاه به سمت فتح انبار تسلیحات رفتند بافنیاس به پاندر و ماندر گفت:

- پاندر توبه بالای دیواره های سمت چپ قلعه برو و به افراد بگو با تیراندازیشون ماراحمایت و پوشش بدن و تو ماندر... تو هم به بالای دیواره سمت راست برو و همین پیامو برسان امّابه جای حمایت از ما، سپاه فرمانده کوروش رو پوشش بدن.

* این پیام و دستور بافیناس به علت موقعیت جغرافیایی انبار تسلیحات و زندان بود که انبار تسلیحات روبروی دیواره های سمت چپ و زندان روبروی دیواره های سمت راست قرار داشت.

* پاندر و ماندر به خوبی از پس وظیفه ی خود بر آمدند به نظر می رسید درهای مستحکم دو در ورودی به بالای دیواره های قلعه چنان محکم بود که بعد ازبسته شدن به راحتی باز نمی شد واین ویژگی درها، که به علت قدیمی بودنشان که آن هم به دلیل عدم استفاده از آنان بدلیل نبود هیچ گونه تهاجمی به این قلعه ی ظلم پرور بود. . .رخ داده بود، که روند تیراندازی ماماتها را تسهیل کرده بود البته پاندرو ماندر هم

برای ورود به بالای قلعه به منظور رساندن دستور بافنیاس نیز دچار مشکل شدند که با سماجت این دو، این مشکل نیز حل شد. . .

* در آنسوی قلعه شاگاتو با دیدن این رویداد در قلعه، فهمید که قلعه در حال فتح شدن توسط دشمنانش است و اندیشه ی نظامیش با شکست روبروست سریعاً پیش اژدرخان رفت و قضیه را با اودرمیان گذاشت، اژدرخان بسیار خشمگین شده

بود به او گفت:

- احمق. . بی خاصیت، پس تو چه غلطی می کنی؟

- منو ببخش فرمانده اژدر

* اژدرخان کمی فکر کرد و به شاگاتو دستور داد، "هتزِلدر" رو آزاد کن!

* شاگاتو با تعجب زیاد گفت:

- چی؟!تعداد بی شماری از افرادمون در حال جنگ و در محیط قلعه ان، با رها کردن هتزلدر در محیط، همه کشته می شن، حتی افراد خودمون!

* هتزلدر یک حیوان وحشی عظیم الجثه و بسیار قوی بود دندانهایی بزرگ..تیز و شبیه به حدواسط گوریل و خرس بود...سری شبیه به خرس..اندامی شبیه گوریل..چشمانی گرد و سرخ..دهانی کشیده وسیاه رنگ.. قدش حدود سه و عرضش حدود دو متر بودکه در قلعه نگه داری می شد و بارها شدنش در محیط قلعه بدلیل نداشتن توانایی این وحشی در تشخیص نیروهای خودی و دشمن همگی قربانی آن می شدند . . .

آنقدر اژدرخان بد ذات بود که هیچ توجهی به کشته شدن افراد خودش

هم نداشت و تنها چیزی که مهم بود فتح نشدن قلعه اش و مورد خشم قرار نگرفتنش از طرف زهر آگین بود.

* هتزلدر را زهرآگین به اژدرخان داده بود تا در به خطرافتادن شرایط قلعه در مقابل دشمنان آنرابکار گیرد.تنها کسانی که از خطر هتزلدر در امان بودند کسانی نبودند جز افرادی که در داخل اتاق فرماندهی قلعه مستقر بودند زیرا این اتاق دیواره های بسیار محکم تری نسبت به سایر نقاط قلعه داشت و در این اتاق هم کسانی نبودند جز:اژدخان،شاگاتو،گاردویژه حفاظت از اژدرخان و یک سپاه دیگر، این اتاق آنقدر وسیع بود که اگر دو برابر نیروهای مذکور هم در آن قرار داشتند باز هم ظرفیت داشت، شاگاتو گفت:

- فرمانده اژدر،بهتر نیست که این یکی سپاه رو هم به میدان بفرستیم و اگر شکست خوردند آنوقت هتزلدر رو روانه میدان کنیم؟

- آخ چرا به فکر خودم نرسید!از بس که اعصابمو خرد می کنی، مغزم هم از کار افتاده! آره همین کارو کنین

* درآنسوی میدان بافیناس به همراه سپاه پاندر وماندر و سپاه خودش به راحتی موفق به فتح انبار تسلیحات شدند . . . کوروش نیز به همراه سپاه خود وسپاه نیهاتو و البته با کمی مشکلات به علت بودن زندان در زیر زمین امّا با کمک تیرهای حمایتی و پوششی ماماتها از آنان در مقابل دشمن، زندانی ها رو آزاد و آنان را به سمت انبار تسلیحات هدایت کردند. . .

* در این هنگام سپاه اخر اژدرخان به میدان آمد و تعداد زیادی از زندانی های آزاد شده ای که به سمت انبار تسلیحات در حرکت بودند را کشت، بعضی از زندانی ها نیز سلاح های افراد کشته شده را برداشتند و تعدادی از سربازان اژدرخان را کشته و یا زخمی کردند البته تیراندازی ماماتها مستقر در بالای دیواره ی قلعه به سمت آخرین سپاه معمول اژدرخان به تعداد کشته شدگان این نیروها افزود،امّا تیرهای ماماتها نیز رو به اتمام بود.

* بعد از اینکه تیرهای ماماتها در دو طرف دیواره کاملاً تمام شد و همگی به سمت سربازان دشمن اصابت و آسیب جدی ای را به آنان وارد کرد کمان ها را پایین گذاشته و دست به شمشیر شدند و عازم میدان جنگ، زندانی های باقی مانده نیز همچنان به سمت انبار تسلیحات رفته و بعد از وارد شدن به آنجا،کاملاً خود را مسلح کردند. . .

* در این حالت نیروهای ارتش کوروش با ورود زندانی های آزاد شده مسلح به آنان افزوده و جان دوباره گرفت و تعداد اندک سربازان آخرین سپاه معمول اژدرخان نیز محاصره و همگی با حمله ی ارتش کوروش سرکوب و در نهایت کشته شدند و حتی یک نیروی دشمن هم درمحوطه ی قلعه باقی نماند! البته در همین نبرد هم تعدادی از زندانی ها وماماتها کشته شدند کوروش و یارانش همگی خوشحال وشاداب بودند و فریاد شادی سر می دادند و آماده برای پیدا کردن اژدرخان ...

رخداد بیستم : وحشی عظیم الجثه

* کوروش و افرادش همینطور از پیروزی بدست آمده در حال شادی بودند
که ناگهان صدای غرش بسیار وحشتناکی، محیط قلعه را پر کرد و سکوت
معناداری را در پی داشت. . .

* ظاهراً هتزلدر رها شده بود،همه ی افراد کوروش با تحیر و شگفتی به آن
وحشی عظیم الجثه نگاه می کردند،کوروش به بافیناس گفت:

- این دیگه چیه؟

- نمی دونم، این جوریشو دیگه ندیده بودم!!

* ناگهان هتزلدر با غرشی به سمت سپاه کوروش حمله کرد. . .و دسته دسته
از افراد کوروش را به خاک و خون کشید.ضربه های شمشیر و نیزه ی افراد
نیز بر روی او تأثیر چشمگیری نداشت، وضعیت خیلی وخیم شده بود، هر چه
تلفات سپاه کوروش با نقشه ی هوشمندش کم بود این بار بر عکس شد و
ناخواسته، افراد بی شمار از او و ماماتهـای زیـاد هم پیمـان با او بـه خاک و
خون کشیده می شدند، این وحشی عظیم
الجثه، هیچ رحمی نداشت، کوروش با فریاد بلند گفت:

- همه ی افراد برید به بالای دیواره های قلعه، سریع. . .زود باشین

* افراد کوروش سریعاً به سمت درهای ورودی دیواره های قلعه پیش
رفتند،تعدادی از آنان موفق امّا تعداد نیز،باز هم مورد تهاجم هتزلدر قرار
گرفتند و کشته و یا زخمی شدند.

* رفتن افراد کوروش به سمت ورودی ها روبه اتمام بود. . .فقط ،چهار -پنج نفر دیگر باقی مانده بود و سعی در نزدیک کردن خود به سمت دیواره های قلعه، یکی از آنان، ماندر بود، هتزلدر نیز آنان را دنبال کرد، همه ی آن تعداد سرباز باقی مانده را کشت و تکه تکه کرد امّا چون ماندر، سرعتش زیاد بود،از چنگ هتزلدر فعلا در امان مانده بود وتنها کسی بود که تنها در محیط باقی مانده بود امّا هتزلدر از تعقیب او دست بردار نبود.. . .به ماندر نزدیک و نزدیک تر می شد، هتزلدر سر خود را به سمت کمر ماندر روانه کرد، امّا ماندر شمشیر خود را محکم به داخل چشمان سمت چپ هتزلدر فرو کرد، امّا با وجود این زخم، هتزلدر دست بردار نبود، غرش بلندی کرد ودوباره با سرش ضربه ای به ماندر زد و او را به هوا پرتاب کرد، ماندر بر حسب اتفاق در برگشت روی کمر هتزلدر افتاد و با این که به شدت زخمی شده بود، با خنجری که همراه داشت محکم به کمر هتزلدر زد و با این خنجر خود را نیز بر روی کمر هتزلدر نگه داشت، پاندر که طاقت دیدن به دردسر افتادن برادرش را نداشت، از دیواره پایین آمد تا به کمک ماندر بشتابد،کوروش، بافیناس و نیهاتو نیز به دنبال او رفتند،امّا سایر افراد جرأت نزدیکی به هتزلدر را نداشتند.. . .این سه نفر نیز هر کدام هوشمندانه ضرباتی به هتزلدر وارد آوردند، نیهاتو نیز نیزه ی یکی از کشته شدگان را از زمین برداشت و به سمت هتزلدر پرتاب کرد امّا این وحشی عظیم الجثه قوی تر از این ضربه ها بود. . .

* اژدرخان به همراه شاگاتو نیز، نظاره گر این صحنه های پر التهاب بودند واز شیوه ی جنگی خود لذت می بردند.. . .

* سرانجام ماندر از بالای کمر، هتزلدر پایین و به زیر دست و پای قدرتمند وسهمگین آن افتاد

کوروش و سایر نفرات، سعی کردند ماندر را از زیر دست وپای این وحشی نجات دهند امّا هرچه کردند، موفق نشدند و هتزلدر با ضربات محکم و وحشیانه ماندر را نیز زخمی و سپس کشت! همه ی افراد درحال نبرد با هتزلدر بسیار ناراحت و فوق العاده خشمگین شدند امّا پاندر نیز سهمش از این غم بیش تر از سایر افراد بود و دائم فریاد "برادر" — "برادر " سرمی داد . . . او که شدیداً احساسی شده بود، سعی داشت خود را به سمت هتزلدر ببرد و هر جور هست او را از بین ببرد، امّا این فقط احساس بود امّا عقل چیزی دیگری میگفت. . .

* کوروش ونیهاتو محکم پاندر را نگه داشته بودند تا به سمت هتزلدر نرود چرا که در غیر این صورت به سرنوشت برادرش، ماندر دچار می شد. . .اما این پایان کار نبود. . .نیهاتو که چابکی بیشتری داشت به سمت هتزلدر رفت و او را طوری سرگرم کرد تا کوروش، بافیناس و پاندر را که خیلی تقلای مبارزه با هتزلدر را داشتند را به سمت درهای ورودی ببرد. . .در همین حین کوروش نیز نیهاتو را صدا زد. . .

- نیهاتو برگرد دیگه. . .زود باش

* امّا نیهاتو ظاهرا نقشه ای در سر داشت، نیهاتو در حال بازی دادن هتزلدر بود وخود نیز آهسته آهسته به سمت ورودی های دیواره ی قلعه ها، پیش میرفت

* نیهاتو به بافیناس گفت:

۱۲۱

- بافیناس. . .درهای ورودی رو باز نگه دار نقشه ای دارم

* بافیناس نیز دره ورودی سمت راست را که خود،کوروش وپاندر در آن بودند را باز نگه داشت، نیهاتو به سمت در ورودی آمد، او نیز توانسته بود هتزلدر را رام کند و آهسته آهسته به در ورودی نزدیک و نزدیک تر شد، چند قدمی بیش تر تا ورودی نمانده بود که ناگهان شمشیرش را با فریادی بلند،به سر هتزلدر پرتاب کرد، شمشیر عمیقاً به داخل سر هتزلدر فرو رفت و هتزلدر دوباره وحش شد و به سمت درورودی با سرعت زیاد حمله کرد. . .نیهاتو همان طور که به سمت ورودی می آمد و هتزلدر به دنبال به او . . .به افراد مستقر در آنجا گفت:

- عقب برید، عقب و عقب تر. . .

* هتزلدر زخمی و خشمگین همچنان نیهاتو را دنبال می کرد،نیهاتو خود را به داخل ورودی ها پرتاب کرد،هتزلدر نیز سر خود را به داخل درهای ورودی آورد،امّا ضربه ی شدیدی خورد چرا که سرش بزرگتر از درها بود و دیواره های اطراف دور در روی سرش ریخت و سرش گیر کرد و همه ی افراد حاضر در انجا هر چه در توان داشتند با شمشیرشو،نیزه و گرز به سر هتزلدر زدند واین حیوان عظیم الجثه با ابتکار خارق العاده نیهاتو ،بالاخره کشته شد. . .

* کوروش،بافیناس و سایر افراد از ابتکار هوشمندانه ی نیهاتو شگفت زده شدند و البته او را نیز بخاطر این عمل زیرکانه و البته شجاعانه ستودند. . .امّا پاندر نیز بخاطر از دست دادن برادر دو قلویش،همچنان زاری میکرد ومی گریست. . .کوروش نیز او را دلداری می داد سپس دستور داد تا افراد به بالای

دیواره ها بروند و از سایر ورودی ها، خارج شوند چرا که ورودی مورد نظر به

خاطر جسد هتزلدر و تخریب آن،بسته شده بود. .کوروش به بافیناس گفت:

- حالا نوبتی هم، باشه،نوبت اون اژدرخان کثیفه، نیروها رو سازماندهی کن تا

بریم سراغش

- بله فرمانده کوروش

* در این بین،اژدرخان،شاگاتو وگاردویژه ی اژدرخان که شاهد پیروزی

کوروش و افرادش بودند، تصمیم گرفتند که خود نیز واردعمل شوند. .چرا

که تعداد صد موجود وحشی که توانایی فوق العاده ای در شمشیرزنی با هر

دو دست را داشتند به همراه بوفالوهای شاخ بلند که بر آنان سواره بودند،

گارد ویژه ی اژدرخان را متشکل می شدند که بسیار قوی بودند . . . از سوی

دیگر خود شاگاتو نیز یک جنگجوی تمام عیار بود در حالی که تعداد شمشیر

زن های حرفه ای کوروش فقط چهار تا بودند، بافیناس،نیهاتو،پاندر و خود

کوروش و بقیه افراد که البته تعدادشان حدوداً دو برابر گارد ویژه ی اژدرخان

بود، از سربازان عادی و حتی زندانیان رعیت بودند از سوی دیگر سواره نظام

هم نبودند و ظاهرا در این نبرد پیشه رو شانس پیروزی سپاه کوروش و

یارانش کم بود . . . بعد از سازماندهی سپاه کوروش بالاخره،لحظه ی مورد

نظر فرا رسید، اژدرخان، گارد ویژه اش به همراه شاگاتو وارد میدان قلعه

شدند و از سوی دیگر،کوروش وسپاهش به همراه بافیناس،نیهاتو و پاندر، رو

در روی آنان، اژدرخان با لبخندی طعنه آمیز به کوروش گفت :

- فکر کردید . . . قلعه من به همین راحتی فتح میشه . . . همین الان

سلاحتون را بندازید و تسلیم شید وگرنه به هیچ کدامتون رحم نمی کنم

* بافیناس به کوروش گفت:

- این همان اژدرخانه . . .فرمانده کل قلعه

* کوروش در جواب اژدرخان:

- فکرکردی کی هستی؟ با تمام وجود برای اینکه توی خبیث رو نابود کنیم خواهیم جنگید، من اولش فقط تصمیمم این بود که فقط دوست عزیزمو از بند زهرآگین،یا همان خبیث بزرگتان نجات بدم امّا حالا تصمیمم کلاً عوض شده، علاوه بر نجات اون می خوام تک تک جای این جزیره رو از وجود شیاطینی و خبیثانی چون شما پاک کنم و تاج و تخت زهر آگین رو به درک واصل کنم. . .

* بافیناس نیز به حمایت از حرف های کوروش شمشیرش را بالا برد و گفت:

- آره درسته، همه ی این کثافتی ها را از این جزیره پاک می کنیم و اونا رو به درک واصل میکنیم. . .

* اژدرخان که خیلی عصبانی شده بود گفت:

- ما همه ی شما را شناسایی کردیم و می دانیم برای چی قیام کردید، حتی اسم تک تک شما ها رو، از کوروش گرفته تا بافیناس که یک مدت زندانی ما بود، پس فکر نکنید ما دست بسته ایم، ضمناً دوست کوروش هم که اسمش سیاوشه، مستقیماًدر بند خود پادشاه زهرآگینه کوروش تو هیچ وقت دستت به دوستت نمی رسه . . . آخه همین جا خونت ریخته میشه،پسر!

* کوروش پیش خود گفت:

- خواهیم دید که خون چه کسی ریخته می شه . . . . سپس دستور داد:

- افراد. . .آماده نبرد. . .حمله کنین!حمله. . .

* با دستور کوروش جنگ آغاز شد. . .

رخداد بیست و یکم : نبرد خونین (۳)

* باز هم جنگ خونین دیگر آغاز شد. . .تعداد افراد باقی مانده ی سپاه کوروش، مامات های وابسته اش وهمچنین چند جنگجوی او نیز با تمام وجود می جنگیدند. . .امّا گارد ویژه ی اژدخان نیز بسیار قدرتمند بود. به علاوه این که بوفالوهای وحشی آنان نیز بر این قدرت می افزود،اژدرخان و شاگاتو نیز بدون آنکه به وسط میدان کارزار بیایند از کنار نظاره گر جنگ بودند. . . تعداد کشته های افراد کوروش، زیاد و زیاد تر می شد چرا که گارد ویژه ای اژدرخان به شدت وحشی و جنگجو بودند و این موضوع کوروش را نگران کرد. . .امّا ناگهان از سوی اژدرخان صدا آمد:

- کافیه. . .

* این تصمیم اژدرخان همه را مجبور کرد تا ناخودآگاه به اونگاه کنند،مثل اینکه اتفاق عجیبی افتاده بود،پاندر بطورناگهانی شمشیرش را کنار گردن اژدرخان گذاشته بود، و او را وادار کرد تا افرادش تسلیم شوند

* کوروش و بافیناس با لبخندی افتخار آمیز نیز شاهد این شجاعت پاندر بودند،سپس پاندر به اژدرخان گفت:

- به گاردویژه ات بگو، شمشیرهاشونو بندازن،زود باش لعنتی

* اژدرخان بلاجبار برای حفظ جان خود مجبور به اطاعت از پاندر بود، این دستور را به افرادش داد، پاندر دوباره به اژدرخان گفت :

- حالا به افرادت بگو از روی بوفالوهاشون پایین بیان

* اژدرخان نیز این دستور را به افرادش صادر کرد. . .

* پاندر بار دیگر امّا این بار به افراد ودوستان خودش گفت:

- افراد این رذل ها و بوفالو هاشونو به زندان های قلعه بندازین ودرهای زندان را محکم ببندید

* اژدرخان پادرمیانی کرد وگفت:

- احمق نشو. . .اینجوری خودت وهمه ی دوستاتو به کشتن میدی

- فعلاً که شمشیرمن گردن تورو لمس می کنه . . . .ساکت شو و هر چی می گم انجام بده

* اژدرخان چشمان خود را بست و از خشم دندانهایش رابه هم می سایید و از عصبانیت فقط مجبور بود،سکوت کند . . . پاندر کمی شمشیرش خود را به گردن اژدرخان بیش تر لمس کرد وگفت:

- زود باش، فکر نکن. . .فقط کاری رو که می گم انجام بده . . . اگه جونتو دوست داری، راه بیفت.

* اژدرخان که چاره ای نداشت دستور پاندر را به افرادش داد و بطور شگفت انگیزی

مامات ها و سایر دوستان پاندر، تمامی گارد اژدرخان را به راحتی به زندان های قلعه انداختند از حدود چند صدنیروی کوروش فقط ده ها نیروی دیگر اوباقی مانده بودند و اگر پاندر این جسارت را به خرج نمی داد، شکستشان حتمی بود بعد از این که گارد اژدرخان زندانی شدند، تنها افراد باقی مانده دشمن فقط اژدرخان بود وشاگاتو . . .

* شاگاتو که بسیار هوشمند و یک جنگجوی تمام عیار بود، ناگهان و بسیار سریع با پایش ضربه ای به زیر دستانی که شمشیر پاندر در آن بود، زد و شمشیرش را از دستش انداخت و با پای دیگرش، ضربه ای دیگر به او زد و او را به زمین افکند، سپس سریعاً و قبل از آنکه کوروش، بافیناس و یا سایر افراد ودوستان پاندر؛ عکس العمل انجام دهند، شمشیرخود را از غلاف بیرون کشید و نتیجه کاملاً برعکس شد واین بار شاگاتو شمشیرش را کنار گردن پاندرقرارداد وخطاب به کوروش و افرادش گفت:

- حالا شما شمشیرهاتونو بندازین زمین . . .فکرکردین به همین راحتی می تونین مارو شکست بدین

* پاندر با حالتی غضبناک به دوستانش گفت:

- نه. . .خواهش می کنم این کارو نکنید. . .

* شاگاتو دوباره گفت:

- اگه شمشیرهاتونو نندازین،این لعنتی رو میکشم

* پاندر دوباره فریاد زد. . .

- نـه دوستان من، اینکارو نکنید، ما این پیروزی رو راحت بدست نیاوردیم که راحت از

دست بدیم،دوستان زیادی خونشان ریخته شده، احساسی عمل نکنید، بگذاریدمن کشته

شم، مهم نیست، مهم اینه خون دیگران پایمال نشه و این قیاممون ب به پیروزی منجر بشه

* بافیناس نیز که از اخلاق ماماتها بهتر خبر داشت خطاب به افرادش گفت:

۱۲۸

- به احترام خون دیگران و به احترام از خود گذشتگی پاندر، شمشیرهاتونو زمین نگذارید. . .

* اژدرخان و شاگاتو باتعجب و خشم فراوان از این از خود گذشتگی پاندر و دستور بافیناس ساکت مانده بودند چرا که به شدت رو دست خوردند. . .

* پاندر که خوشحال شده بود گفت:

- برای یک مامات کشته شدن برای ریشه کردن ظلم، بزرگترین افتخاره

* دراین هنگام اژدرخان که بسیار خشمگین شده بود، شمشیر خود را از روی نادانی محکم به سینه ی پاندر فرو کرد و پاندر نیز به جمع کشته شدگان افراد کوروش پیوست. . .

* خشم کوروش، بافیناس، نیهاتو و چند ده نیروی باقی مانده ی آنان نیز، برانگیخته شد و همگی به سمت اژدرخان و شاگاتو هجوم آوردند. . .شاگاتو و اژدرخان نیز که به راحتی تسلیم نمی شدند به سمت کوروش و افرادش به مانند آنان، حمله ور شدند. . .

* نبردی دیگر شکل گرفت، تعدادی دیگر از افراد کوروش و مامات باز هم کشته شدند. . . شاگاتو باز هم زیرکی به خرج داد وبه کوروش گفت:

- صبر کن. . .

* کوروش نیز جنگ را متوقف کرد و با غضب گفت:

- چی می خوای؟ زود باش . . . که مرگت نزدیکه

- شما که اینقدر ادعای انسانیت می کنید به نظر شما درسته که ده ها نفر فقط با ما دو نفر می جنگید، اگر شجاعید چرا قهرماناتونو با ما بصورت تن تن نمی فرستید. . .

* کوروش در پاسخ به این درخواست عجیب شاگاتو گفت:

- بااین که می دونم این حرفت هم از روی مکر و حیله هست، امّا باشه من خودم باهات می جنگم

* امّا بلافاصله نیهاتو گفت:

- فرمانده کوروش، اجازه بدید من خونه شاگاتو رو بریزم

* در مورد این خواسته خود ثبات قدم به خرج داد و کوروش نیز پذیرفت

* سپس بافیناس دستور داد تا سایر نیروها به دور اژدرخان و شاگاتو حلقه بزنندتا فکر فرار به سرشان نزند.نیهاتو نیز به وسط حلقه امد و در مقابل شاگاتو ایستاد تا تن به تن با اوبجنگد

رخداد بیست و دوم: مبارزه قهرمان بزرگ

* نیهاتو شمشیرخود را یک دور چرخاند و به سرعت به سمت شاگاتو حمله کرد، شاگاتو نیز شروع به مبارزه کرد، مبارزه ی سنگینی شکل گرفت، شمشیرزنی و قدرت رزم بالای هر دو، نبرد سختی ایجاد کرده بود، از طرفی نیهاتو ضربات مستحکمی به سمت شاگاتو می زد و شاگاتو ضربات را دفع می کرد و از طرفی دیگر شاگاتو حمله می کرد و نیهاتو دفاع، ضربات آنقدر محکم زده میشد که در نتیجه ی برخورد دو شمشیر گه گاهی جرقه ای ایجاد می شد. . .نیهاتو بار دیگر حمله ای برق آسا به سمت شاگاتو ترتیب داد، او نیز جاخالی کرد و با آرنج خود ضربه ای محکم به دندان های نیهاتو وارد کرد و چند تا از دندانهایش را شکست ودهانش مملو از خون شد، امّا نیهاتو تسلیم نشد و بار دیگر به سمت شاگاتو حمله کرد، امّا بار دیگر هم این بار آنقدر هوشمندانه ضربه ی نیهاتو را دفع کرد که تعادل نیهاتو بهم خورد. . .شاگاتو در همین حین با پای خود ضربه ای دیگر به سر نیهاتو وارد کرد، و به شدت باعث زمین خوردنش شد. . .نیهاتو کاملاً بر زمین پخش گردیده بود، زمینه ی حمله ای دیگر برای شاگاتو فراهم شد، اونیز بلافاصله شمشیر خود را بالا آورد و با سرعت و قدرت زیاد به سمت نیهاتو وارد کرد امّا نیهاتو با قدرت نیز این ضربه رادفع کرد فشار شمشیر از سوی شاگاتو به سمت نیهاتو زیاد بود و فشاربیشتر و بیشتر میشد و تیغه ی شمشیر شاگاتو به گردن نیهاتو نزدیک و نزدیک تر، امّا نیهاتو که تسلیم نشده بود و با غیرت نیز می

جنگید محکم با کف پا ضربه ای به شکم شاگاتو زد و او را نیز به زمین انداخت، نیهاتو سریعاً بلندشد و شاگاتو هم سریعاً از جا برخواست و مبارزه دوباره ادامه یافت . . . شاگاتو ضربه ای را به سمت سر نیهاتو روانه کرد امّا این بار اتفاق متفاوت افتاد، نیهاتو لحظه ای نشست و ضربه ی شاگاتو از روی سرش رد شد و در همان حالت نیهاتو ضربه ای مستهلک با شمشیر به شکم شاگاتو وارد کرد و شکمش را پاره کرد او را نیز به زمین انداخت. . .همه ی دوستان و اطرافیان نیهاتو نیز فریاد خوشحالی و شعف سر دادند و نیهاتو را تمجید می کردند. . .او نیز با حالتی شادمان به سمت کوروش و بافیناس می آمد امّا این پایان کار نبود و ناگهان شاگاتوی زمین خورده با پیکره نیمه جانش بلند شد و از پشت شمشیر خود را به کمر نیهاتو فرو کرد، بطوری که از شکمش بیرون آمد و همگی غرق درتعجب و شوک شدند، نیهاتو که ظاهراً کارش تمام بود با تمام قدرت و فریاد نیز اقدامی مشابه را درقبال شاگاتو انجام داد و با شمشیرش مجدداً شکم شاگاتو را درید و او را نیز کشت . . . نیهاتو هم با حالتی بسیار کم رمق به زمین افتاد و نفس های آخرش را می زد، کوروش، بافیناس وسایر دوستانش به سمت او رفتند ودر حالی که خون از دهان نیهاتو بیرون می آمد با حالتی رو به مرگ بطوری که دستان خود را در داخل دستان کوروش گذاشته بود او را بغل کرد وگفت:

- از این که خونم در راه حق ریخته شده خوشحالم از دوستی و آشنایی با تو مرد دلیر افتخار می کنم ازت خواهش می کنم این جزیره را از شر شیاطین پاکسازی کن دوست خوبم. . .

* نیهاتو آخرین کلمات خود را گفت و جان داد . . . . کوروش، بافیناس و دوستانش برای اوشروع به اشک ریختن کردند، کوروش خطاب به جسد نیهاتو گفت:

- نه . . .نه. . .نیهاتو. . .نیهاتو . . . دوست خوبم . . . نیهاتو. . .

* امّا این صدا زدن های کوروش فایده نداشت و نیهاتو که با چشمانی باز جان داده بود، باعث شد تا کوروش نیز با دستانش چشمان او را ببندند. . .و این نبرد سهمگین و تن به تن با کشته شدن هر دو مبارز، نیهاتو و شاگاتو خاتمه پیدا کرد . . . کوروش بعد از مرگ نیهاتو او را در بین افرادش بنام "قهرمان بزرگ"نامید.

رخداد بیست و سوم : در مقابل اژدرخان

* از آن همه نیروهای زیاد از آن قلعه ی وسیع، تنها چیز و تنها کسی که باقی مانده بود، اژدرخان فرمانده کارامدرانا بود البته گارد ویژه ای او هم حضور داشتند امّا نه در میدان بلکه در زندان!

* کوروش که نسبت به از دست دادن دوستانش به شدت ناراحت و خشمگین بودشمشیرخود را از غلاف بیرون کشید و به سمت اژدرخان رفت، اژدرخان نیز تا قصد شمشیرکشی درمقابل کوروش داشت، کوروش با درایت و چابکی بالاتر نسبت به او ضربه ای به دست اژدرخان زد تا حساب کار دستش بیاید . . . . شمشیرش را کنار گردن او گذاشتو گفت:

- پست فطرت.. .دیدی که قلعتو افرادت همه به درک واصل شدن، زود باش تسلیم شو تا قبل از اینکه نکشتمت. . .

* اژدرخان که بسیار مغرور بود، ابتدا پوزخندی تمسخرآمیز و از روی غرور زد

* کوروش که دید اژدرخان زیادی به خود مغروره، لگدی محکم به او زد و او رانقش بر زمین کرد و چنان بینی او به خاک مالیده شد که انگار نه انگار چندین و چند سال فرمانده ی یکی از مهم ترین قلعه های حکومتی زهر آگین بوده. . .

* کوروش دوباره امّااین بار با لحنی تندتر به اژدرخان گفت:

- اصلاً حوصله ی صحبت با رذلی چون تو رو ندارم اگه اطلاعاتی که ازت می خواهیمو ندی، دلیلی نداره تحملت کنم!

* اژدرخان که دید کوروش بسیار مصممه، لب به حرف باز کرد و گفت:

- تو دستت به هیچ اطلاعاتی نمی رسه

* کوروش که بسیار غضبناک به نظر می رسید، بار دیگر و اینبار مشت محمکی به اژدرخان زد و گفت:

- احمق . . .تو فک کردی با کی طرفی؟ یه بچه ای که هیچی حالیش نیستو گول تو رو می خوره. . .نادان . . . زود باش حرف بزنو و اطلاعاتی که ازت می خواهیمو به ما بده تو دستت به خون بی شمار از آدمای بی گناه آلودست . ..زود باش. . .

* کوروش که قبل از گرفتن اطلاعات مورد نیاز قصد از بین بردن اژدرخان را نداشت . . . چند ضربه ی محکم مشت به او وارد کرد تااژدرخان را به آن همه دبدبه کبکبه ملزم به حرف زدن و اطلاعات دادن کند، اژدرخان که دیگر نای صحبت نداشت تسلیم عزم و اراده ی کوروش شد وگفت:

- باشه . . . باشه . . . هر چی بخوای می گم . . . فقط منو نکش خواهش می کنم

* اژدرخان اطلاعات مورد نیاز را در اختیار کوروش قرار داد، کوروش سپس او را به زندان انداخت. . .امّا بعد از چند روز دستور داد تا او رادوباره نزد او ببرند . . . و به او گفت:

- خوب شد که راست گفتی، ما اطلاعات مفید و سازنده ای به دست آوردیم بخاطر اینکه عدالت رعایت بشه من به تو یه فرصت دیگه برای زندگی می

دهم، چون این اطلاعاتو در اختیار ما گذاشتی، وگرنه در غیر این صورت، صد در صد میکشتمت . . . تو دستت به خون خیلی ها . . . خیلی از آدمای بی گناه آلودست اون هم فقط بخاطر منافع شخصی و قدرت طلبی، دیدی که عاقبته ظلم و غرورت به کجا رسید؟ تو خوار و ذلیل شدی . . . دوستان من بااین که کشته شدند امّا با سربلندی زندگی کردند . . . بخاطر اینکه در راه عدالت و صلح و دوستی گام برداشتن، آخه تو چجور آدمی هستی؟ مگه توانسان نیستی؟ چرا تحت پیروی اون زهر آگینه پلید درآمدی؟. . .آخه چرا؟!!. . .جواب بده. . .اژدر!

* اژدرخان انقد مغرور بود که دیگر اینچنین حرف هایی را نپذیرفت، مجدداً لبخندی تمسخر آمیز زد

* کوروش گفت:

- مثه اینکه حرف حساب حالیت نمی شه من به تو فقط بخاطر حفظ عدالت یک فرصت دیگه می دم . . . یک هفته به افرادم میگم تورو کاملاً درمان کنن و زخم هاتو بهبود ببخشن بعد شمشیر دستت میگیری و با من می جنگی . . . دراین نبرد حتماً باید یکی از ما دو تا کشته بشه،این شانس زنده موندن رو فقط بخاطر اطلاعات درستی که به ما دادی بهت می دم چون هدف من صلح و عدالته. . .

* سپس به افرادش دستورات لازم را همانطور که گفته بود اعلام کرد . . . افراد کوروش از تصمیم وی متعجب شده بودند، البته نه این که چرا کوروش این کار را با اژدرخان کرده بلکه بخاطر اینکه چقدر به عدالت پایبنده!

* کوروش به بافیناس گفت:

- طی این مدت، توی قلعه می مانیم، با این تعداد خیلی کم نمی تونیم به حرکت ادامه بدیم، ضمناً زندانی ها رو آموزش بدینو بعدش هم باید برنامه ریزی کنیم که باید چیکار کنیم

- بله فرمانده، با نظرت موافقم . . .باید هر جور هست نیروهامونو هم آموزش بدیم هم به ساز و برگ جنگی مجهز کنیم

- بسیار خب، حالا برو کارهایی که بهت گفتمو سر و سامان بده

- اطاعت، راستی فرمانده با گارد وحشی اژدرخان چیکار کنیم؟

* کوروش اندکی سکوت کرد و گفت:

- برو از اژدرخان بپرس که وحشی ها شو چه جور باید رام کرد . ..اگه رام شدن که به خودمون می پیوندیمشون امّا اگه نشدن، شرشون را برای همیشه از روی زمین پاک می کنیم

- اطاعت، فرمانده کوروش

رخداد بیست و چهارم : هفت روز بعد

* کوروش طبق حرفی که زده بود و بسیار به آن پایبند بود، اژدرخان را کاملاً تحت درمان قرار داد و او را نزد خود فرا خواند، کوروش بار دیگر با اژدرخان شروع به صحبت کرد وگفت:

- خب،اژدرخان،همانطور که قول داده بودم درمانت کردم حالا شمشیرتو بردار و با من مبارزه کن، یادت نره، من فقط طبق عدالت این فرصت را بهت دادم

* سپس به افراد خود دستور داد تا شمشیری به اژدرخان بدهند امّا او از گرفتن شمشیر صرف نظر کرد وگفت:

- کوروش. .نه!من قصد جنگیدن ندارم،من از الطاف و عدالت تو، خجالت زده ام و تحت تأثیر قرار گرفتم، منو ببخش کوروش؟؟

* کوروش که احساس عجیبی پیدا کرده بود گفت:

- چه جور باور کنم؟

- هرجور راحتی فرمانده ی دلیر و جوانمرد حتی می تونی منو بکشی من آماده ام، مهم اینه که من پشیمانم و خواهش می کنم،منو ببخش

* در این هنگام اژدرخان جلوی کوروش زانو زد و طلب بخشش از وی کرد، کوروش

گفت:

- اگر واقعاً اینطور باشه، من شخصاً تو رو می بخشم امّا تو باید جبران کنی

چرا که من حق ندارم بابت کشتاری که انجام دادی حقوق دیگران را هم با

حقوق خودم معاوضه کنم...تأکید می کنم تو باید جبران کنی

- هر چی که باشه، کوروش، چیکار کنم؟

- باید به همراه ما به جنگ با زهرآگین بیای . . . قبول می کنی؟

* اژدرخان که به پای کوروش افتاده بود و می گریست با صدای بلند گفت:

- با کمال میل، فرمانده کوروش!

* سپس کوروش برگشت و پشت به اژدرخان گفت:

- امیدوارم که همینطوری که می گی باشه و قلباً پشیمان شده باشی. . .

* صحبت کوروش تمام نشده بود که ناگهان اژدرخان از جای خود سریع بلند

شد و همان شمشیری را که ابتدا به او داده بودند و نگرفته بود، این بار

برداشت و از پشت به کوروش حمله کرد! و نشان داد که همه اظهار پشیمانی

ها توطئه برای فریب و سوء قصد جان او بوده است. . .امّا کوروش بلافاصله

متوجه شد و شمشیر خود را از غلاف بیرون کشید و بدون هیچ مکثی چنان

ضربه ی سخت،محکم و پرقدرتی به سر اژدرخان وارد کرد که، سرش را از

تنش جدا کرد و به زندگی او پایان داد.

* همگی شوکه و غافلگیر بودند،البته خود کوروش که دیگر با تجربه تر شده

بود، خونسردتر به نظر می رسید سپس خطاب به بافیناس هم که در آنجا

حضور داشت گفت:

- این شیطان صفت رو از اینجا ببرید . . . این فقط شایسته کشتن بود

- بله قربان

- راستی بافیناس،آموزش زندانی ها تمام شد؟

- بله فرمانده کوروش. . .به خوبی آموزش دیدن، بعضی هاشونم که استعداد خوبی داشتنو بصورت ویژه آموزش دادیم، امّا مشکل اینجاست که تعدادمون خیلی کمه. . .

- بسیار خب، اونم به موقعش یه فکری می کنیم

- فرمانده کوروش . . . با این وحشی ها چیکار کنیم، ظاهرا اطلاعات اژدرخان هم به غلط بوده و اونا رام نشدن!

- یعنی هیچ جوری رام نشدن؟

- نه متأسفانه!

* کوروش خود به سمت زندان وحشی ها رفت و به آنان گفت:

- با شمام؟ اگه حرف های منو می فهمید . . . جواب بدید؟

* جوابی شنیده نشد. . .امّا بعد از چند لحظه ی کوتاه، یکی از وحشی ها به سمت کوروش آمد و با حالتی حیوان گونه . . . نعره ای به سمت کوروش کشید، کوروش بی درنگ ضربه ای محکم به سر او کوبید ، سایر وحشی ها از قدرت و شجاعت کوروش ترسیدند و همگی زوزه هایی آرام که نشان دهنده ترسشان بود کشیدند و عقب تر رفتند

* کوروش از بافیناس پرسید. . .

- بافیناس به نظرت با اینا چیکار کنیم؟

- به نظر من همشونو از بین ببریم چون این موجودات وحشی اونقد خطرناکن که اگه زنده بمونن معلوم نیست جان چقد دیگه از آدما رو بگیرن

* کوروش اندکی فکر کرد و گفت:

۱۴۰

- همه اینارو در غل و زنجیر و بعد به هم وصلشان کنید بعدش بیاردشون وسط قلعه

* بافیناس از کوروش پرسید :

- ببخشید فرمانده، امّا دلیلش چیه؟

* کوروش با خونسردی گفت:

- به زودی می فهمی بافیناس

- بله عالیجناب

* وحشی ها با غل و زنجیر به وسط قلعه آورده شدند، کوروش دستور داد تا آتشی برپا کنند

* دستور اجرا شد. . .

* کوروش دستور داد که همه ی افرادش نقابهای سیاهی به سر کنند و شمشیر های خود را در بیاورند و به داخل آتش بگذارند تا کاملاً داغ و گداخته شود . . . او گفت:

- شمشیرهای داغتونو گرفته ابتدا به بوفالوها بزنیدو بعد به وحشی ها. . .

* دستور اجرا شد و نعره ای از بوفالو ها و وحشی ها کشیده می شد

* بافیناس که خیلی کنجکاو شده بود به کوروش گفت:

- فرمانده کوروش، خواهش می کنم، به من بگید قصدت چیه؟!

- صبر کن بافیناس به زودی متوجه میشی

* هیچ کس بغیر از خود کوروش، نمی دانست که هدفش چیست! او نیز دوباره دستور داد:

- هر وقت گفتم، دوباره همین کار داغ کردن شمشیر ها وزدن آنان به وحشی ها و بوفالو هاشونو تکرار کنید فقط فراموش نکنید که اونا رو زخمی نکنید فقط داغ کنید. . .

* چندین و چند بار این دستور از سوی کوروش داده شد و این عمل انجام شد. . .

* ناگهان یکی از بوفالو ها بانعره ای بلند زانو زد و سرش را پایین برد، سپس یکی دیگر از وحشی ها جیغی نسبتاً بلند کشید، جیغی که شبیه به هنگامی بود که سگی ضربه می خورد و آن نیز سر خود را روی زمین گذاشت و این رفتار و وحشی ها یکی یکی ادامه یافت و همه آنها اینطور رفتار کردند، کوروش چندی بعد به طرف آنان رفت . . .وحشی ها که ظاهراً رام شده بودند، هیچ عکس العمل وحشیانه ای انجام ندادند و این بسیار برای افراد کوروش رضایت بخش بود، کوروش دستور داد:

- حالا نقاب های سیاه را در بیارید و آتش ها راخاموش کنید و از آذوقه هایی که بعنوان غنیمت از قلعه بدست آوردیم به اینا بدین بعد هم دست نوازش به سر بوفالو ها بکشید تا عشق و محبت شما به این بوفالو های زبان بسته منتقل بشه .با این کار نیروهای وحشی که البته الان دیگه رام شده اند به جمع ما می پیوندند و عشق واقعی رو تجربه می کنن.

* دستور های کوروش به مانند قبل کاملاً اجرا شد و البته حرفایش پیرامون آن موجودات رام شده نیز درست از آب در آمد . . .حال آن موجودات قبلی با آن همه طغیانگری و وحشی گری به موجوداتی آرام، و در خدمت کوروش درآمدند. . .

* سپاه کوروش با اضافه شدن این نیروها قوت چشمگیری یافت. . .همگی خوشحال و دارای نیروی روانی مضاعف شده بودند در این لحظه بافیناس به نمایندگی از سایر افراد کوروش روش کار کوروش را مبنی بر رام کردن وحشی ها از او پرسید، او پاسخ داد :

- در این هفته اطلاعاتی رو که از قلعه به دست آوردیم رو خوب مطالعه و بررسی کردم و متوجه شدم که اژدرخان با ترس و وحشت این گارد موجودات را برا خودش فراهم کرده، یعنی با ترساندن این موجودات او نارو مطیع خودش کرده بود درواقع این وحشی ها ساخت زهرآگین نبوده، ساخته ی داخل همین قلعه بوده که با جادو های شیطانی خلق شده بودند. . .امّا از طرفی دیگه از اونجایی که هر چیزی باید با زبان خودش باهاش رفتار کرد . . . من هم اونارو فراتر از آنچیزی که ترسانده شده بودند ابتداترساندم، این ترساندن من موجب خروج ترس قبلی ایجاد شده به اینا یعنی ترس وارده از سوی اژدرخان بود، بعد هم با نوازشی که به اونا داشتیم بجای ترس، محبت را به اونا وارد کردیم که اونا دیگه کاملاً به ما با این عمل وابسته شدن

* بعد از این رخداد های جالب و فتح قلعه ی کارامدرانا توسط کوروش و افرادش او نیز نیروهایش را دوباره ساماندهی و سازماندهی کرد و همه ی نیروها را به وسط قلعه فراخواند و در جمع آنان گفت:

- ای دلیران، ای سرافرازان، ای زندانیان صبور و دلاوران از بند آزاد شده، ای ماماتهای قهرمان . . . همه و همه ی شما شجاعان، ما کشته های زیادی دادیم و خون های زیادی را نثار آزادی این جزیره کردیم، هدفمان همچنان تا نابودی کامل زهر آگین ادامه داره امیدوارم هر چه سریعتر این جزیره را

آزاد کنیم و برای همیشه از شر شیاطین غالب بر این جزیره ی بزرگ، رها شویم . . . هدف بعدی ما، طبق اطلاعاتی که از این قلعه بدست آوردیم، آزادی مومیایی شدگان گورستان "وحشت" هست.این گورستان تعداد زیادی مومیایی داره که توسط وحشی های خاصی که توسط زهرآگین به اونجا وارد شده به این نام لقب گرفته، با توجه به اسنادبدست آمده از این گورستان از فاصله ی بسیار دور صداهای جیغ، فریاد و آزار و اذیت کودکان بی گناه شنیده میشه که البته پدران آنان، مومیایی شده اند و همه روزه تعداد زیادی از این مومیایی ها را به قصر سیاه برا بردگی می برن، ما باید هر چه سریعتر این گورستان را فتح کنیم، اطلاعات مفیدی از داخل قلعه برا این گورستان بدست آوردیم یکی از این اطلاعات اینه که ما با آزادسازی حدود ده هزار مومیایی های در بند شده،وزنده شدنشان می تونیم به سپاه خودمون ملحق کنیم، علی رغم ترس و وحشت زیادی که از این گورستان وجود داره، دشمنان زیادی نداره و البته انسان های بی گناهی رو هم در بند داره که با شجاعت شما به آسانی این گورستان نیز توسط ما فتح می شه . . . فراموش نکنید که مهمترین نکته در پیروزی در این مأموریت شجاعت شما نسبت به ظاهر سازی این گورستان نسبت به ترس ووحشته.البته خودمان هم باید همدل و یکپارچه باشیم.اگه میخواهید به ترستان غلبه کنید به سمت آن بروید تا ترستان از بین بره امّا عاقلانه عمل کنید، در اخر این که به این وحشی های تازه رام شده بعنوان دوست بنگرید.این وحشی های رام شده انسان نیستند پس به اونا محبت کنین و هیچ کسی حق نداره کوچکترین ظلمی در حق این موجودات انجام بده، اگه فرض مشکل از سوی اونا پیش

آمد من یا فرمانده بافیناس را مطلع کنید که البته بعید می بینم مشکلی پیش بیاد . . . من اسم این نیروهای جدید رو "نیروهای خاکستری" مینامم چون قبلاً سرشتی سیاه داشتند ولی الان سفید!

* کوروش مشت خود را گره کرد و به آسمان برد وفریاد زد:

- پیش به سوی پیروزی . . .

* سپاهیان کوروش نیز که نیروی مضاعفی گرفته بودند هم نوا با کوروش این ندا را سر دادند و کاملاً مسلح شدند وحتی بقایای آن قلعه مخوف رانیز آتش زدند برای همیشه از جزیره پاک کردند و به سمت گورستان "وحشت" به راه افتادند، نیروهای کوروش با اضافه شدن نیروهای خاکستری که حدود پنجاه نفر بودند به سمت گورستان وحشت طبق نقشه های بدست آمده حرکت کردند

رخداد بیست و پنجم : حرکت به سمت گورستان وحشت

* در راه کوروش و بافیناس با هم حرف هایی می زدند. . .کوروش به بافیناس میگفت:

- نمی دونم سر دوستم سیاوش چه بلایی آمده،. .نمی دونم قضیشو بهت گفتم یا نه . . . شروع این قیام من از قضیه این دوستم شروع شد، البته بهت گفتم که بدنبال دوستم آمدم امّا اسمشو نگفتم، سیاوش

- سیاوش؟!

* بافیناس که از جزئیات قضیه ی سیاوش چیزی نمی دانست از کوروش خواست تا برایش این رخداد را بگوید، کوروش در راه مفصل این اتفاق را برای بافیناس گفت. . .بافیناس نیز در فکر و فرو رفت وچون سایر نقاط دنیا به غیر از جزیره را ندیده بود، بسیار این داستان برایش هم جالب و هم غم انگیز بود، کوروش گفت:

- واقعاً که گاهی اوقات کارهای بزرگ زندگی از چیزای کوچک شروع می شه، همه چیز زندگی معنا داره،هی . . . .هی بافیناس. . .من هنوزم باورم نمیشه که من همون کوروشی بودم که نه رزم بلد بودم ونه فرماندهی و اصلاً فکرنمی کردم که یک روز چنین وقایایی توی زندگیم رخ بده

* بافیناس که حسابی شیفته ی کوروش شده بود، گفت:

- فرمانده کوروش تو واقعاً عجیب و فوق العاده ای!

* کوروش و بافیناس همینطور در حال صحبت بودند که ناگهان فریادهایی از آخر سپاه به گوش رسید

* آنان دستور توقف سپاه را دادند . . . برگشتند و به پشت خودنگاه کردند تا قضیه را جویا شوند و با کمال تعجب دیدند که بر سر تعدادی از سپاهیان کلاغ های بزرگ و نوک درازی حمله کردند و در حال کندن و زخمی کردن آنها هستند، در این هنگام بافیناس از رأس سپاه فریاد زد:

- کلاغ های سیاه و زشت برید گمشید . . . افراد اون کلاغ های بدذاتو بکشید!

* کوروش پی برد که این کلاغ ها، همان کلاغ هایی بودند که جزئی از نیروهای زهرآگین اند!

و دستور حمله داد . . . امّا کلاغ ها بیش از این حرفا ها سمج و خطرناک بودند، تعداد بسیار زیادی از سپاه دهها نفری کوروش را زخمی کردند امّا چند تن از نیروهای خاکستری با فنون خاص خود تعداد بی شماری از کلاغ های سیاه را کشته و زخمی کردند امّا باز هم کلاغ ها دست بردار نبودند و هر لحظه بر سماجت آنان افزوده می شد . . . . جنگ شدیدی بین کلاغ ها از آسمان و سپاهیان کوروش از زمین در گرفته بود . . . امّا بعد از لحظاتی نسبتاً طولانی با دلاوری ها زیاد کوروش، بافیناس و سایر اعضای قوی تر و البته جنگاوری نیروهای خاکستری کلاغ های سیاه شکست خوردند و سریعاً فرار کردند، در مجموع این جنگ ناگهانی و عجیب باعث کشته و زخمی شدن تعدادی دیگر از سپاه کوروش شد این اتفاق موجب خشم مضاعف کوروش شد و با توجه به این که قبل از این جنگ غیر منتظره نیز تعداد کمی نیرو داشت امّا باز هم کشته داد و بر نگرانیش افزود، بافیناس در این هنگام به کوروش گفت:

- فرمانده. . .اگر به همین وضع پیش بریم حتی معلوم نیست که بتونیم به گورستان وحشت برسیم یا نه تا چه برسه به فتح قصر سیاه، باید فکر کنیم فرمانده، اینطور نمیشه

- آره درست می گی بافیناس امّا چاره ای نداریم باید با احتیاط تر راه رو ادامه بدیم

- من یک راهی رو بلدم که ما رو سریعتر از این جا می بره و امن تره

- واقعاً! خب چرا زودتر نگفتی؟ بافیناس

- آخه یه مشکلی وجود داره

- چه مشکلی؟!

- اون راه بسیار مرتفعه، درسته از لحاظ دشمنان امنه امّا دره های بسیار بزرگ و مرتفعی داره و راهش هم بسیار باریکه که کوچکترین حواس پرتی هر کسی باعث سقوط اون به داخل دره میشه!!

* کوروش اندکی فکر کرد وگفت:

- به نظر تو چه کارکنیم؟

- به نظر من اگه همین راهو ادامه بدیم احتمال کشته شدنمون خیلی زیاده چون نمی دونیم کی و کجا و چطور و با چه کسانی می جنگیم، افراد زهرآگین خیلی مرموزنداصلاً هیچ چیزی شون معلوم و واضح نیست . . . من ترجیح می دهم از راه فرعی و مرتفعی که بلدم بریم شاید حداکثر ده یا بیست ها از نیروهامونو به واسطه سقوط به دره از دست بدیم که البته با تذکر شدید ما به نیروهامون برای خطر آن راه ممکنه حتی تلفاتمون کمتر

هم بشه امّا اگر این راه رو ادامه بدیم اصلا معلوم نیست به گورستان وحشت برسیم یا نه؟

* کوروش استدلال بافیناس را پذیرفت و دستور تغییر مسیر راداد . . . تعداد نیروهای کوروش به شدت کم شده بود. . .احتمال شکست خوردنشان خیلی زیاد شده بود از طرفی هم تحت حمایت مقر نظامی فرمانده ماهان نبود چون لوحش را از دست داده بود و ارتباطش با آنجا کاملا قطع و نمی توانست طلب هیچ کمکی را کند، همه ی این عوامل بر نگرانی کوروش افزوده بود

* سپاه کوروش به راه فرعی تغییر مسیر داد بعد ازطی مسیرهای نسبت های طولانی به راه فرعی رسیدند. . .کوروش و بافیناس بسیار برای این راه به نیروهایشان تذکر داده بودند. . .

ظاهراً مشکل خاصی نبود و سپاه به حرکت عادی خود ادامه می داد، کوروش هم مرتباً بر سپاهیانش، حفظ خونسردی و نگاه نکردن به پایین رو گوشزد می کرد . . . تعدادی دست و پاهایشان می لرزید؛ تعدادی با کشیدن نفس عمیق بر ترس خود غلبه می کردند. . .

* امّا این روال مثبت، ناگهان با صدای فریادی در هم شکت. . .صدای فریاد بلندی . . .

- نه . . .نه . . .نه . . .

* یکی از نیروها از شدت ترس از ارتفاع دچار حالت تهوع و سر گیجه شد و به پایین دره سقوط کرد دره آنقدر طویل بود که، کوروش و سایر افرادش به غیر از نظاره کردن بر مرگ آن، هیچ کاری رانمی توانستند انجام دهند. .

بعضی از افراد نیز از دیدن این رخداد وحشتناک لحظه ای، لکنت زبان، گرفتند. . .امّا کوروش نیز مجدداً به افرادش روحیه داد. . .

- افراد دلیره من،ما این جا از شر نیروهای شیطانی در امانیم، اگر خونسردیتونو حفظ کنید از این راه سخت هم خواهیم گذشت محکم و استوار باشید، من مطمئنم ما پیروز می شیم. . .

حرکت می کنیم . . . فقط فراموش نکنید به پایین نباید نگاه کنید. اگه خیلی نگاه کنید براتون مشکل ساز می شه، فقط روبروتونو بنگریدبه هیچ وجه به چپ و راستتان نگاه نکنید

* راه طوری بود که گاهی اوقات سمت چپ صخره و گاهی سمت راست دره بود وبرعکس اما بدتر از آن، این بود که گاهی اوقات هر دو طرف دره بود و فقط جاده ی باریکی در وسط بود!! کوروش برای این طور راه ها دستور داد تا سواره نظام هایش از اسب ها و نیروهای خاکستری اش از روی بوفالوهایشان پیاده شوند تا دقیق تر به حرکت ادامه دهند. . .

کـوروش و بافیناس نیـز با آنکـه خـونسردی خود را حفظ می کردند امّا اضطراب در

چهرهایشان نمایان بود، حتی یک لحظه پای خود کوروش هم اندکی لغزید، و تعداد سنگ نیز به پایین دره افتاد امّا او خودش را کنترل کرد . . . سپس نفس عمیقی کشید و عرق وجودش را فراگرفت و با خونسردی به راه خود ادامه داد.بافیناس خطاب به کوروش:

فرمانده مراقب خودت باش

- حتماً

* کوروش بلافاصله گفت:

بافیناس؟

- بله فرمانده؟

- چقدر دیگه راه مونده؟

- حدوداً دوبرابر همین فاصله ای که آمدیم. . .هر وقت دوسوم راه طی بشه و به یک سوم پایانی مسیر برسیم،صدای ارواح از گورستان وحشت، به گوش می رسه

* در همین حین باز هم یکی دیگه از افراد بخاطر حواس پرتی به پایین دره سقوط کرد. . .بعد از چند لحظه ی دیگر و بخاطر باریک تر شدن راه یکی از نیروهای خاکستری به همراه بوفالواش هم به پایین سقوط کردند . . . شاخ بوفالو به یکی دیگر از نیروهای انگشت شمار مامات برخورد کرد وآنرا هم به پایین کشاند و بدتر از آن اینکه بر اثر برخورد این مامات به دو تا دیگر از نیروها، آن دو نیز به پایین دره سقوط کردنداما یکی از آنان قبل از سقوط کامل دست خود را به یکی از بوته های دیواره های دره گیر داد و آویزان شد، کوروش و بافیناس سریعاً به سمت آن آمدند تا او را نجات دهند، کوروش با طنابی که همراه داشت، آنرا پایین انداخت و از آن سرباز خواست تا آنرا بگیرد . . . بوته ی دیواره دره نیز در حال کنده شدن بود. . .تلاش سرباز برای گرفتن طناب بی فایده بود . . .چرا که قبل از آنکه طناب را بگیرد، بوته کنده شد و آن سرباز نیز به مانند دوستان قبلیش به ته دره سقوط کرد و کشته شد!

* کوروش بسیار آزرده شده بود. . .یکی از دوستان صمیمی سرباز کشته شده
به شدت ناراحت شده بود بسیار گریه میکرد، کوروش وی را تسلی داد، او را
در آغوش گرفت و آرام کرد. . .سپس دستور ادامه حرکت را داد. . .

* سربازان از آنجا که عقده ی بسیاری برای انتقام از زهرآگین داشتند، با
دیدن کشته شدن دوستانشان عزمشان برای همپیمانی با کوروش، نابودی
زهرآگین و آزادی جزیره بیش تر از قبل شده بود!

* داستان پرتاب شدن افراد به پایین دره ظاهراً تمامی نداشت و این بار
گریبان بافیناس را نیز گرفت. . .امّا او بلافاصله قبل از سقوط کامل شمشیر
خود را به دیواره دره کوبید و مانند سرباز قبلی خود راابتدا نگه داشت،
کوروش به مانند قبل سریعاًامّا این بار برای نجات بافیناس طنابش رابرای او
انداخت و به او گفت:

- قوی باش و مقاومت کن بافیناس!

* طناب چند باری به سمت بافیناس نزدیک شد امّا به دستش نرسید، کم
کم مقاومت بافیناس رو به نزول بود امّا اوتسلیم نشدنی بود واز آنجا که قدرت
جسمی و ذهنی قدرتمندی داشت و از هنر رزمی بالایی برخوردار بود، با
فریادی بلند بر احساس ضعف خود غلبه کرد و بلاخره موفق شد تاطناب را
بگیرد. . .کوروش و چندی دیگر از سربازان او را بالا کشیدند و از مرگ نجات
دادند. . .کوروش که از هر موفقیت حتی کوچک برای افزایش روحیه و شانس
پیروزی افرادش استفاده می کرد بعد از نجات بافیناس به افرادش گفت:

- اون چیزی که باعث نجات و گریختن بافیناس از مرگ شد استقامت و روحیه ی بالای او بود، پس مطمئن باشید با استقامت،صبر وتلاش به هدفمون می رسیم

* با این سخنان روحیه ی افراد، تا حدودی بهبود یافت. . .

* کوروش بعد از خوشرویی با بافیناس که به منظور غلبه بر ترسی بود که بطور طبیعی بر بافیناس حاکم شده بود ازش پرسید:

- نزدیک نشدیم؟

- فک کنم دیگه خیلی نزدیک شده باشیم

* کوروش بعد از پرسیدن این سؤال صدای جیغی شنید و به دنبال آن صداهای وحشتناک دیگری به گوش رسید. . .

* بافیناس گفت:

- فرمانده کوروش به نظرم نزدیک شدیم ...آره درسته. . .

- یک سوم دیگه مونده؟

- آره فرمانده

* در همین حین یکی از پشت و از داخل نیرو های خودی به سمت کوروش شمشیرش را کشید و با غضب حمله کرد و ضربه ای را روانه وی کرداّما کوروش با هوشمندی خود را کنار کشید امّا ضربه ی شمشیر به بازویش اصابت؛ و او را زخمی کرد، بافیناس بلافاصله لگدی محکم به فرد مهاجم زد و او را دستگیر کرد و با خشمی وصف ناپذیر به مهاجم گفت:

- ای خائن و احمق، داره چه غلطی میکنی؟!

* کوروش با دستی زخمی به او نزدیک شد به او چند لحظه ای نگاه کرد و فهمید مهاجم، همان دوست سرباز قبلی بودکه از دره پایین افتاده بود، همانی که برای دوستش طناب انداخت امّا موفق به نجات دادنش نشده بود .

. . کوروش به مهاجم گفت:

- شناختمت. . .چرا می خواستی منو بکشی؟

* مهاجم با چشمانی اشک آلود پاسخ داد:

- برای این که تو عدالتو رعایت نکردی و بین سربازات فرق گذاشتی

* کوروش با خونسردی گفت:

- چرا اینطور احساس کردی؟ مگه من چیکار کردم که باعث شد تو اینطورفکر کنی؟

- علتش اینه که دوست منو نجات ندادی، یعنی همه ی تلاشتو برا نجات دادن دوستم انجام ندادی، امّا برا دوست خودت فرمانده بافیناس همه ی تلاشتو کردی تا اون توی صخره سقوط نکنه و کشته نشه، علتش سادست چون دوست من یه سرباز عادی بود امّا فرمانده بافیناس، از دوستان شما. . .

* کوروش که بسیار تحت تأثیر حرفای مهاجم قرار گرفته بود، آرام پاسخ داد:

- تو داری اشتباه می کنی، دلیر مرد

- نه فرمانده، چرا باید اشتباه کنم، این چیزی بود که خودم با چشمام دیدم

* کوروش دستور داد تا بافیناس او را از بند و دستگیری آزاد کند، سپس به مهاجم با عطوفت گفت:

- اسمت چیه؟

۱۵۴

- اشکان

- اشکان . . . من تمام تلاشمو برای نجات دوستت کردم، دوست تو، دوست
من هم هست دوست همه ی ما. . .ماهممون یکی هستیم . . . یک دل . . . به
خداقسم، تمامی شماها برا من مثه برادرید، برا من هیچ فرقی نمی کنه که
شما از کی، کجا و کدام طبقه اجتماعی یا کدام نژاد هستید،برا من،تو .
.دوستت، بافیناس هیچ فرقی نمی کنید، همه شما برای عدالت و صلح می
جنگید و همتون برام مساوی اید، این فقط سرنوشت بود که دوستت به کام
مرگ رفتو امّا بافیناس نجات پیدا کرد،. . .

* احساسات اشکان برانگیخته شده بود. . .در همین حین از کوروش پرسید؟

- فرمانده . .یعنی شما . . . واقعاً همه ی تلاشتون را برا دوستم کردید؟

- آره . . .اشکان. . .آره . . . دوست من، حتی اگه لازم باشه جونمم برا شما می
دم امّا برا نجات دوستت خیلی دیر شده بود، خیلی. . .

* اشکان از شدت ناراحتی و البته حسن خلق و بزرگواری کوروش ناگهان
گریه کرد و به دست و پای او افتاد و گفت:

- منو ببخش فرمانده . . . منو ببخش، من در مورد شما اشتباه کردم

* کوروش اورا را از زمین بلند کرد و گفت:

- بلند شو دلیر مرد، من تو رو بخشیدم، من احساسات تو را در مورد دوستت
درک می کنم،بلند شو. . .

* اشکان از این رفتار کوروش درس گرفت و مهر عجیبی را در قلبش نسبت
به او جای داد و کینه اش بخاطر چنین گذشت بزرگ، خود به خود به مهر و
عطوفت تبدیل شد،. . .

* کوروش دستور ادامه حرکت ارتش را داد. . .

* افراد بعد از طی مسیر طولانی و سخت، بالاخره نزدیک گورستان وحشت شدند، صداهای خوفناک همراه جیغ و آه و ناله و فریاد بیش تر و بیش تر به گوش می رسید، کوروش که دیگر یک فرمانده ی کار کشته و تمام عیار شده بود، دستور توقف ارتش را صادر کرد و خطاب به نیروهایش گفت:

- ای دلیر مردان، ای شجاع دلان، از این صداهای پوچ و بی معنا نترسید، اگه می خواهید به هدف بزرگمان، برقراری صلح و عدالت دست پیدا کنیم باید قلبی مثل صخره محکم، مثل دریا خروشان مثل باد انعطاف پذیر امّا در عین حال مثل جنگل زیبا و مثل ابر لطیف داشته باشیم . . .پس شجاع باشید وجانانه برای برقراری صلح و آرامش،قیام کنید. . .

* روحیه ی افراد با فریادی که از روحیه دادن کوروش به آنان القا کرد، سر به فلک کشید!

* بار دیگر کوروش گفت:

- آماده باشید، پشت سر من حرکت کنید، به محض اینکه به گورستان وارد شدید، به هیچ وجه پراکنده نشوید و گوش به فرمان من باشید

* حرکت به سمت گورستان آغاز شد. . .به دنبال آن،صدای جیغ و فریاد از گورستان بیش تر و بیش ترمی شد و ناله های ارواح و صداهای خوفناک ترس را بر افراد مضاعف می کرد هر چه به گورستان نزدیک تر. . .صداهای ترسناک بیش تر. . .ترس بر افراد نیز بیش تر و بیش تر . . .

* در آن سو کوروش و بافیناس بسیار شجاعانه، مصمم و جدی به حرکت ادامه می دادند و ظاهراً هیچ ترسی بر وجود آنان غالب نبود، سپاه به گورستان وارد شد، کوروش دائماً تکرار میکرد:

- پراکنده نشوید

* صداهای عجیب و غریب بسیار غیر معمول قطع نمی شد، یکی از نیروهای کوروش از شدت ترس، حالتی جنون آمیز به وی دست داد کف از دهانش بیرون زد و بعد از چند لحظه . . . ناگهان از شدت ترس، مردا! با دیدن چنین صحنه ای ترس بر سایر افراد باز هم بیش تر شد. . .

* چند لحظه بعد. . .صدای جیغ بلندی دقیقاً کنار گوش یکی از نیروهای کوروش زده شد، بدون آنکه شخصی یا چیزی این کار را کرده باشد وآن سرباز از ترس، دستپاچه شد،شمشیر خود را در آورد و دور خود را با شمشیرش زد . . . بواسطه ای این عمل او، آخرین ماماتی که به غیر بافیناس باقی مانده بود، اتفاقی، شمشیر سرباز به او اصابت کرد و کشته شد. . .

* کوروش که وضعیت نیروهایش را در حال آشفته شدن می دید، قبل از آنکه فاجعه ای از این حیث بخواهد برایش رخ دهد،. . .اقدامی انجام داد،. . .

* از اسبش پیاده شد وهمراه بافیناس کشته شدن مامات را بررسی کرد و سپس به منظور ترس زدایی، افزایش شجاعت و دلگرمی دادن به نیروهایش به آخر ارتش خود رفت و به بافیناس دستور داد تا طبق نقشه ای که در دست دارد ، رأس سپاه را به جلو ببرد و خود نیز ازآخر حرکت می کند، تا نیروها دلگرم شوند. . .

* ارتش با جلوداری بافیناس در گورستان به حرکت ادامه داد، یک در بزرگ در گوشه ی گورستان وجود داشت که مد نظر بافیناس بود، ظاهراً پشت آن در طبق نقشه ای که بافیناس در دست داشت، قضیه هایی مرموز وجود داشت، بافیناس ارتش را به سمت در حرکت داد . . . و دستور داد:

- شمشیرهارو دربیارید . . . پشت اون در بزرگ، تعدادی وحشی وجود داره که نگهبان مومیایی ها اند، طبق اطلاعاتی که گرفتیم تعدادشان زیاد نیست، امّا چهره های شیطانی دارند . . . اگه بتونیم آنجا رو فتح کنیم، ده ها هزار مومیایی آزاد وبعد به ما ملحق می شن البته همه ی اون مومیاییها آدم اند . . . و ارتش ما جان دوباره می گیره و تقویت میشه

* کوروش نیز از آخر سپاه فریاد زد

- همگی آرایش جنگی بگیرید و آماده ی حمله شوید . . .

* و بعد از چند لحظه گفت:

- حمله کنید . . حمله. . .

* بافیناس نیز اسب خود را با شیهه ای بلند، بالا برد و به همراه سایرافراد حمله ور شد . . . صدای پای سپاهیان کوروش طوری بودکه صداهای خوفناک گورستان وحشت، دیگر به طورکامل به گوش نمی رسید، بافیناس که آخرین بازمانده ی مامات ها بود، باعزمی راسخ و روحیه ی قوی به سمت آن در، در حرکت بود . . بطوری که وقتی چند متر به آن در فاصله داشت چنان با اسبش روی آن در پرید، که در به آن عظمت کنده شد . . . تعدادی وحشی که پشت آن در بودند سمت وی آمدند امّا توسط ضربه های پر قدرت اوهلاک شدند، سایر نیروها نیز به داخل آن مکان که به شکل پلکان های

تخریب شده به سمت پایین و زیر زمین گونه بود حرکت کردند، وحشی های دیگر نیز به آنان هجوم آوردند و جنگ در گرفت!

* کوروش نیز با دلاوری زیاد وحشی های مهاجم را یکی پس از دیگری به هلاکت می رساند. . .

* نیروهای خاکستری کوروش که خود قبلا اینگونه بودند، با این طور اوضاع احوال بیگانه نبودند و پرقدرت نیروهای وحشی مهاجم را می کشتند . . . البته در آن سوتعدادی از نیروهای کوروش هم کشته و زخمی شدن . . . امّا درنهایت با قدرت مضاعف ودلاوری های زیاد سپاهیان کوروش، به راحتی آن زیر زمین مخوف که اطرافش اسکلت های تار عنکبوت گرفته، آویزان بود، تسخیر شد. . .کوروش سپس نقشه ای را که در دست بافیناس بود را به همراه او باز و نگاه کرد . . .ومحل مومیایی هایی را که در اسارت بودند را پیدا کرد.

* در گوشه ی این زیر زمین، سنگی وجود داشت که روی آن علامت جمجمه ای بود کوروش به آنجا نیز رفت در حالی که تارعنکبوت های زیر ورویش را از میان بر می داشت فوتی بر آن سنگ زد و خاکی غلیظی بلند شد ومتوجه تقعری شبیه به یک کف دست روی آن شد، که با توجه به اطلاعات موجود در نقشه باید روی آن لمس می شد. . .

* بافیناس در این لحظه به کوروش گفت:

- فرمانده اگه الان دستت رو، روی تخته سنگ بذاری، به مومیایی های زندانی شده می رسیم؟

- طبق اطلاعاتی که توی نقشه هست، آره

۱۵۹

- فرمانده کوروش به نظرت یه کم غیرطبیعی نمی یاد؟

- چی؟ غیر طبیعی هست؟ بافیناس

- این که به این آسانی میشه به اونا رسید؟

- راستشو بخوای ..خودمم کمی مشکوکم

- من در جنگای زیادی شرکت کردم هیچ وقت ندیدم یه مکان خاص به این راحتی فتح بشه. . .

- حق باتوست بافیناس، پیشنهادت چیه؟

- به نظر من، یکی از سربازهای عادی رو بگیم دستشو روی اون تخته سنگ بذاره که اگه تله ای بود، حداقل شما که فرمانده و رئیس ما هستید، توی دردسر نیفتید، اگه ما شما رو از دست بدیم، قطعاً شکست خواهیم خورد و خون همه ی افرادی که توی قیام ما ریخته شده هدر می ره و پایمال میشه

- نه بافیناس من خودم این کارو انجام می دهم چه جور می تونم درس شجاعت و از خود گذشتگی به افرادم بدم امّا خودم خط مقدم نباشم

- نه فرمانده کوروش، منظور من این نبود، ما همه دیدیم که شما چطور فداکارانه در مقابل دشمن جنگیدید، فداکاری شما به ما ثابت شده وما به شما ایمان داریم، فرمانده

- من حسن نیت تو رو درک می کنم، بافیناس امّا با همه این حرفا باز هم ترجیح می دم خودم این کارو انجام بدم اگر هم کشته شدم توباید فرماندهی این قیامو بر عهده بگیری از کجا معلوم؟ اگه الان هم کشته نشم شاید در طول مسیر کشته شم، امّاشما نباید با کشته شدن من روحیتونو از دست بدید، باید قوی باشد و فقط به هدفمان فکر کنید.

* بافیناس بااحساس رضایت تمام از روح بزرگ کوروش، محکم گفت:

- بله فرمانده . . .بله فرمانده

* سپس کوروش دست خود را روی قسمت حک شده و تقعر تخته سنگ گذاشت و بعد از چند لحظه تخته سنگ کنار رفت و راهی حدود به سمت زیر زمین باز شد، دراین بین کوروش به بافیناس گفت:

ظاهراً که به خیر گذشتو، نمردم!

خداروشکر

* سربازان نیز به یکدیگر نگاه کردند و بااحساس رضایتمندانه از این رویداد، لبخند می زدند که ناگهان . . .

* ماری بسیاربزرگ از داخل همان راهی که تازه باز شده بود، بیرون آمد و ترس و تعجب بی حد وحصری را در اکثریت نیروها ایجاد کرد. . .

* کـوروش نیز عقب نشینی کـرد و شمشیر خـود را کشید، مار در حالتی ایستاده زبان

خود را دائم بیرون ودرون دهان می برد. . .

* کوروش به بافیناس گفت:

- عجب ماری!!

- آره فرمانده، واقعاً که بزرگه

* این مار شاخدار که پرده ای در اطراف گردن خود داشت به هیچ وجه برای کوروش و نیروهایش خوشایند نبود، چرا که معلوم نبود چه تلفات سنگینی را به آنان خواهد زد . . . در همین لحظه مار خشمگین حمله ای سریع و سر سخت را به سمت یکی از سربازان آغاز کرد و او را به دهان

گرفت و در حالی که سرباز دست و پا میزد بعد از لحظه ی کوتاهی آن را بلعید!بافیناس دستور داد:

- همه ی افراد آماده نبرد باشید. . .

* گفته ی بافیناس تمام نشده بود که مار بار دیگر به سرباز دیگری حمله کرد . . . . سرباز با شمشیرش ضربه ای به چشم مار زد و آنرا زخمی کرد امّا مار وحشی تر از این حرفا بود وبا ضربه ای سخت توسط دم خود، آن سرباز را پخش بر زمین کرد و او را نیز، بلعید!

* کوروش بلافاصله به سمت مار حمله ور شد،مار بزرگ نیز به سمت کوروش حمله کرد، دهان خود را باز کرد تا او رانیز ببلعد که با دفاع پر قدرت کوروش مواجهه شد و عقب رفت. . .در همین حین بافیناس از پشت به آن حمله کرد و با شمشیرش ضربه ای محکم به دمش وارد کرد و آنرا قطع کرد، مار از شدت درد لحظه ای به خود پیچید امّا فایده ی چندانی نداشت و با همان دم زخمی ضربه ای به بافیناس وارد و اورا پرتاب کرد که باعث شد او زخمی شود، سربازان دیگر به مار حمله کردند و هر یک به نوعی به آن ضربه زدند امّا مار با وجود زخم های وارده بسیار نیرومند بود و چند نفر دیگر را زخمی و دونفر از آنان رانیز بلعید، کوروش که شاهد فجایا و کشته شدن بیش تر افرادش بود، سپر خود را جلو گرفت و به سمتش دوباره حمله کرد، مار به محض آنکه دوباره به سمت او آمد، ابتدا کوروش با سپرش محکم به سرش زد مار کمی گیج شد سپس بلافاصله و با سرعتی کم نظیر شمشیر خود را به زیر گردن مار عظیم فروبرد، بافیناس زخمی از این فرصت استفاده کرد و از پشت و با دقت و شجاعت روی بدن مار حرکت کرد و نیزه ای را که

از سربازان کشته شده بر روی زمین افتاده بود برداشت و به سر مار فرو برد، وآنرا به زمین انداخت . . . مار هنوز نفس نفس می زد که یکی دیگر از سربازان سر این مار آدمخوار را از تنش جدا کرد وبه زندگی آدمخواریش پایان داد. . .

* بعد از کشته شدن مار کوروش شرایط رابررسی کرد و دستور داد تا زخمی ها در همان مکان بمانند، تعدادی سرباز دیگر را دستور داد تا به مداوای سطحی آنان بپردازند و به آنان گفت:

- در ورودی را ببندید، طبق نقشه ی در دست من، مومیایی ها در همین زیر زمین اند،من می رم داخل، شما اینجا بمانید، مابقی با من بیان. . .

* سپس به بافیناس گفت:

- حالت چطوره؟ بافیناس

- خوبم،فرمانده، چیزه خاصی نیست، فقط یکم زخمی شدم

- همین جـا بمون و استراحت کن، من و چند تا از سربازها می ریم مومیایی ها رو آزاد

و به خودمون ملحقشون کنیم

- نه فرمانده، چیز خاصی نیست، منم همرات میام

* بافیناس تا بلند شد که همراه کوروش برود، از شدت زخم دوباره زمین خورد، کوروش او را درآغوش گرفت و گفت:

- ظاهراً زخمت جدیه، تو نباید همراه مابیای، نگران نباش، همین جا بمون. .

* امّا بافیناس دست بردار نبود و دوباره گفت:

- نه فرمانده من همرات می آم

* کوروش این بار مقتدر و جدی تر گفت:

- بافیناس، این یک دستوره، تواینجا می مونی تا زخمتو مرهم بذارن

- بله فرمانده!

* کوروش ابتدا خودبه داخل زیرزمین رفت، اشکان که دوست داشت وفاداریه خود را به کوروش ثابت کند و آن اشتباه بزرگ خود را به نوعی جبران کند با کوروش ، داوطلبانه در این مأموریت همراه شد. . .

* کوروش و چند نفر از افرادش به زیر زمین وارد شدند. . .مشعل هایی روشن بود ونور آنجا را تأمین می کرد

* او نقشه را در آورد،دوباره نگاهی انداخت و به سربازان اشاره کرد. . .

- از آن طرف

* آنها به طرف مد نظر حرکت کردند، امّا ظاهراً چیز خاصی نبود. . . حرکت باز هم ادامه داشت، او باز هم نقشه را نگاه کرد و در آن ترسیمی دید به شکل

شطرنجی و روی آن علامت مرگ بصورت رنگ سیاه آورده شده بود، ناگهان به افراد خود دستور توقف دادو گفت:

- بادقت عمل کنید به هیچ وجه خودسرانه عمل نکنید و به چیزی دست نزنید، کاملاً تابع دستور من باشید، ظاهراً این جا به همین راحتی فتح نمی شه، پر از اسرار عجیب و غریبه

* نیروها به حرکت خود ادامه دادند که ناگهان کوروش، درکف این زیر زمین بقیه ی مسیر را به شکل شطرنجی دید ومشاهده کرد که کف آنجا عیناً مثل

نقشه است این جا بود که کنجکاو شد و علامت مرگ موجود در نقشه توجه اش را جلب کرد. . .اومتوجه شد که رنگ سیاه علامت مرگ است که در روی صفحه ی شطرنجی معنا پیدا میکند. . .سپس به سربازان گفت:

- به نظر می رسه خانه های سیاه داخل نقشه رنگ سیاه این کف شطرنجی اینجاست که برای ما مرگ آور و بسیار مهلکه. . .امّا باید امتحان کنیم.

* کوروش سپر خود را روی یکی از خانه های سیاه رنگ انداخت و صحنه ی عجیبی را دید. . .

* بلافاصله از طرفین... تیرهای بسیار زیادی پرتاب شد و مشخص شد که صفحه های سیاه، تله ای مرگ آور هستند.این رخداد تأیید کرد که علامت مرگ در نقشه نیز به رنگ سیاه طراحی شده بود و بدین معنا بود که قسمت های سیاه موجود در صفحه شطرنجی در کف زیر زمین مرگ آوراند که کوروش این فرمول و رابطه را بخوبی درک و تشخیص داد و از کشتاری شدید، جلوگیری کرد . . . او دوباره سپری را گرفت و این بار روی بخش سفید کف شطرنجی انداخت و اتفاقی نیفتاد. . .بار دیگر این کار را انجام داد تا از صحت آزمایش خود مطمئن شود و باز هم اتفاقی نیفتاد . . .و مطمئن شد قسمت های سفید امن است و به سربازانش گفت:

- خیلی احتیاط کنید وپاهای خود را روی قسمت های سفید بگذارید و به جلو حرکت کنید

* او برای آنکه خطای احتمالی دیگران به سایر افراد آسیب نزند دستور داد سرباز ها یکی یکی رد شوند چون اگه همه با هم رد می شدند، فقط یک خطا، رفتن پای یکی از افراد روی صفحه های سیاه باعث تیرباران همه

میشد. . .سربازان برای حفظ جان خود بسیار محتاطانه عمل کردند تا اینکه همگی موفق به رد شدن، شدند و به دری بزرگ رسیدند. . .

* نگاهی به نقشه انداخت و دید، مومیایی های زندانی و در بند شده ی بی گناه، احتمالاً پشت همین در باشند . . . ظاهراً فتح قلعه ی کارامدرانا با آن همه کشته برای عملیات کوروش و افرادش ارزش داشت، چراکه دستاوردهای مهمی از جمله همین نقشه ی بسیار مهم و حیاتی را برای آنها به همراه داشت. . .

* کوروش در را هل داد. . .امّا باز نشد . . . او باید بسیار محتاط عمل می کرد چرا که در صورت به هم خوردن تعادلش امکان افتادن روی صفحه ی سیاه شطرنجی و درنتیجه مرگ را به همراه داشت، امّا کوروش به همین سادگی دست بردار نبود، از قدرت رزمی فوق العاده ی خود بار دیگر استفاده کرد و لگدی محکم به در زد بطوری که روی یک پا تعادلش را حفظ و بر هم نخورد، و در به شدت باز شد، و افرادش با احتیاط وارد شدند که به محض ورود مکانی،بسیار بسیار وسیعی راشاهد بودند که تابوت های زیادی را بصورت منظم و پشت سر هم در بر داشت،کوروش با دقت و احتیاط بیشتر در یکی از آن تابوت ها را گشود و مومیایی ای را در آن دید ومطمئن شد که راه را درست آمده. . .با توجه به نقشه ی راهنما در سمت چپ این مکان و در ابتدا ورودی، محلولی وجود دارد که با ریختن آن بر روی آتشی که در سمت راست آنجا روشن بود امکان آزادسازی و احیا آنان فراهم می شد . . . . کوروش به سمت محلول رفت و آن را که در یک جام طلایی که نماد شیری روی آن حک شده بود را از جایگاه مخصوص آن که مجسمه ای به شکل یک انسان

چهار چشم بود، برداشت امّا بلافاصله بعد از برداشتن، در ورودی ناگهان نابود شد ودری سنگی جای آنرا گرفت و مشعل هایی که روشنایی آن مکان را تأمین می کردند، همگی خاموش شد و فضایی تاریک و وحشتناکی را ایجاد کرد. . .

* ناگهان آتش کاملاً سرخ رنگی از انتهای این مکان به شکل انفجار مهیبی بیرون زد و تعداد زیادی هیولاهایی خاص که قدی حدود دو برابر و جثه ای چند برابر انسان داشتند و بدنشان از جنس آتش گداخته بود به صورت سپاهی عظیم و با فریادهایی وحشتناک و پرچم هایی که علامت مرگ روی آنان داشت به سمت آنان آرام آرام و غرش کنان حرکت کردند! فضای بسیار خوفناکی بر آنجا حاکم شده بود ...شمار زیادی از افراد، وحشت زده شدند . . . تعداد سربازان کوروش بسیار بسیار کم بود به نظر می رسید هیچ شانسی برای مقابله با آن هیولاهای غیرعادی را نداشتند، سربازان کاملاً مات ومبهوت بودند . . .او نیز تنها کاری که کرد سریعاً محلول راروی آتش مورد نظر که فقط تنها آتشی بود که در آنجا روشن باقی مانده بود، ریخت که فوران نوری را باعث شد . . . . بعد از لحظه ای کوتاه در همه ی تابوت ها باز شد امّا مومیایی ای بیرون نیامد، بطوری که انگار از هیولاهای آتش گداخته وحشت داشتند، کوروش که این قضایا را در هیچ جا و حتی در نقشه ندیده بود در فکر فرو رفت . . .و دریافت که فعلاً تنها نکته ی مثبت در قبال آن هیولاها حرکت آهسته ی آنان بود، هیولاهای آتشین تبر به دست و همچنان به سمت آنان در حرکت بودند. . .او به سمت در ورودی که البته الان سنگی شده بود رفت به مانند دفعه ی قبل لگدی به آن زد امّا اینبار باز نشد، این

کار را چند بار دیگر ادامه داد، امّا فایده نداشت و در باز نشد.عرق اضطراب از سر کوروش به مانند باران می ریخت.صدای غرش هیولاها، ترس را لحظه به لحظه بر اندام سربازان کوروش بیش تر می کرد تا جایی که بعضی از افرادش از شدت ترس حالتی جنون آمیز به آنان دست داده بود، یکی از سربازان از شدت جنون خود به خود به سمت سپاه هیولاها حمله کرد و کسی نتوانست جلوی او را بگیرد وبه محض آنکه به هیولاها رسید یکی از آنها، با یک دست آن سرباز جنون زده را از جا بلند کرد و یکی دیگر از هیولاها او را با تبرش از وسط به دونیم تقسیم کرد. . .و خشونت آنان را به رخ کوروش و سربازانش کشید، کوروش که شاهد تعداد بسیار زیاد هیولاها بود، نبرد با آنان را جز خودکشی دست جمعی خود و افرادش چیز دیگری نمی دانست

* در این لحظه به سربازان گفت:

- به نظر می رسه تنها راه نجات ما از این معرکه، باز کردن این دره. . .هرجور هست باید

این درو باز کنیم

* یکی از سربازها گفت:

- آخه چطور؟ فرمانده، این در اول توسط یک لگد شما باز شد امّا الان هیچ جوری باز نمی شه به نظرم طلسم شده

* کوروش که مضطرب به نظر می رسید امّا با خونسردی گفت:

- قوی باشید. . .امیدوارباشید، هرچه می تونید تلاش کنید تا این درو باز کنیم

* او لحظاتی فکرکرد و ناگهان با چهره ای امیدوار به سربازانش گفت:

- همه ی سپرهاتون رو پشت سر هم بگذارید و به همین ببندین. . .

* یکی دیگر از سربازها گفت:

- برای چی فرمانده؟

- کاریرو که گفتم بکنید

* سربازان اطاعات کردندبطوری که هیولاها به آنان نزدیک و نزدیک تر می شدند احتمالا اگر هیولاها سرعت بالایی داشتند تا الان همه ی افراد کوروش و خودش از صحنه ی روزگار محو شده بودند

* کوروش چند نیزه را از سربازانش گرفت و به هم بست و دستور داد...

- برای این که نجات پیدا کنیم، باید چند نفر فداکاری کنند؟

* سربازان گفتند:

- چه جور فداکاری ای؟

- باید چند نفری آن هیولا ها را دست به سر و مشغول به خود کنند تا من کارمو انجام بدم و بقیه رو نجات بدم اگه کسی فداکاری نکنه، همه ی ما کشته میشیم، می بینید . . . هیولاها خیلی به ما نزدیک شدن، وقت زیادی نداریم، تصمیمتون رو سریع بگیرید، اگه من می تونستم حتما برای شما این کارو میکردم و فدای شما سربازان وفادار می شدم امّا می بینید چاره ای ندارم باید کارمو انجام بدم تا بقیه ی افراد نجات پیدا کنن

* چند لحظه ای سکوت برقرار شد. . .امّاناگهان یکی از سربازان که "اشکان" بود گفت:

- با تمام وجود حاضرم جانم را فدای فرمانده کنم

* کوروش با ابراز خرسندی پرسید؟

- فکر کنم همان اشکان باشی

- بله فرمانده . . .من می خوام اشتباهی رو که در قبال شما انجام دادم با جانم جبران کنم.واقعاً که جان دادن برای افراد شرافتمندی مثل شما که علیه باطل قیام کردید بزرگترین افتخاره

- موفق باشی دلیر مرد بهت افتخار می کنم

* اشکان نیز دست خود را به مانند کوروش روی دوش او گذاشت و گفت:

- جانم فدای فرمانده

* با این کار اشکان،چند تا دیگر از سربازان مشتاق جان فشانی شدند و برای این کار داوطلب شدند. . .کوروش به آنان نیز ابراز محبت کرد و سپس گفت:

- برایتان آرزوی موفقیت دارم و امیدوارم روحتان بعد از مرگ شرافتمردانه ی شما دلیرمردان و پولاد دلان، آرام گیرد.

* اشکان بدون معطل کردن بعد از ابراز محبت و ارادتمندی نزد کوروش به همراه چند سرباز داوطلب به سوی هیولاها حمله کردند. . .

* در این لحظه کوروش نیز وقت راغنیمت شمرد و با نیزه هایی که به هم بسته بود، پایه ای رابرای سپرهایی که آنان را هم به همین صورت و پشت سر هم طراحی کرده بود، درست کرد که بی شباهت با پتکی بزرگ نبود، سپس بقیه سربازهایی که با او بودند را فرا خواند و گفت:

- همگی نیزه ها را بگیرد و با سر آن که با سپرها به آن بستم را محکم به در سنگی بزنید، باید گوشه ای از درو بشکنیم و بعد خودمون رو دراز کش از آنجا رد کنیم و با این روش هم نجات پیدا کنیم و هم این هیولاهای خشمگین رو بخاطر جثه ی بزرگشان همینجا زندانی میکنیم آخه اونا

نمیتونن با این هیکل بزرگ از شیاری که ما ایجاد میکنیم بگذرن شروع کنید. . .

* سربازان چند ضربه ای را زدند امّا هیچ فایده ی نداشت. . .کوروش:

- محکم تر

* در همین حین در آن سوی میدان، اشکان و سربازانش شجاعانه می جنگیدند . . . و حتی موفق به کشتن یکی از هیولا ها شدند. . .امّا بعد از مدتی سربازان حاضر در صحنه نبرد یکی یکی کشته شدند. . .

* تنها بازماندگان اشکان ویک سرباز دیگر بود . . . سرباز باقی مانده به سمت هیولاها حمله کرد و دست یکی از هیولاها را بشدت زخمی کرد امّا هیولای زخمی سرباز بی چاره را چنان با تبر زد که خونش روی صورت اشکان ریخت . . . اشکان تنها بازمانده بود که مجدداً با فریادی آکنده از تعصب به عهد و وفایش دوباره به سمت هیولاها حمله کرد. . .

* در این سو تلاش کوروش و سربازان ادامه داشت و ظاهراً تکه هایی از سنگ در حال شکستن بودامّا هنوز تا شکستن قسمتی از آن برای خروج آنان، تلاش بیش تری لازم بود

* اشکان که شجاعانه در حال جنگیدن بود، سر یکی دیگر از هیولاها را با تکنیکی خارق العاده جدا کرد. . .امّا بدلیل کثرت هیولاها سرانجام اشکان نیز شجاعانه کشته شد. . .

* درآن سوی میدان که کوروش و افرادش شاهد مرگ دردناک اشکان و سربازان همراهش بودند تلاش خود را برای شکستن در سنگی چند برابر کردند تا اینکه بالاخره قسمتی از این در عظیم الجثه شکسته شد . . . و جان

فشانی های اشکان و سربازان همراهش برای نجات کوروش و سایر افراد، نتیجه داد. . .کوروش و افراد تا قبل از رسیدن هیولاها به آنها از در عبور کردند . . . سپس از روی صفحه ی شطرنجی با احتیاط نیز گذشتند امّا بعد از چند لحظه صدای مهیبی آمد، در سنگی عظیم بطور کامل توسط هیولاها شکسته شد . . . سربازان کوروش از ترس ماتشان برده بود امّا کوروش احساس کاملاً متفاوت داشت و به سربازان خود گفت:

- اصلاً نگران نباشید. . .

* یکی از سربازان گفت:

- چطور نگران نباشیم فرمانده . . . اونا فقط چند قدم با ما فاصله دارن

* کوروش با خونسردی و لبخندی پرمعنا پاسخ داد:

- فقط چند لحظه با مرگ فاصله دارن!

- منکه منظورتون را نمی فهمم فرمانده؟

- وقتی اونا روی صفحه ی شطرنجی بیان به احتمال زیاد توجهی به قدم گذاشتن روی صفحات سیاه و سفید ندارن و فقط اگه یکی از اون ها پاشو روی صفحه ی سیاه بذاره اونوقت از دو طرف تیر باران می شن!

- امّا فرمانده . . . اگه اونا هم مثه ما پاهاشون رو روی صفحات سفید بذارن چی؟

یا اگه تیرها بهشون اثر نکرد؟! اگه پاشونو روی صفحه های سیاه گذاشتنو تیر باران نشدن چی؟!

- باید منتظر باشیم

* بعد از چند لحظه...

۱۷۲

یکی از هیولاها پایش روی صفحات سیاه رفت و به محض انکه این اتفاق افتاد پرتاب بسیار زیاد وبی شماری از تیرهای بلند و بسیار محکم از چپ و راست همه به طرف هیولاها روانه شد. . .امّا هیولاها بخاطر عدم داشتن عقل به سمت کوروش و سربازانش هجوم آوردند. . .امّا همانطور تیرها به آنان روانه می شد ودسته دسته از آنان را نابود میکرد، انگار که این تیرها به منبعی بی پایان متصل بود همه و همه ی آنان را نابود کرد تا اینکه فقط یک هیولا که ظاهراً فرمانده آنان بود با انکه بسیار تیر خورده بودند خود را به سختی به کوروش رساند. . .امّا این بار به جای تیر . . . هدف ضربه ی سخت تیغ شمشیر کوروش قرار گرفت و آن هم نابود شد. . .

* هیولاها همگی نابود شدند امّاصرفاً این خواسته ی کوروش نبود، هدف اصلی این عملیات کوروش در قبرستان وحشت آزاد سازی مومیایی هادربند شده بود که با او همراه شوند. . .

* او به سربازانش دستور داد تا به محل بالا، جایی که بافیناس و دیگر افرادش آنجا بودند، بروند. . .

* بافیناس و سایر افراد با دیدن کوروش و سایر دوستان، به سمت آنان هیجان زده آمدند و از آنان درباره ی کارهایی که انجام دادندپرسید. . .کوروش قضایا را توضیح داد. . .سپس بافیناس گفت:

- خب فرمانده، حالا می خوادچیکار کنی؟

- نمی دونم . . . راه دیگه ای برای دستیابی به این مومیایی ها وجود داره؟بافیناس

- نمی دونم، فرمانده . . . متأسفم

- با این تعداد کم محاله بتونیم به هدفمون برسیم، هر جوری هست بایدمومیایی ها را آزاد کنیم، آخه اونا ظاهراً حسابی از وجود هیولاها ترسیده بودندواحیا نشدند. . .

- فرمانده کوروش بهتر نیست، محلول را دوباره روی آتشکده بریزیم ، دوباره امتحان میکنیم؟ شاید دوباره احیا شدند. . .

- باشه امتحانش ضرر نداره

* کوروش و بافیناس قصدرفتن به مکان قبلی را داشتند امّا همگی احساس کردند، زمین زیر پای آن در حال گرم شدن است . . . بافیناس گفت:

- احساس میکنم داره زیر پامون گرم میشه. . .

* کوروش نیز چنین احساسی را داشت و همه ی افراد نیز این گرما را احساس کردند. . .

* سپس کوروش به پایین رفت تا موضوع را جویا شود. . .امّا صحنه ی ترسناکی را مشاهده کرد و گفت:

- لعنتی . . .لعنتی

* بافیناس پرسید؟!

- چه اتفاقی افتاده فرمانده؟!

- هیولا ها. . .هیولاها. . .دوباره نمی دونم از کجا صدها هیولای دیگه اومدن و دقیقاً زیر پای ما هستند. . .امّا بدتر از اون اینکه نمی دونم چرا با اینکه روی صفحه ی شطرنجی و حتی صفحه های سیاه قرار گرفتن، اما تیری به سمتشون دیگه پرتاب نمیشه!

- خب شاید منبع تیرها، تموم شده!

- آره . . .حتماً همینطوره

- خب حالا باید چیکار کنیم؟!

- باید فکر کنیم. . .اینطوری کار همه مون ساختست. . .باید فکری کنیم بافیناس. . .اون هیولاها نمی دونن الان ما کجا هستیم . . .باید فکری کنیم. . .هیولاهای آتشین بد ذات. ..

* ناگهان بافیناس گفت:

- فرمانده کوروش چی گفتید؟!

- هیچی . . .گفتم هیولاهای بد ذات!

- نه . . .نه کامل بگید. . .جمله آخرتون رو؟

- خب گفتم. . .هیولاهای آتشی بد ذات. . .مگه چی شده؟!

- آها همین!!گفتید آتشی؟

- آره خب، منظورت چیه؟

- اگه اونا ازآتش باشن، شاید با آب کارشون ساخته بشه!

* کوروش از تعجب چشمان خود را گرد کرد و گفت:

- نمی دونم ! امّا به امتحانش می ارزه، در واقع چاره ای دیگه نداریم

- بله درسته فرمانده کوروش

- حالا آب از کجا گیر بیاریم؟ بافیناس

- از داخل رودخانه ای که کنار همین قبرستانه. . .

* کوروش ابتدا ظرف آب خودش را گرفت ومخفیانه روی سر یکی از هیولاها ریخت . . . و نتیجه ی بسیار شگفت انگیز وجالبی رخ داد. . .همان مقدار آبی که روی سر یکی از هیولاها ریخته شده بود، بدلیل خاصیت ضد

آب و آتش، آب، آن هیولا راتبدیل به سنگ کرد و آنرا نیز نابود کرد. . .امّا جالب تر آنکه از بس این هیولاها از آب وحشت داشتن هر کدام به طرفی گریختند!

* کوروش بافیناس را بسیار تحسین کرد و . . . بافیناس ضمن قدردانی از تحسینات کوروش ازاو پرسید:

- فرمانده نظر شما در مورد آب آوردن از رودخانه چیه؟ چه جور آب بیاریم؟ ! با چه وسیله ای؟

- نیازی به آب زیاد نیست، هر کدام از ما اگر فقط اندازه ی یک سطل کوچک آب بیاریم کافیست. . .فقط آنرا روی سر هیولاها بریزیم تمومه. . .چون سرشان سنگ میشه و نابود می شن. . .

- بسیار عالی. . .اطاعت فرمانده

* کوروش وسایر افراد ظرف ها و سطل هایی را از انبار کنار آنجا تهیه کردند و ازرودخانه کنار قبرستان شروع به آب آوردن کردند، از آنجا که دیگر کسی درقبرستان نبود این کار سریع تر وراحت تر انجام شد. . .کوروش خود ابتدا این کار را انجام داد، یک سطل آب گرفت و از بالا روی آنان می ریخت. . .ویکی یکی آنان را تبدیل به سنگ میکرد. . .هیولاهای آتشین وحشتناک که حال آنقدر ترسیده بودند که هر کدام از ترس نابودی به طرفی میگریختند . ..سپس کوروش دستور حمله با آب را عملا صادر کرد. . .سربازان مدام روی هیولاها آب می ریختند. . .در حالی که تقریباً همه ی هیولاها رو به نابودی بودند. . .آب تمام شد و آوردن آب از رودخانه نیاز به زمانی اندک داشت امّا با توجه به انکه تعداد انگشت شماری هیولا هنوز باقی مانده بود، رفتن سربازان

برای آوردن آب مقرون به صرفه نبود . . . در این حالت کوروش، بافیناس وچندسرباز دیگر سه — چهار هیولای باقی مانده را این بار با تیغ شمشیر از پا در آوردند. . .در حالی که فقط یک هیولا باقی مانده بود. . .آن نیز به سمت کوروش حمله ور شد امّا بافیناس با آب دهان خود چشم هیولا را هدف گرفت و چشم هیولا سنگ شد و در حالی که دیگر توانایی دیدن نداشت وحیران بود، کوروش سر این هیولا را نیز از تنش جدا کرد و بعد از چند لحظه گفت:

- همیشه تیغ شمشیر پیروزنیست،اون چیزی که باعث پیروزی میشه، عقل و تفکره. . .ما اگه می خواستیم با شمشیر در مقابل این هیولاهای غول پیکر بجنگیم، قطعاً هممون کشته می شدیم امّا عقل ودرایت بافیناس و پیشنهادش برا استفاده از آب باعث شد با صرف حداقل انرژی این همه هیولا را از پا در بیاریم. . .

* کوروش به سمت محلول احیای مومیایی ها رفت و آنرا دوباره روی آتش ریخت و اینبار بشکل شگفت آوری، مومیاییهای در بند شده از خاک و تابوت های خود بیرون آمدند. . .هزاران هزار مومیایی احیا شدند. . .بدن های آغشته به موم آنان خود بهخود باز شد و حدود هزاران هزار انسان بی گناه در بند و مومیایی شده آزادشدند . . . و به سمت کوروش و سربازاش آمدند . . . صحنه ی بسیار عجیب امّا در عین حال جالبی بود بعضی از سربازان از هیجان زبانشان چندلحظه ای بند آمده بود، کوروش به یکی از مومیایی ها گفت:

- شما زبان منو متوجه می شین؟!!

* همه ی آنان بایک صدای پرانرژی ،یک پارچه و همزمان جواب دادند. . .

۱۷۷

- بله ارباب!

* کوروش روی همان طاقچه ای که محلول وجود داشت رفت تا با توجه به سطح فیزیکی بالاتر به آنان اشراف داشته باشد وگفت:

- ای انسان های زندانی شده، حالا شما آزاد شدید. . .دیگر مومیایی نیستید و یک انسان عادی هستید و به شکل کاملاً طبیعی خود بازگشتید، همانطور که بهتر از من اطلاع دارید، شما بطور غیر مستقیم در بند زهرآگین خبیث بودید، من به همراه جان فشانی های دوستانم شما را آزاد کردیم تا با من همراه و علیه زهرآگین قیام کنید،البته هیچ اجباری در کارنیست در واقع نمی تونم شما را اجبار کنم، چون فعلاً نه قدرتشو دارم و نه انگیزه ی اجبار، چون اگر اجبار کنم من هم ظالم تلقی می شم آیا به من ودوستانم ملحق می شوید؟

- یکی از آنان که ظاهر قوی تر داشت و از ردهای باقی مانده روی صورتش مشخص بود قبلاً جنگجو بوده گفت:

- بله . . .بله من که حاضرم. . .ما سالیان بسیار طولانی برای اهداف شیطانی زهرآگین و بعنوان برده های ذخیره، مومیایی شدیم تا هر وقت لازم بود از ما بیگاری بکشه، امّا شما و دوستانت، مارو آزاد کردید. . .اسم من "هوتن" است عالی جناب. . .

* سپس جلوی کوروش زانو زد و گفت:

- فرمانده، ارباب و عالی جناب من شمایید، هر چه بگویید اطاعت میکنم و اگه لازم باشه جانم را همفدای شما و قیام ظلم ستیز شما خواهم کرد

۱۷۸

* بعد از اینکه هوتن جلوی کوروش زانو زد، و با او اعلام وفاداری وهمبستگی کرد سایر مومیایی ها نیز این کار را انجام و اعلام وفاداری کردند و دعوت کوروش را قبول کردند و سپس کوروش با چشمانی اشک آلود گفت:

- من این افتخاربزرگ که البته با جان فشانی های دوستانم به وقوع پیوسته را فراموش نمی کنم، و از همتون از صمیم قلب، سپاسگزارم!

* سپس کوروش دست خود را مشت کرد و به سمت بالا برد و فریاد زد. . .

- پیش به سوی پیروزی

* همگی اعم از مومیایی آزاد شده که البته دیگر الان همه یک انسان عادی و بدون هیچ کم و کاستی بودند، و باقی مانده افراد کوروش، این شعار را با صدای بلند تکرار کردند و اضافه کردند. . .

- سرنگون باد زهرآگین

* فضای آنجا از شعار های احساسی طنین انداز شده بود، کوروش بعد از چندلحظه دستش راپایین آورد . . . و بعد از لحظاتی انسان های مومیایی آزاد شده یکی یکی به سمت او و افرادش آمدند و با آنان ملاقات بسیار گرمی را شروع کردند، هوتن نیز ابتدا نزد کورش آمد و به اوگفت:

- افتخار آشنایی با چه فرمانده ای را دارم؟!

- بنده، کوروش ام، شما قبلاً جنگجو بودید؟

- بله فرمانده، کوروش

* هوتن بعد از معرفی خود نحوه ی به دام افتادن خود در بند زهرآگین را برای کوروش گفت وکوروش نیز بطور خلاصه از تمامی قضایای خود برا هوتن گفت و او را نیز حیرت زده کرد

* کوروش به بافیناس گفت:

- خب، بافیناس، خوشبختانه این قبرستان هم فتح شد و به هدفمان رسیدیم، حالا باید یه جوری این نیروی جدید رو مسلح کنیم؟ به نظرت چطور می تونیم این کارو کنیم؟

- با توجه به اسناد بدست آمده، این قبرستان انبار تسلیحات نداره

- پس چیکار کنیم؟

* در همین لحظه، هوتن در میان آمد و به کوروش گفت:

- فرمانده کوروش، من تجارب زیادی در جنگ ها دارم، بدنبال چنین فرصتی می گشتم که بجنگم اگه اجازه بفرمایید، پیشنهادی دارم؟

* کوروش بانهایت احترام. . .

- بفرمایید؟!از تجارب شمااستفاده می کنیم.

- اگه میشه منو از فرماندهان ارشد خود کنید، مطمئن باشید تمام تلاشمو خواهم کرد، من قبلاً هم سابقه ی فرماندهی زیادی داشتم

* کوروش هم با اقتدار وهم با احترام. . .بعد از لحظه ای فکر کردن، پاسخ داد:

- با کمال میل

* سپس بافیناس نیز به هوتن تبریک گفت و به او گفت:

- خب فرمانده هوتن، همین الان بعنوان اولین ماموریتت، مأموریتی برات دارم؟!

- در خدمتم؟! عالیجناب

۱۸۰

- ما می خواهیم شما دنیروهای کثیر را مسلح کنیم،میدونی از کجا باید سلاح تهیه کنیم؟!

- سلاح؟! بله دقیقاً، می دانم

* کوروش با خوشحالی گفت:

ازکجا؟!

- دقیقــاً همین جــا یک در مخفــی وجــود داره ، کــه هر چقدر که بخواهین، سلاحه

دریــایــی از ســلاح و انــواع تسلیحات جنگی، کمان. . .نیزه . . . شمشیر، زره، همه

چی،همه چیزا!

* کوروش به بافیناس گفت:

- نکنه فرمانده همین انباری که از داخلش ظرف گرفتیم تا باهاش آب بیاریم رو میگه

* هوتن که اطلاعات جامعی ازاین قبرستان داشت گفت:

- بله اونجا در حال حاضر ظرف های زیادی ریخته. . .

* آنها سه تایی به آنجا رفتند. . .هوتن با بازوهای ورزیده اش ظرف های قدیمی را در لحظه ای کوتاهی این ور و آن ور پرت کرد تا اینکه به درمخفی رسید و به کوروش و بافیناس گفت:

- همین جاست

* بافیناس نیز طبق معمول با لگدی محکم در را شکست، گفته ی هوتن کاملاًدرست بود وتسلیحات نه تنها برای هزاران هزار نفر بلکه انقدر زیاد بود

که حتی یکی ارتش میلیونی را هم می توانست،مجهز کند،خوشحالی از چهره ی این سه فرمانده زیادتر از تسلیحات داخل انبار به نظر می رسید!! سپس کوروش بلافاصله به بافیناس دستور داد سریعاً نیروها را تجهیز و مسلح کند. .

.

* بعد از این که تمامی نیروها مسلح ومجهز شدند، نیروهای کوروش شبیه به یک ارتش شدند، کوروش به هوتن گفت:

- همنوعانت از بند اسارت برای همیشه آزاد شدن، و این برای من مایه ی خوشحالی بی حد و حصره؛راستی اونا رزم بلدن؟

- بلـه فرمانده، جابه بدونید من فرمانـده کل همه ی اونا بودم، ما همانطور که بهتون گفتم، همه با هم دستگیر شدیم

- واقعاً !! اینو بهم نگفته بودی؟!! عالی شد، عالی، از این بهترنمی شه!

- عذر می خوام فرمانده، فراموش کرده بودم

- خواهش می کنم، فرمانده هوتن

* همه چیز طبق میل کوروش شده بود، بافیناس به دستور او نیروها را سازماندهی و از قبرستان آماده ی خروج کرد . . . . کوروش و نیروهایش بعد از چند لحظه در حال خارج شدن از قبرستان بودند که چیزی بزرگ و عجیب، شبیه به ابر سیاه، که در حال نزدیک شدن به آنان بود، توجه آنان را به خود جلب کرد.

* کوروش به هوتن گفت:

- اونا دیگه چیه؟!

- اونا همان خفاش های زهر آگین اند، که آدم ها رو می دزدن و مومیایی شان می کنند حالا لحظه ی انتقامه . . . همین خفاش های لعنتی ارتش قبلی من رو به همراه خودم اسیر کردن . . . اون خفاش ها ده ها برابر از خفاش های عادی بزرگ ترند.

* کوروش دستور داد تا شیپور جنگ را به صدا در آوردند تانیروهایش به حالت آماده باش در آیند، بعد تیراندازان خبره ی خود را آماده تیراندازی به سمت خفاش های مهاجم کرد. . .صدها خفاش سیاه عظیم همراه با آدم هایی که در چنگال آنان بودند و ظاهراً آنان نیز در حال ربایش بودند، به آنان نزدیک شدند . . . که با دستور کوروش بارانی ازتیر به سمت آنان روانه شد، تیراندازان با دستور متوالی کوروش و بافیناس خفاش های عامل ربایش آدم ها راتیرباران میکردندخفاش ها نزدیک تر و نزدیک تر می شدند . . . و شمار زیادی از آنان نیز در بند تیرهای کوروش و افرادش کشته شدند. . .بافیناس در دستورات خود به تیراندازان گوشزد میکرد طوری خفاش ها راهدف قراربدهند که آدم های دزدیده و در بند شده در چنگال خفاش های عظیم الجثه، آسیب نبیند بطوری که وقتی آن آدم های در بند شده روی زمین بیفتند، آسیب چندانی نبینند

* روند تیر اندازی ادامه داشت . . . بطوری که بصورت باور نکردنی قبل از آنکه خفاش ها بطور کامل به کوروش و افرادش برسند، همگی کشته شدند بدون آنکه حتی یک نفر از افراد کوروش زخمی شود! بدلیل تیر اندازی دقیق تیراندازان، صدها انسان در بند شده ای خفاشان رباینده ی آدم، نیز آزاد شدند. . .

* کوروش نیز بافیناس را مأمور کرد تا این افراد آزاد شده را که البته ده ها تن از آنان بدلیل برخورد با زمین بطور جدی زخمی شده بودند، با خود متحد کند، بر خلاف دفعات قبل افرادآزاد شده، دعوت بافیناس رابرای اتحاد با کوروش نپذیرفتند و ترجیح دادند خود نیز فرار کنند، از بین حدود صد فرد آزاد شده فقط تعدادی انگشت شمار، دعوت بافیناس را برای متحد شدن با کوروش پذیرفتند. .بافیناس افرادی را دعوت کوروش را نپذیرفته بودند، نصیحت کرد و وضعیت خطرناکه جزیره را برای آنان بازگو کرد، اما آنان بر نپذیرفتن دعوت اتحاد با کوروش پافشاری کردند. .بافیناس نیز اضافه کرد وگفت:

- ما ظالم نیستیم، شما آزادید و هر کاری را مایلید، مختارید انجام بدید، امّا عواقب خطـرناکه جـزیره و در خطـر بودن خودتان در این جزیره ی مخوف، به عهده خودتان

هست. . .

* سپس نیز رفتند ودعوت کوروش را نپذیرفتند و بقیه ی آدم های آزاد شده که تعداد اندکی داشتند به همراه بافیناس نزد کوروش آمدند و اعلام وفاداری با او کردند. . .

* بعد از طی این قضایا، کوروش از هوتن پرسید؟

- می دونی علت اینکه صداهای وحشتناکی که از قبرستان وحشت می آید، چیه؟!؟

* هوتن طبق معمول، جواب مثبت دادو علت آنرا "زهر سیاه" دانست.

* کوروش متعجبانه گفت:

- زهر سیاه؟!؟

- بله . . .زهر سیاه، ضلع شمالی این قبرستان، درون قبری، زهر سیاهی وجود داره که از سوی زهرآگین ریخته شده، می گن بزاق دهانه اونه،تماس خاک قبر با این زهر، باعث تولید این صدای وحشتناک میشه. . .

- میشه اون رو از بین برد؟!

- بله

- چطور؟

- باید یک مشت از خاک این قبرستان رو گرفت و با خاکستره آتشی که روی آن محلولی که ما رو با آن آزاد کردید، بریزید، و بعد ترکیب اونو روی قبری که زهر سیاه ریخته شده، قرار بدیم، این راز رو کسی نمی دونه من اینو زمانی که می خواستن مارو مومیایی کنن از دهان یکی از افراد بانفوذ زهرآگین مخفیانه شنیدم.

- بسیار خب، پس باید این صداهای رعب آور را برای همیشه نابود کنیم

* کوروش دستور این کار را داد، و باز هم پیشگویی هوتن درست از آب در آمد و با خنثی ساختن زهر سیاه،صداهای رعب آور برای همیشه از بین رفت، کوروش بعد از انجام این کار، بطور مفصل از هوتن قدردانی کرد و آنرا را کلید طلایی برای اهداف بزرگ دانست.بعد از این رخداد،کوروش دوباره نقشه اش را در آورد و هدف بعدی را نیز به افرادش گفت:

- هدف بعدی ما فتح قلعه ای بنام "کاپاس" هست، البته قبلش باید از رودخانه ای بنام، "رودخانه مرگ" عبور کنیم، شما آماده اید؟!دلیر مردان

* نیروهای عظیم کوروش همه با هم، هم صدا و باانرژی زیادپاسخ دادند:

- بله فرمانده. . .

* کوروش بعد از اعلام آمادگی افرادش حرف جالبی را مطرح کرد:

- چون شما دلیر مردان برای بالا بردن پرچم حق و سرنگونی ظلم و ستم می
جنگید،من اسم این ارتش عظیممان را . . .

* سپس اندکی سکوت کرد و با صدای بلند. . .

"- ارتش صلح" می نامم

* نیروها با احساس مضاعف هورا،فریاد شاد و توأم با جدیت سر دادند و این
مأموریت کوروش نیز با موفقیت کامل و تشکیل "ارتش صلح" پایان یافت.

رخداد بیست و ششم : نبرد عظیم

" * ارتش صلح" به سمت قلعه ی کاپاس در حرکت بود، فرمانده
کوروش،فرمانده بافیناس و فـرمانده هوتن با چهره هایی جنگجو و البته توأم
با مهر وانسانیت در جلوی ارتش عظیم و تادندان مسلح، در حرکت بودند. .
.کوروش..

- فرمانده بافیناس چقدر دیگه تا رودخانه مرگ باقی مانده؟

- هنوز راه زیادی باقیست، فرمانده. . .

- اطلاعاتت از رودخانه ی مرگ و قلعه ی کاپاس چقدره؟

- اطلاعات خیلی دقیق ندارم تنها چیزی که می دونم اینه که نیروی دریایی
ارتش زهرآگین در رودخانه مرگ طوری مستقره که تابحال دشمنی علیه
زهرآگین هنوز نتونسته از خط اونا عبور کنه

* کوروش با حالتی مطمئن گفت:

- به لطف خدا، این ارتش پوشالی رو هم در هم می شکنیم و زمان نابودیه ارتش خبیث و در نهایت زهرآگین شیطان صفتو کمتروکمتر میکنیم، فرمانده هوتن اطلاعاته شما از رودخانه مرگ و قلعه کاپاس چقدره؟

- همانطور که فرمانده بافیناس گفت، نیروی دریایی حفاظت کننده از رودخانه مرگ بسیار قدرتمنده، چرا که عبور از رودخانه ی مرگ، عبور از مرزهای حفاظت کننده ی زهرآگینه در واقع اگه بتونیم از این رودخانه عبور کنیم، اعلام خطره جدی برای زهر آگین به حساب می آییم، بعلاوه این که دستیابی به قلعه کاپاس که بزرگترین قلعه ی حفاظتی مرزهای حفاظت کننده ی زهرآگینه، تا حدود زیادی کنترل اوضاع رو در مرزهای حفاظتی زهرآگین مختل ودر نتیجه، وضعیت جنگ رو به نفع ما میکنه

* کوروش که هوشمندانه به حرف های هوتن گوش داده بود، گفت:

- اطلاعاتی از نیروی انسانی و تعداد افراد دشمن در این نواحی داری؟

- از آنجا که رودخانه مرگ رودخانه وسیعیه و عمقش هم بسیار زیاده و نقطه ی بسیار مهمیه، حدود دویست هزار نیرو از اونجا محافظت میکنه، ضمناً اژدهاهای دریایی دشمن رو هم باید در نظر گرفت!!

* کوروش متعجبانه پرسید. . .

- دویست هزار نفر؟! اژدها های دریایی داستانش چیه؟

- بله فرمانده، هفت اژدهای سه سر توی رودخانه ی مرگ اند، علت اینکه رودخانه به این نام معروفه، وجود همین هفت اژدهای سه سره که اگر بااصول خیلی حرفه ای عمل نکنیم همین هفت اژدها برای نابودیه کل ارتش ما کافیه، چه برسه به دویست هزار نفر نیروی پیاده!

* بافیناس پادر میانی کردو گفت:

- چنان برنامه ی منظمی می چینیم که همه ی اون شیاطین روبه درک واصل کنه ما نباید بزاریم خون های افرادمون پایمال بشه

* کوروش با احساسی عجیب گفت:

- من مطمئنم خدا ما رو یاری می کنه و همه ی این بدذاتارو زیر پایمان له می کنیم، من احساس خوبی دارم. . .

* هوتن نیز با امیدواری و انرژی مضاعف گفت:

- بله فرمانده

* کوروش دستور داد، تا ارتش عظیمش استراحت کند تا شب نقشه ی جنگ را طراحی کنند. . .

* ارتش در محلی که مکان مناسبی برای اقامت بود به دستور کوروش جوان، اقامت کرد و چادر زد

* کوروش، بافیناس، هوتن و چند نفر دیگر از کارکشتگان جنگ در چادری مخصوص تانزدیک های صبح در حالی که همه به غیر از نگهبانان خواب بودند، نقشه ی جنگ را طراحی کردند!

* صبح زودکوروش با آنکه زیاد نخوابیده بوددستور "بیدار باش" ارتش را داد وآن را به حرکت درآورد. . .

* در این میان سربازان به گفت وگو با هم پرداختند ودرباره ی جنگ با هم حرف می زنند ومی دانستند که جنگی عظیم در کار است امّا از چگونگی آن باخبر نبودند. . .

* ارتش صلح به مرز مورد نظر نزدیک شد. . .

* کوروش دستها را به معنای توقف بالا برد، هوتن، بافیناس و چند تن از اعضای خط مقدم فریاد زدند. . .

- توقف کنید!

* فرمانده هوتن به کوروش گفت:

- الان وقتشه نیروهای جاسوسی را بفرستیم

* کوروش نیز دستور این عملیات را صادر کرد

* چندین نیروی جاسوسی با صورتی پوشیده و با لباسی تماماً مشکی و فوق العاده چابک وماهر از داخل نیزارهایی که نزدیک رودخانه بودخودشان را به نزدیکی رودخانه رساندند، ظاهراً وظیفه ی آنان بررسی اوضاع بود، چون آنجا بسیار محافظت شده بود واعلام وجود ارتش صلح ممکن بود برای آنان بسیار خطرناک باشد، فرماندهان ارتش صلح ترجیح دادند، فعلاً مخفیانه اقدام کنند.
. .

* ارتش صلح منتظر بود. . .تا این که همه ی افراد جاسوسی به ارتش صلح برگشتند،آن قدر حرفه ای عمل کردند که آب از آب تکان نخورد، سرگروه آنان که فردی بسیار چابک و البته قدی نسبتاً کوتاه داشت، "سامان" نام داشت نزد فرمانده کوروش آمد و اطلاعات را ارائه داد. . .

- فرمانده کوروش، صدها هزار نیروی انسانی فقط در پشت رودخانه ی مرگ مستقراند!!

این که داخل قلعه ی کاپاس چقدر نیروست، خدا می دونه!!

* کوروش گفت:

- صدها هزار؟؟!!!!

* هوتن و با بافیناس هر یک به نحوی ازسامان دوباره پرسیدند، که خطایی در کار نبوده، سامان همه را با قاطعیت جواب داد و از صحت کار خود گفت.

* کوروش به بافیناس و هوتن گفت:

- شماها که گفتید، دویست هزار تا؟ پس چطور فقط در پشت مرز، صدها هزار نیرو مستقره؟!

* بافیناس گفت:

- ما هم مثل شما فرمانده! نمی دونیم چرا این قدر نیرو اضافه شده!!

* هوتن گفت:

- امّا من می دونم

* کوروش با ژستی عجیب گفت:

- خب چی؟ چرا این طور شده

- از ترفندهای زهرآگینه، اون هیچ گاه شرایط استقرار نیروهای خودش را، یک جور نمی زاره همیشه تغییر میده که مبادا اگر دشمنی مثل ما قصد نبرد با اونو داشته باشن دائم رو دست بخورن درنهایت هلاک شن

* کوروش از خشم مشتی به زین اسبش زد وگفت:

- لعنت بر تو زهر آگین، . . . شیطان رذل

* هوتن ادامه داد

- معلوم نیست که اژدهاها چندتا باشن،اژدهاهای آتش انداز

* کوروش که دیگر کم مانده بود شاخ دربیاورد از هوتن پرسید:

* منظورت از اژدهاهای آتش انداز چیه؟!!

- اون اژدهایی که داخل رودخانه ی مرگن، از دهانشان آتش به سمت دشمنان شعله ور می کنن

- آخه چطورممکنه؟!!

- نمی دونم فرمانده! اون اژدهاها هر وقت آتششون تموم می شه، دوباره به رودخانه بر میگردن، کاملاً خودشون رو به ته رودخانه می برن وقتی دوباره بالا می آن، آتش افروزیشون شروع میشه

* این نکته هایی که هوتن از نحوه ی آتش اندوزی اژدهاها گفت، کوروش را به فکر فرو برد در همین حین ناگهان صدای سرفه های شدیدی آمد. . .

* یکی از نیروهای جاسوسی سرفه های شدیدی می زد که از دهانش خون بالا آمد، اطرافیان از جمله کوروش به طرف او رفتند، کوروش گفت:

- این یه دفعه چش شد؟

* کسی مطلع نبود، سامان گفت:

- نمی دونم شاید داخل آب رفته، بدنش سرد شده و مریض. . .

* کوروش،

- مگه داخل آب رفته؟

- بله فرمانده، مابه جایی رسیدیم که باید ازداخل آب می رفتیم، این سربازم که خیلی در شنا حرفه ای بود، داوطلبانه خودش رفت و کارش رو هم درست انجام داد. . .

* اوسرفه های شدیدی می زد و از دهانش مایع زردی بیرون ریخت. . .

* کوروش گفت:

- منتظر چی هستین سریع آتش روشن کنید،تا گرمش کنیم. . .

* افراد سریع آتشی را روشن کردند،

* بافیناس صورت مریض را به سمت آتش کرد تا کاملاً گرم شود، مریض بار دیگر سرفه کرد که اتفاق عجیبی افتاد . . . به محض سرفه زدنش، آتش شعله ورتر شد!! مجدداً سرفه زد و باز آتش گر گرفت!!

* همگی متعجب شدند!! که چرا چنین اتفاقی افتاد، کوروش، قطعه ای از هیزمهای در حال سوختن آتش را برداشت، و به مریض گفت تا، روی این هیزم آب دهن بندازد، بیمار این کار را انجام داد و آتشی که روی هیزم بود، دوباره شعله ور شد، ظاهراً کوروش چیزایی فهمیده بود!!

* بافیناس به کوروش

فرمانده یعنی چه اتفاقی افتاده

- فکر کنم اون رودخانه فقط سرشار از آب خالی نباشه

- یعنی چی؟

- این که دقیق چی داره رو نمیدونم امّا اینو می دونم که مواد آتش زایی داره

* و رو به هوتن کرد وگفت:

- هوتن، توگفتی، اون اژدهاها هر وقت آتششون تموم میشه، دوباره به ته رودخانه بر می گشتند، می اومدن بالا، دهانشون آتشی می شد؟

- بله فرمانده،دقیقاً

- من چند نفر لازم دارم باید برم این رودخانه ی لعنتی رو ببینم، هر جور هست باید ازش سر در بیارم

* سامان با شگفتی به فرمانده کوروش:

۱۹۲

- فرمانده ماهم که رفتیم کار خیلی خطرناکی بود، ضمناً ما تا ته رودخانه هم نرفتیم . . .خلاصه این کاریه جور خودکشیه

* کوروش که خشمش نسبت به دشمنان مضاعف شده بود. . .

- من هرجور هست باید برم، نیازی نیست کسی دنبالم بیاد. . .

* بافیناس به فرمانده کوروش. . .

- فرمانده، شما بسیار شجاع و جنگجویید امّا خیلی جوانید، البته قصد جسارت به فرمانده

ی دلیرم را ندارم، امّا فرمانده کوروش اگه شما از دست برید،کلیه نقشه ها و خون های که برای نابودی زهرآگین خبیث و آزاد سازی، جزیره طراحی و ریخته شده، همگی به پوچی تبدیل می شه شمانباید برید

* فرمانده کوروش که خیلی احساساتی شده بود به آرامی در جواب بافیناس گفت:

- من به نظرت احترام می زارم و درک میکنم که چی میگی ، امّا اگه این رویداد رخ نده و من نرم، معلوم نیست که چه به سر بقیه ی افراده ما خواهد آمد. . .

* هوتن

- خب فرمانده راه دیگه ای رو انتخاب کنید.

- اگه کسی راه دیگه ای می دونه، بگه. . .تعداد افراد اونا چندین برابر ارتش ماست، ضمناً اون اژدهاهای قدرتمند رو هم باید در نظر گرفت، از اون بدتر این که ما نمی دونیم، توی رودخانه چقدر دیگه موجودات عجیب و غریب علیه ماست . . . من بعنوان فرمانده نمی تونم جان هزاران نفر از افرادمو به

خطر بندازم، اگه من چنین جسارت و شجاعتی نداشته باشم که خودم خط مقدم باشم و مسؤلیت های خطرناک را بر عهده نگیرم، پس بهتره بمیرم، من باید برم. . .

* بافیناس بلافاصله گفت:

فرمانده منم باهات می آم

* بلافاصله هوتن هم همین حرف را گفت. . .امّا کوروش

- نه بافیناس تو به همراه فرمانده هوتن بازوان منید، شما باید باشید

* سامان

- پس فرمانده، من باهات می آم، من هم راه روبلدم، هم به این عملیات ها مسلطم اما توانایی فرماندهی ندارم، پس اجازه بدید درکنار شما باشم

* کوروش که فردی خودخواه و غیر منطقی نبود

- بسیار خب، سامان تو با من بیا. . .

* و اضافه کرد

- هوتن،بافیناس، اگر من تا غروب آفتاب برنگشتم، شما ارتش رو با فرماندهی خودتان حرکت بدید امّا اگه برگشتم که هیچ باهم می ریم

* بافیناس که علاقه ی بسیار زیادی به کورش داشت

- یعنی چی؟ فرمانده، شما باید برگردید!! ما تا شما برنگردید، حرکت نمی کنیم، شما باید بیایید اگر نیایید، ما میاییم دنبالت، فرمانده

- نه بافیناس،از این که به من محبت دارید و وفادار هستی،قلباً ازت ممنونم امّا الان قلب هزاران نفردر میانه، نه یک نفر

* بافیناس، با چشمانی اشک آلود گفت:

- بله فرمانده

* کوروش هم به نشانه ی احترام به دوش او، هوتن وچندنفر از اطرافیانش آهسته ضربه زد و سوار براسب همراه با سامان به راه افتاد. . .

* کوروش و سامان دوتایی امیدوارنه، در حرکت بودند که سامان گفت:

- فرمانده از اینجا به بعد رو باید پیاده بریم، چون این جا خطرناکه ممکنه، نیروهایی از دشمـن باشه کـه نیـاز به تمـرکز داره از کنار شون بگذریم، اسب ها هنگام دیدن اونا وحشی می شن

- یعنی چی؟ اسب ها وحشی می شن

- فرمانده کوروش نیروهای این جا، چهره های شیطانی دارن اگه اتفاقی با اونا برخورد کنیم اسبها می ترسن و وحشی می شن و کارمون خراب میشه

- بسیار خب

* هر دو پیاده شدند، کوروش

- دفعه ی قبل که اومدین به دشمن برخورد کردید

- خوشبختانه، نه فرمانده، خیلی مواظب بودیم

- عالیه

* به محض آن که حرف کوروش تمام نشده بود. . .تیری از جلوی چشمانش رد شد، متعجبانه به جهتی که تیرانداخته شده بود نگاه کرد، دید چند تا از همان نیروهای شیطانی او را دیدند، سریع به سامان گفت:

- دشمن ها! دشمن ها!

* کوروش و سامان شمشیرها را درآوردندو به سمت چهار دشمنی که به سمت آنان می آمدند حمله کردند. . .

۱۹۵

* نبرد در گرفت که قدرت رزمیه کوروش و سامان بر آنان غلبه کرد و چهار دشمن را به هلاکت رساند. . .

* سامان. . .

- فرمانده باید خیلی مراقب باشیم، گفتم که خطرناکه

- باشه

* دوباره به راه افتادند . . . بین آنان و دشمن تا مسیر هدف، نبردی در نگرفت و دیده نشدند تا این که به رودخانه رسیدند، سامان گفت:

- فرمانده خیلی مواظب باشید، خیلی خیلی و با احتیاط کامل بریم توی آب این جا دیگه اگه کسی، حتی یه نفر ما رو ببینه، مرگمون حتمیه

- باشه، خیالت راحت، . . . حالا از کجا باید بریم

* سامان با حرکت دست، مسیر را نشان داد وخیلی آهسته گفت :

- باید تنتو گل بزنی تا اژدهاها، بوتو حس نکن بعد باید خودتو دو تا سیلی محکم بزنی

* کوروش متعجبانه پرسید:

- چرا؟

- چون وقتی صورتت سرخ بشه، اژدهاها نمی تونن، تو رو ببینیم، دیگه علتشو نمی دونم!

* هر دو این کار را انجام دادند و آهسته با حبس نفس زیاد و عمیق به ته آب رفتند، چشمان هر دو باز بود. . . سامان اژدهاها رو دیده بود، امّا دیدن آنان برای اولین بار برای کوروش بسیار مخوف بود، البته ذاتاً اژدهاها مخوف

۱۹۶

بودند ولی او از چیزی نمی ترسید و شجاعانه، در آب سیر می کرد و تصمیم گرفت به جایی عمیق تربرود. . .

* امّا نفس سامان در حال تمام شدن بود، کورش به سامان اشاره کرد بیا پایین تر امّا سامان اشاره کرد نفسم کم آمده، کوروش دوباره چون به غیر از اشاره راهی نداشت به او گفت بـرو بـالا من بـر می گـردم . . . سـامان که راهـی نداشت همین کار را انجام داد.او، پایین و پایین تر رفت، تا این که چیزی توجه او را جلب کرد.

* آتشی که از ته آب بالا می آمد...نزدیک تر رفت . . . تا قضیه را جویا شود، دید ماده ای زرد از ته رودخانه بالا می زند که خاصیتی آتش زا دارد، بطوری که آن قدر خاصیت سوزشی دارد که آتش را در آب روشن نگه داشته، او نزدیکو نزدیک تر می رود که بیش تر بفهمد خنجر خود را در می آورد تا به آتش بزند و ببیند آیا خنجرش را سرخ می کند یا نه که ناگهان متوجه شد که یکی از اژدهاها به سمت همان آتش در حال حرکت است، تا به پشت خود نگاه کرد اژدهای سه سر که سر وسط بزرگتر و سر چپ و راست کوچکتر بود به او خیلی نزدیک شد اما او خود را سریعاً کنار کشید که زیر آن اژدهای غول پیکر له نشود، نفس های حبس شده اش هم روبه اتمام بود، خنجرش هم کنار آتش بصورت سرپا لابه بلای دو تا سنگ افتاد وگیر کرد، اژدها کنار آتش آمد، بینی خود را روی آتش گرفت، به نظر می رسید این همان آتش گیری اژدها می بود که هوتن گفته بود.بعد از اتمام آتش گیری اژدها دور زد و تا می خواست بالا برودگردن سر وسطی اش که از همه بزرگتر بود بطور اتفاقی به خنجر کوچک کوروش که لای سنگ ها گیر کرده

بود برخورد و اندکی بریده شد، بعد از یک دور زدن، دور خودش، بلافاصله اژدها بطور عجیبی کشته شد!!

* کوروش که از دیدن این رویداد بسیار شگفت زده شده بود، فهمید که نقطه ی ضعف این هیولاهای غول پیکر زیر گردن وسطیشان است!

* او بلافاصله امّا با احتیاط بالا رفت به سطح آب رسید، اوضاع آروم بود، هوا گرفت و دوباره پایین رفت تا از راز آتش نیز خبر دار شود، به مکان قبلی بازگشت ،خنجر خود را برداشت امّا بلافاصله دو تا اژدهاها به سمت او حمله کردند، کوروش متعجب از اینکه چرا اژدهاها او را حس کردند مجدداً قصد برگشت به سطح آب را داشت امّا این دو اژدها مانع شدند، ناگهان شش سر هیولا ها به سمتش یکی از بالا و یکی از سمت راست مانع شدند، او سر جای خود ایستاد به محض این که دو اژدها آمدند، جای خود را عوض کرد و شش سر دو اژدها، محکم به هم برخورد کرد و هر دو گیج شدند و افتادند. سپس بلافاصله به سمت منبع آتش رفت و زمان اندکی داشت که راز آتش زیر آب را کشف کند با خنجر خود کمی دور آن را کند و فهمید که این آتش از سنگ های مخصوصی هستند که وقتی در زیر آب قرار میگیرند و با ماده ای مخصوص کف رودخانه که در جاهای مختلف رودخانه وجود داشت برخورد می کنند از خود آتش آزاد می کنند، اژدها ها در حال هوش آمدن بودن که کوروش چند تا از آن سنگ های مخصوص را برداشت و به سطح آب آمد که ناگهان دید، سامان با چند تا از افراد دشمن در حال جنگ است، سپس از آب بیرون آمد و از آنجا که شمشیر خود را بیرون از رودخانه بمنظور آن که وزنش در آب کمتر شود و راحت تر شنا کند، گذاشته بود، فقط با همان

خنجری که دستش بود، با فریادی نسبتاً بلند به کمک سامان رفت و بار دیگر هنر رزمی خود را به نمایش گذاشت و همراه سامان هفت نیروی دشمن را البته با زحمت، شکست دادند. . .و سریعاً خود رابا سامان داخل نیزارهای اطراف پنهان کردند تا در تیررس دشمن مستقیماً قرار نگیرند.

* هر دو درحال استراحت کردن بودن، کوروش نیز که به سختی نفسش را به مدت نسبتاً طولانی حبس کرده بود، خیلی نفس نفس می زد امّا به سامان گفت:

- سامان، هر چی سریعتر باید برگردیم، اوضاع زیاد خوب نیست، من راز آتش ها رو کشف کردم، اطلاعات خوبی گرفتم

* سامان هم که نفس نفس می زد، گفت:

بله فرمانده حق با شماست

* آن دو به راه افتادند و آهسته آهسته و مخفیانه در حال برگشت بودند که ناگهان آتشی عظیم در اطراف آنان شعله ور شد

- سامان وکوروش در مخمصه ی سختی گرفتار شدند یکی از اژدهاهای سه سر آنان را دیده بود بلافاصله آتش بعدی به سمت آنان آمد، سر وسطیه اژدها اتش بیشتر و سر چپ و راست آن آتش های کم تری به نسبت سر وسط می دمیدند، اما هر سه سر اژدها قدرت آتش افروزی داشت . . . خلاصه کوروش و سامان پناه گرفتند و بار دیگر شانس آوردند که کباب نشدند هر دو بلافاصله صورتهای همدیگر رابا سیلی سرخ کردند و تنهای خود را گل آلود کردند که اژدها از پیدا کردن آنان فارغ شد، کوروش از این فرصت استفاده کرد، شمشیر سامان را گرفت آهسته آهسته سمت اژدها می رفت، اژدها ناخودآگاه

دور خود چرخید دم بزرگش به سمت کوروش آمد که اگر به او اصابت میکرد او را تکه تکه می کرد که البته هوشمندانه از روی آن پرید و بلافاصله به سمت اژدها حرکت کرد و سریعاً شمشیر را زیر گردن وسط اژدها هدفگیری و پرتاب کرد که به آن اصابت نمود اژدها، غرشی کرد و ناگهان به زمین افتاد و کشته شد!! او بار دیگر خوشحال به سمت سامان رفت و به او که نظاره گر این نبرد بود گفت:

- هیچ گاه به بزرگی مشگل نگاه نکن؛ همه ی مشکلات کلیدی دارند که اگر بتونی اونو پیدا کنی می تونی به اون غلبه کنی مثل همین اژدهای غول پیکر که نقطه ی ضعف و کلید غلبه اش ضربه زدن به زیر گردن وسطیشه!

* سامان بسیار او را تحسین کرد و دوباره به راه افتادن، او گفت:

- فرمانده باید سریع تر بریم تا غروب آفتاب برسیم وگرنه ارتش حرکت می کنه

* کوروش نیز خونسردانه گفت:

- به کمک خدا می رسیم

* سامان با حالتی شگرف پرسید:

- راستی فرمانده، از ته رودخانه چه چیزایی تونستی بفهمی؟

- به زودی می فهمی . . .

- آخه خیلی کنجکاو شدم، فرمانده، می خوام ببینم کاملاً به هدف مورد نظرت رسیدی؟

- چه طور ممکنه، کسی به خدا اطمینان کنه و به هدفش نرسه!

- فرمانده کوروش من از بودن با شما افتخار می کنم، شما همیشه خود را به خدا می سپارید، این فوق العادست، شما علی رغم جوانی، روحه بزرگ و منش خدا پسندانه ای دارید، واقعاً که یک پارسی اصیل هستید.

- ممنون سامان، منم از این که تو هم یک ایرانی شجاع هستی، خوشحالم

* سامان تشکر کرد و به کورش گفت:

- فرمانده اسب ها، اونوره، بیایید. . .

* به محض انکه این دو به سمت مکان توفق اسبهایشان رفتند، صحنه های وحشتناکی

دیده شد. . .گروهی از افراده شیطانیه دشمن که بسیار چهره ای ترسناک ، مخوف و خون آلودی داشتند .. گوش های بلند، چشمان سرخ و درشت ودهان گشاد با دندان های تیز و بلند هر شخصی رابه غیر از شجاع دلانی چون کوروش و سامان می ترساند، در حال خوردن اسبهای آنان بودند، سامان. . .

- لعنت بر شایطین، ببین این خون آشام های رذل چطور اسبهای نجیبمون رو تکه تکه کردند

* یکی از آن موجودات، او و کوروش را دید و به بقیه اشاره کرد که این دو نیز آنجا اند، هشت تا از موجودات شیطانی هر دو اسب را تقریباً خورده بودند و فقط چند استخوان از آنان باقی مانده بود. . .

* کوروش. . .

- سامان، آماده باش، فکر کنم، حسابی مهمون داریم باید ازشون خوب پذیرایی کنیم.

* سامان. . .

- فرمانده منم دوست دارم از مهمون های بی ریختمون پذیرایی کنیم امّا وسیله یپذیرایی نداریم

- منظورت چیه، سامان، الان اصلاً وقت خوبی برا شوخی نیست!

- جدی میگم هیچی دیگه سلاح برامون نمونده من فقط یک خنجر دارم

- چقدزیاد!! . .اون دسته خودت باشه من دست خالی می جنگم

* موجودات شیطانی نیز یکی یکی شمشیرهای خود را برداشتند و آهسته آهسته به سمت آنها پیش آمدند، چنان که خون اسب خورده شده از کنار دهانشان روی دست و پایشان می چکید که آنان را مخوف تر جلوه می داد

* نبرد در گرفت. . .

* کوروش با ضربات قدرتمند و حرفه ای پا دو سه تا از آنان را زمین گیر کرد، سامان هم شجاعانه می جنگید اولین دشمنی که به سمتش آمد را بلافاصله با ضربه ی خنجر به گردنش به هلاکت رساند، بلافاصله یکی دیگر از آن موجودات سره سامان را با شمشیر هدف گرفت که با هوشمندی وی این ضربه نیز دفع شد و سامان بار دیگر با خنجرش اینبار شکم این موجود رادرید و آنرا نیز به هلاکت رساند. . .

* جنگ سختی در گرفته بود، سامان با خنجرش وضعیت سختی در مقابل موجودات مسلح داشت اماکوروش شرایط سخت تری و فقط با هنر بدنی و با "دستان خالی" با شیاطین وحشی مبارزه می کرد، امّا شرایط سخت تر هم شد حدود ده – دوازده موجود شیطانی دیگر که معلوم نبود از کجا پیدایشان شد به این نبرد علیه سامان و کوروش اضافه شدند. . .

* کوروش بجای آنکه عقب نشینی کند، خشمش بیش تر شد. . .به سمت یکی از موجودات شیطانی دوید، قبل از آنکه آن با شمشیرش او را در پای درآورد کوروش به بالا پرید با پای چپش محکم به سینه ی آن دشمن ضربه زد و قبل از آنکه به زمین فرود آید با پای راستش یک ضربه ی دیگر به موجود شیطانی دیگری زد و در یک حمله دو تا را زخمی کرد و بلافاصله شمشیر یکی از آنان را گرفت و هر دو آنان را کشت و مسلح شد ودوباره شروع به جنگیدن کرد یکی یکی آنان را میکشت و نبرد سختی در گرفته بود، سامان نیز یکی از نیزه های موجودات کشته شده رابرداشت و با هنر رزمی بالا، با دشمنانش شجاعانه می جنگید، کوروش نیز، وقتی دید تعداد دشمنان نسبت به آنان زیادتر است، یکی دیگر از شمشیرها رابرداشت و دو شمشیره به جنگ ادامه داد. . .تعداد شیاطین با کشته شدنشان یکی یکی کم میشد اما خستگی نیز به همان نسبت به کوروش و سامان مضاعف، خلاصه نبرد و جنگ خونین ادامه داشت تا جایی رسید که فقط پنج تا دیگر از موجودات باقی مانده بودند دو تا از آنها همزمان به سمت کوروش حمله ور شدند وهر دو همزمان بادو شمشیر به سمت کوروش ضربه زدند.اما کوروش با دو شمشیرش ضربه را دفع کردو موجود شیطانی فشار بیشتری بر کوروش آوردند اما او مقاومت کرد و با یک فریاد بلند هر دو آنان را عقب پرتاب کرد و بار دیگر قدرت بازوی خود را به رخ دشمن کشید و هر دو آنان را با شمشیرش نابود کرد در آن سو سامان که به شدت خسته شده بود در حال نبرد با سه موجود باقی مانده بود با نیزه ی خود یکی دیگر آنان را کشت اما یکی از آنان به داخل بوته زارهای اطراف فرار کرد و پنهان شد،کوروش نیز به

سمت سامان رفت تا به او کمک کند، سامان در حال نبرد با یک موجود شیطانی باقی مانده بود که ناگهان آن یکی که به داخل بوته ها فرار کرده بود از پشت به سامان حمله کرد ..کوروش فریاد زد. . .

- سامان از پشت سر مراقب باش

* به محض آنکه سامان به پشت خود نگاه کرد آن موجود شیطانی با شمشیر برنده اش ضربه ای محکم به پشت سامان مبارز و شجاع وارد کرد، کوروش در حال دویدن بود، فریاد بلندی زد. . .

- نه ه ه ه ه

* در همین حین آن دشمن دیگر نیز شمشیر خود را به شکم سامان فرو برد

* سامان که دیگر نای جنگ نداشت با فریادی بلند و با حالتی عجیب و خشمگین دشمن روبروی خود را با قدرت و محکم ضربه زد و کشت در این لحظه کوروش نیز به محل مبارزه ی آنان رسید و با پشتکی بسیار حرفه ای که به منظور افزایش نفوذپذیری قدرت شمشیرش، انجام داد با ضربه ای محکم سر آن یک موجود شیطانی باقی مانده را جدا کرد وچند لحظه ای خون از تن بریده آن موجود شیطانی که رنگ طلایی و غلیظ داشت بیرون امد و سپس بدنش نیز به زمین افتاد. . .

* کوروش شمشیرش را انداخت و به سمت سامان زخمی رفت و او را درآغوش گرفت و به او گفت:

- حالت چطوره؟ سامان قهرمان. .قوی باش

* سامان که دیگر توان نداشت با صدای آهسته گفت:

- فرمانده کوروش، کار من تمومه . . .

• نه سامان ، کار توتموم نیست، افرادی که برای انسانیت کشته می شوند هیچ
گاه از قلبها و ذهن ها پاک نمی شن تو همیشه توی ذهن و قلب انسانهای
آزاده زنده ای. . .

* سامان لبخندی زدو چشم خود را برای همیشه از جنگ و خونریزی بست
وکشته شد

* کوروش اشکهایش جاری شد و با خود می گفت:

- بخواب دوست عزیزم، آروم بخواب، خون تو هم ذخیره ای مضاعف شد برای
سقوط زهر آگین ظالم. . .

* اونیز چند لحظه ای روی جسد سامان گریه کرد. . .با شمشیر در همانجا
قبری برایش کند و جسدش را دفن کرد. . .

* جنگ های متوالی و کندن قبر برای جسد سامان باعث شده بود که
آفتاب کم کم غروب کند و زمان رسیدن کوروش به ارتش صلح به تعویق
بیافتد، خودش نیز دستور داده بود که اگر تا غروب آفتاب به ارتش نرسید
آنان طبق نقشه و فرماندهی ارشد بافیناس و سایر فرماندهان جنگ را شروع
کنند و ارتش را حرکت دهند. . .

* او بلافاصله و با دریایی از غم به علت از دست دادن سامان، به سمت
استقرار ارتشش به راه افتاد . . . در آن سوی میدان بافیناس، هوتن و سایر
افراد نگران بودند،بافیناس در جای خود آرام و قرار نداشت و مدام اینور وآن
ور راه می رفت، هوتن به او گفت:

- آروم باشید، فرمانده، من مطمئنم فرمانده کوروش بر می گرده، اون خیلی باهوش و قویه

- آره فرمانده هوتن، با آنکه می دونم فرمانده کوروش قدرتمنده، اما نگرانم، خیلی نگرانم

* آفتاب کاملاًغروب کرد، ستاره ها کمک کم دیده می شدند. . .اما خبری از کوروش نشد، افراده او خیلی صبر کردند و کم کم با چشمانی سرشار از غم به راه افتاند . . . هوتن کم کم و ناامیدانه به راه افتاد و به بافیناس که هنوز امید به برگشت کوروش داشت و منتظر بود، گفت:

- فرمانده بافیناس، مثل اینکه ظاهراً، فرمانده کوروش. . .

* بافیناس از بس کـه ناراحت بودادامه ی حرف هوتن راقطع کرد و به سمت او رفت، یقه ی او را گرفت و دائم تکان می داد و با فریاد بر سر هوتن گفت:

- فرمانده کوروش، چی؟!! ها؟!! فرمانده بر می گرده، فهمیدی؟ اون بر می گرده!

* هوتن خود نیز بسیار غمناک و بسیار هم به بافیناس و سایر افراد احترام می گذاشت سرش پایین بود و از روی مرام، احترام و معرفت، احساس بافیناس را درک کرد و در مقابل این عمل بافیناس واکنشی نشان نداد. . .

* بافیناس نیز بعد از ارضای غمش گردن هوتن را بغل زد و بر شانه ی او گریه کرد و از او عذرخواهی کرد، هوتن سر او را دست میکشید و میگفت:

- من احساس شما را درک می کنم فرمانده . . .

* در همین لحظه صدای خش خشی از توی بوته ها آمد، بافیناس شمشیرش را برداشت و از آنجا که هوا تاریک شده بود، مشعلی رانیز از یک

سرباز گرفت، هوتن هم از اسبش پایین آمد و شمشیرش را کشید و به سمت صدا حرکت کردند، بافیناس

- کی هستی؟ جواب بده؟

* جوابی نیامد

* بافیناس دوباره گفت:

- کی هستی؟ اگه جونتو دوست داری جواب بده

* باز هم پاسخی نیامد

* بافیناس سیاهی ای را دید که به سمت اومی آمد، مشعل را جلو گرفت تا آنرا بشناسد

* هوتن نیز گفت:

- برای بار آخر ازت می پرسیم، بگو کی هستی؟

* هوتن بااشاره ی بافیناس به سمت آن ششخص ناشناس حمله کردند، تا شمشیرها رابالا بردند که آنرا بکشند، ناگهان چهره ی کوروش معلوم شد و هر دوی آنان هم بافیناس،هم هوتن با حالتی بسیار خوشحال فریاد زدند. . .

- فرمانده کوروش!!

* بار دیگر آندو کوروش خسته را در آغوش گرفتند و با هم خوش و بش بسیار احساسی ای را انجام دادند. . .

* اما آنان دیدند که کوروش ناراحت است. . .بافیناس به کوروش گفت:

- فرمانده چرانارا حتید؟

* هوتن از کوروش پرسید:

- فرمانده پس سامان کجاست؟

* کوروش اشکهایش جاری شد و ماجرا را کوتاه برای آنان تعریف کرد و آنان نیز به شدت غمناک شدند . . . اما برگشت کوروش موج امید را دوباره به ارتش برگرداند. . .

* سپس دستور داد تا ارتش را فردا به حرکت درآوردند آن هم نه صبح زود!

* بافیناس علت را جویا شد. . .کوروش پاسخ داد. . .

- راز نابودی اژدهاها رو یافتم، اطلاعات خوبی هم ازتعداد اونا و شرایط منطقه بدست آوردم. . .ضمناً فردا صبح زود هم حرکت نمی کنیم می خوام سربازها خوب استراحت کنن

* کوروش کل رخدادها و دستاورد های خود را به بافیناس و هوتن گفت: . ..امّا ناگهان به یاد آن سرباز جاسوس خودی که بیمار شده بود و ازحلقش مایع زردی بیرون میریخت افتاد.

* از بافیناس درباره وضعیت او پرسیدو جواب داد. . .

- متأسفانه فوت کرد!

* کوروش بار دیگر ابراز تأسف کرد و گفت :

- نتوستید کاری براش کنید که زنده بمونه؟

- نه متأسفانه فرمانده، هر چه گرمش کردیم اثر نداشت تلاش های طبیب های ارتش هم فایده نداشتو در نهایت از دست رفت.

- کجا دفنش کردید؟

- کنار یکی از تپه های پشته سرمان بالای تپه که قبرش هم زیر پای کسی له نشه

- بسیار خب

* آن سه فرمانده با توجه به اطلاعات جدیدی که کوروش گرفته بود نقشه ی جنگ را دوباره بررسی و طراحی کردند و بعد به استراحت پرداختند.

* امّا استراحت آنان دیری نپایید که . . .ناگهان. . .

* تیرهایی به سمت چادرهای ارتش صلح زده شد وچندین نگهبان کشته شدند.

* یکی از نگهبانان اعلام خطر کرد و شیپور خطر را به صدا در آورد. . .

* کوروش، بافیناس و هوتن سریعاً از خواب پریدند و به بیرون از چادرها رفتند. . .

* هوتن فریاد زد. . .

- سربازان همه آماده . . .همه آماده. . .

* از آنجا که فرماندهی ارتش صلح هوشمند بود و چیدمان ارتش را طوری چیده بود

که سریعاً هنگام خطر ساماندهی گردد، بلافاصله ارتش آماده ی نبرد با دشمن شد. . .ماهیت دشمن هنوز مشخص نبود . ..اما بعد از چند لحظه حدود صدها اسب سوار که لباس های کاملاً آهنی از سر تا نوک انگشت داشتند و چهره ی هیچکدام از آنان مشخص نبود به سمت ارتش صلح هجوم آوردند. . .

* جنگ در گرفت، کوروش از هوتن پرسید:

- اینا کین؟

• نمی دونم فرمانده

* بافیناس با خونسردی گفت:

- اما من خوب اونا رو می شناسم

* کوروش. . .

- خب اونا کین؟

- گروه مستقل "کیوتوتسو". . .رئیس اونا شخصیه بنام "شایان".

* همانطور که سربازان ارتش با گروه بزرگ کیتوتسو می جنگید، بافیناس نیز درباره ی این گروه و رئیسشان به کوروش می گفت:

- این گروه طرفدار هیچ گروهی از این جزیره نیستند اونا گروهی مستقل اند که قصدشان تسلط کامل بر این جزیره و نابودی همه ی افرادیه که اصالتاً اهل این جزیره نیستن ودرنهایت حکومت بر این جزیره به پادشاهیه، "شایان".

* در همین لحظه فردی درمیان گروه کیتوتسو مشاهده شد که لباس آهنینش با سایر افراد متفاوت بود، لباسی قرمز با دندانه های تیز بر روی آن . . .

* بافیناس به کوروش این شخص را نشان داد و گفت :

- اون فرمانده زره قرمز همون شایانه؛ اون همیشه با زره قرمزه، هدفش از زره قرمزش اینه که خون همه ی کسانی که اهل این جزیره نیستنو می ریزه . . . اون هم یکی از دشمنان سرسخت زهرآگینه که حدود چندین ساله که با زهرآگینه دشمنی داره اما فرصتی برای براندازی حکومت زهرآگین هنوز پیدا نکرده فرمانده فکر کنم من باید برم بجنگم. . .

* کوروش خود نیز با بافیناس و هوتن وارد جنگ شدند. . .

* جنگ سر سختی میان ارتش صلح و گروه کیتوتسو در گرفته بود، از آنجا که زره های آهنین گروه کیتوتسو، کشتن آنان را سخت کرده بود اما تعداد نیروهای انسانی بیش تر ارتش صلح، اوضاع جنگ را به نفع آنان پیش می برد، تا جایی که دیگر گروه کیتوتسو در حال شکست خوردن بودند، تعداد کشته هایشان زیاد و زیادتر می شد که توسط رئیسشان،شایان که خود نیز می جنگید و قدرت بالای رزمی ای نیز داشت، فرمان عقب نشینی صادر شد، گروه کیتوتسو درحال عقب نشینی بودند که کوروش به سربازنش دستور داد. . .

- نذارید، فرار کنن، همشونو محاصره کنید . . . نذارید فرار کنن

* سپس بافیناس و هوتن نیز کیتوتسوها را تعقیب، تا دستور کوروش را اجرا کنند این اتفاق رخ داد وگروه کیتوتسو توسط ارتش عظیم صلح محاصره شد. . .

* کوروش نیز به شایان فرمانده ی کیتوتسو گفت :

- بهتره کلاه زرهیتو برداری تا چهرتو ببینم

* اما شایان با قاطعیت پاسخ داد:

- هی تو . . . مواظب باش با کی حرف می زنی، توکوچکتر ازاونی که به من دستور بدی، تو هنوز خیلی بچه ای.. .

* کوروش بار دیگر گفت:

- بهتره به حرفم گوش بدی، وگرنه برات گرون تموم میشه به ارتش ما تجاوز کردی، حالا زبونت هم درازه؟

- نکنه، سرت به تنت اضافست، من، شایانم، رئیس گروه مستقل کیتوتسو باافتخار!، همه ی این افرادم برای من و برای وطنمان، این جزیره می میرن، تجاوز کار شمایید که معلوم نیست برای چه چیزی به جزیره ی ما آمدید، البته خیلی هم مبهم نیست، برای چپاول! شما هم مثل همون زهرآگینه خبیث، شاید هم از افراد اونید... به هر حال من شخصاً خون تو رو خواهم ریخت

* شایان که انگار ترسی از کشته شدن نداشت با اسبش به سمت کوروش، حرکت کرد، کوروش نیز فهمیده بود که گروه کیتوتسو اهدافه شیطانی ای ندارند و برای آزادی جزیزه شان می جنگند و هدف اصلیشان،آزادی جزیره و پاکسازی آن از متجاوزین بود، اما قبل از آنکه بیش تر با شایان صحبت کند، شایان نیز جسارت به خرج داد شمشیرش را کشید و به سمت کوروش حمله کرد تا کوروش را بکشد

* افراد وسربازان کوروش با کمان ونیزه به سمت شایان که تحت محاصره ی آنان بود،هدف گیری کردند امّا کوروش به سربازانش گفت:

- نه، من می خوام تن به تن با اون بجنگم، من نمی خوام اون بمیره. . .

* نبرد بین فرمانده ارتش صلح، کوروش جوان و فرمانده گروه کیتوتسو، شایان جسور

در گرفت. . .

* ضربه ی پر قدرت شمشیر بین هر دو رد وبدل می شد، شایان ابتدا تصور کرد که راحت می تواند، کوروش جوان را بکشد اما این تصور او هر چه زمان می گذشت و قدرت کوروش به نمایش گذاشته می شد، کمتر و کم تر می

شد، نبرد بین این دو تقریباً طول کشید تا این که شایان ضربه ی محکمی از ناحیه سر به سمت کوروش روانه کرد، کوروش این ضربه را دفع کرد و با لگدی محکم و استادانه به سر شایان زد و کلاه زره ایش را انداخت، چهره ی شایان که موهایی بلند صاف و مشکی، چشمانی بادامی و صورتی که دو خط از خطهای شمشیرکه ظاهراً در جنگ های اخیر که نشان دهنده ی جنگجو بودن او بود، افتاده بود، مشخص شد. . .سپس کوروش با لگدی دیگر به دستی که شمشیر شایان درآن بود زد شمشیرش افتاد، بار دیگر لگدی به سینه ی شایان زد و او را بر زمین پخش کرد،آهسته روی سرش رفت و شمشیرش را روی گردنش گذاشتو گفت:

- فرمانده شایان، من جوانم، امّا خام نیستم، حالا من راحت می تونم تورو بکشم. . .اما این کارو نمی کنم، به سربازات بگو سلاحشون را زمین بزارن و تسلیم بشن.

* شایان که از هنر رزمی کوروش بسیار متحیر شده بود گفت:

- برای اولین بار در زندگی در یک مبارزه تن به تن شکست خوردم، اون هم از یک پسر جوان، فکرشو نمی کردم ، نیازی نیست به من رحم کنی، بهتره منو بکشی، من هیچ گاه به ظالم التماس نمی کنم و کشته شدن در راه وطنمو افتخار می دونم بهتره بدونی، افراد من هم با من هم عقیده اند اونا تسلیم نمی شن، اونا می جنگن تا کشته بشن. . .

* کـوروش ابتـدا حدس زده بود که شایان وگروهش،گروهی فداکار هستند نه رذل و

شیطانی امّا با این حرفایی که شایان زد، دیگر یقین پیدا کرد که هدف گروه کیتوتسو، هدفی انسانی والا و از روی آزادگی است نه ظلم و ستم و چپاول، خطاب به شایان گفت:

- فرمانده شایان، باور کن، من وسایر افرادمم با تو هم عقیده ایم،

* شمشیرش را از روی گردن شایان برداشت و ادامه داد. . .

- ما هم برای آزادی جزیره، گسترش عدل و داد ونابودی ظلم که ریشه اش زهرآگینه خبیثه اقدام می کنیم، اسم ارتش ما ارتش صلحه!

* شایان کاملاً متعجب بود و گفت:

- آخه چطور ممکنه!؟

* سپس کوروش دستانش را به سمت شایان زمین خورده برد تا دست او را بگیرد و او را از زمین بلند کند،شایان چند لحظه ای مکث کرد امّا در نهایت دستش را به کوروش داد و کوروش نیز او را بلند کرد وگفت:

- ما هر دو هدف واحدی داریم، می تونیم با هم متحد بشیم،اینطوری به نفعه هر دوی ماست. . .

* شایان که از چشمان کوروش زلال بودن قلب او را حس می کرد، به او گفت:

- اسم شما چیه؟ جوان

- کوروش

* ناگهان، شایان رو به افراد خود کرد و گفت:

- از امـروز گروه ما، گروه کیتوتسو سربلند، به ارتش صلح فرمانده کوروش ملحق میشه، تا دست به دست، متحد ویکپارچه رؤیای دیرینه ی خود، یعنی آزادی جزیره از ظلم وپرورش عدل و داد را، به حقیقت تبدیل کنه...

* کل سربازان حاضر در آنجا اعم از سربازان ارتش صلح و کیتوتسو متعجب از حرف شایان شدند در این میان فرمانده دوم گروه کیتوتسو شخصی بنام، "کاوه" به شایان گفت:

- فرمانده شایان، چی میگید؟ ما همیشه مستقل بودیم

* شایان در جواب

- این استقلال ما رو به هدفمون نمی رسونه، برای رسیدن به هدفه والایمان، باید با هم عقاید خودمون که قلب پاکی دارن مثل همین ارتش صلح و بخصوص فرمانده کوروش جوان متحد بشیم من هیچکدام از شما رواصرار به اتحاد با ارتش صلح نمی کنم شما همه آزادید، اما من به شخصه، وفاداری واتحادمو با فرمانده کوروش، اعلام می کنم

* بلافاصله کاوه گفت:

- چطورممکنه است فرمانده ی دلیرم، شایان بزرگ کاری انجام بده ومن با او مخالفت کنم منم تابع شمام، من...کاوه...فرمانده دوم ودستیار اول فرمانده شایان، وفاداری و اتحاد خودم رو بافرمانده کوروش وارتش صلح اعلام می کنم...

* کاوه از اسب خود پایین آمد وجلوی کوروش زانو زد؛ بعد از او همه ی افراد باقی مانده گروه کیتوتسو که بسیار بسیار فرمانده ی خود شایان را دوست داشتند از اسبهای خود پایین آمدند و سواره نظامو وپیاده نظامشان جلوی

۲۱۵

کوروش زانو زدند و اعلام وفاداری کردند در نهایت خودشایان جلوی کوروش زانو زد، هر چند شایان با آن همه جلال و شکوهش، زانو زدن در جلوی کوروش برایش ابتدا سخت بود امّا بر احساس تکبر خود غلبه کرد و این کار را انجام داد . . . سپس هوتن، بافیناس به آنان نزدیک شدند و آنان را در آغوش گرفتند سایر افراد ارتش صلح نیز با گروه کیتوتسو ملاقات کردند و این جنگ با صلح ارتش صلح با کیتوتسوئیان به اتمام رسید.

* کوروش، بافیناس، هوتن،شایان و کاوه به چادر فرماندهی رفتند، سایر افراد نیز به چادرهای خود برگشتند و استراحت کردند کوروش دستور داده بود تا به بهترین شکل ممکن از کیتوتسویی ها پذیرایی شود. . .

* در چادر فرماندهی،کوروش تمامی اتفاقاتی را که از اول آمدن به جزیره برایشان رخ داده بود را مفصل برای شایان وکاوه گفت و اعتماد شایان و کاوه را کاملاً جلب کرد، شایان نیز از سرنوشت خود و فلسفه ی تشکیل کیتوتسو برای کوروش گفت که برای او بسیار جالب بود، که بی ارتباط با ظلم زهرآگین نبود. . .

* کوروش نیز از شایان از راز ساخت زره های تماماً آهنی و مستحکمشان پرسید و شایان نیز مفصل به او راز این ساخت را آموخت، و کوروش تصمیم قطعی را گرفته بود که سر فرصت مناسب زره هایی شبیه کیتوتسویی ها را برای کل ارتش صلح بسازد که قدرت نظامی آنان را تقویت میکرد او از کل نقشه و هدفش برای شایان گفت و اضافه کرد که . . .

- فرمانده شایان هدف فعلیه ما تسخیر قلعه ی کاپاسه، نبرد عظیم ما در این قلعه شکل خواهد گرفت، من بسیار مشتاقم از تجربه ها و اطلاعات شما در این نبرد عظیم استفاده کنم. . .

- درخدمتتم فرمانده کوروش

* سپس فرمانده شایان؛ اطلاعات جغرافیایی، نظامی و جنگی بسیار خوبی دراختیار فرمانده کوروش گذاشت بطوریکه او را شگفت زده کرده و قرار بر این شد که صبح ارتش مضاعف شده ی صلح بوسیله ی کیتوتسوها،برای نبرد عظیم به راه بیافتند. . .

* صبح شد . . . آفتاب طلوع کرده بود،شیپور "بیدارباش" زده شد، همه ی افراد ارتش آماده شدند، پنج فرمانده ی ارشد ارتش صلح به ترتیب، کوروش،بافیناس،هوتن ودو فرمانده ی جدید که شایان و کاوه بودند در جلوی ارتش آماده حرکت شدند. . .

* کوروش ارتش رابا مشورت چهار فرمانده ی دستیارش بطور عجیبی چیده بود . . . پشت سر کوروش و تا یک سوم اش، همگی تیرانداز بودند. . .و به آنان دستور داده بود تا به محض ورود به کارزار جنگ که ابتدا حمله ی اژدهاها رو به همراه داشت به سمت گلوی وسط گردن بزرگ اژدهاهاتیراندازی کنند، تا از این طریق حمله ی اژدهاهارو خنثی کنند در یک سوم، میانی ارتش همگی زره پوشان کیتوتسو بودند که به دستور شایان ساماندهی شده بودند و در یک سوم، آخره ارتش نیروهای کمکی بودند که درصورت نیاز به هر دو قسمت ابتدایی ارتش کمک کنند، فرماندهی آنرا بافیناس و هوتن برعهده داشتند یک گروه کوچکی هم، گروه ویژه ارتش

بودند که فرماندهی آن را،کاوه بر عهده داشت که فقط در شرایط اضطراری و شکست احتمالی ارتش صلح، با شیوه های خاص جنگی که شب قبل در چادر فرماندهی طراحی شده بود وارد عمل می شدند. . .

* ارتش نزدیک و نـزدیک به محـل کارزار می شد. . .تا اینکه پشت یک تپه ی بزرگ

دستور توقف صادر شد. . .

* کوروش به چندنفر از دیده بان های کارکشته ی ارتش خود دستور داد تا به بالای تپه بروند واوضاع رودخانه و شرایط برای جنگ را بررسی کنند بعد از بررسی توسط دیده بانان، آنان به کوروش گفتند:

- درحال حاضر ده اژدها جلوی رودخانه نشستند و از رودخانه محافظت می کنند پشت رودخانه هم هزاران نیروی شیطانی مستقر اند، فکر کنم از اینکه شما به اونجا رفته بودی، خبردارشدند و حالا "آماده باش" هستند

* کوروش با طمأنیه گفت:

- بسیار خب . . . باید جنگو شروع کنیم، تیر اندازان به بالای تپه برن و همینطور که گفته بودم زیر گردن وسطیه اژدهاها را هدف بگیرن، بعد از اینکه اونا رو زدین، منتظر باشید که بعد از اعلام جنگ از سوی اونا اژدهاهای بعدی هم وارد عمل می شن. . .خونسردی خودتونو حفظ کنید پشت تپه بمانید و پناه بگیرد به محض اینکه اژدهاهای بعدی اومدن به همون شکل تیربارانشان کنید، بقیه ی افراد هم توی بوته ها، استتار کنن ومخفی شن، تا موقعی که از سوی فرماندهان مسئولتون دستوری نشنیدید هیچ اقدامی نکنید، هیچی . . .

* همگی اطاعت کردند، دستور اجرا شد، تیراندازن زیادی پشت تپه رفتند و با دستور کوروش تیر اندازی به اژدهاها روشروع کردند...تیرها مثل باران به سمت اژدهاها روانه شد آسمان پر بود از تیرهای ارتش صلح به سمت اژدهاها

* یک اتفاق عجیب بعد از تیراندازی تیراندازان رخ داد، هر ده اژدهای مراقبت کننده، همگی کشته شدند چرا که طبق دستور کوروش تیرها را به سمت گردن وسطی اژدهاها روانه شدند بعد از آنکه دستور نابودی اژدهاها به کوروش رسید وی دستور داد تا گروه دیگری از تیراندازان پشت تپه روند و آماده ی تیراندازی به سایر اژدهاها باشند. . .شیپور جنگ از سوی نیروهای شیطانی زده شد، هزاران نیروی آنان به راه افتاد، ناگهان صدها اژدهای دیگر از داخل رودخانه بیرون آمدند وپرواز کردند وبه سمت تپه ای که تیر از آنان از سوی ارتش صلح روانه شده بود حمله کردند. . .

* نیروهای ارتش صلح با دیدن این همه اژدها،وحشت کردند اما کوروش آنان را آرام کرد وفریاد زد. . .

- نترسید و از جثه ی بزرگشان وحشت نکنید اگر فقط یک تیر به زیر گردن وسطشان بزنید، کاملاً نابود می شن

* تیراندازی. . .بار دیگر به سمت اژدهاها ادامه پیدا کرد، جالب بود جثه ی بسیار بزرگ آن اژدهاها طوری بود که وقتی یک تیر به زیر گردن وسطشان اصابت میکرد مانند، کلاغ شکار می شدن . . . تیراندازی ادامه پیدا کرد ده ها اژدهای دیگر نابود شدن، فرمانده ی نیروهای شیطانی مستقر در پشت رودخانه مرگ،موجودی شیطان صفت تمام عیار با چهره ای فوق شیطانی بنام "گژداش" بود، او وقتی دید، اژدهاهایش یکی یکی شکار می شوند،

شیپوری زد که همه ی اژدهاهای موجود در رودخانه مرگ به پرواز درآمدند و همگی آتش زنان به سمت ارتش صلح حرکت کردند، از سوی ارتش صلح، تیر و از سوی ارتش شیطانی توسط هیولاهای عظیم الجثه آتش فرستاده می شد، تعداد زیادی از تیراندازان ارتش صلح در آتش هیولاها کشته شدند اما کوروش همچنان دستور تیراندازی می داد، هیولاها یکی یکی و تیراندازان ده ها ده ها کشته می شدند، کوروش که چاره ای نداشت . . . تعداد تیراندازان را افزایش داد، استراتژی جنگ طوری طراحی شده بود که نباید اجازه می دادند که اژدهاها به پشت تپه که محل استقرار کامل نیروهای ارتش صلح بود بیایند و باید قبل از ورودشان هر طور هست بطور کامل نابود می شدند چرا که زنده بودن هیولاها قطعاً باعث شکست حتمی و کامل ارتش صلح می شد. . .

* تیراندازان اضافه شدند. . .امّا اتش اژدهاها هم تمامی نداشت، تقابل تیراندازان و اژدهاها، به نفع اژدهاها بود تااینکه کوروش دستور داد همه ی تیراندازان بغیر از گروه اندک پشت تپه بروند وبا تمام وجود تیراندازی را ادامه دادند. . .

* کوروش فریاد می زد. . .

- فقط به زیر گردن وسط بزنید، تمرکز کنید خونسرد باشید،شجاع باشید. . .تعدادی از تیرهایی که به سایر نقاط اژدها می خورد هیچ تأثیر نداشت و حتی به بدنشان نمی رفت تااینکه با جان فشانی ده ها هزار از تیراندازان ارتش صلح اولین قدم با پیروزی ارتش صلح انجامید و تمامی اژدهاهای هجومی با هوشمندی و کشف راز کشتن آنان توسط کوروش نابود شدند.

* کوروش به بقیه تیراندازان که تقریباًنصف شده بودند دستور برگشت به ارتش را داد. ..تپه ی محافظت کننده ی تیراندازان بواسطه ی آتش افروزی اژدها ها،به مانند کوره ای سرخ شده بود، در این هنگام بافیناس به کوروش گفت:

- عالی جناب، اگر از خود گذشتگی شما نبود و به رودخانه ی مرگ نمی رفتید و راز نقطه ضعف اژدها ها رو کشف نمی کردید الان همه ی ارتش بزرگ صلح کباب می شد. . .

* کوروش که تواضع داشت با آرامی در جواب گفت:

- کمک خدای بزرگ بود

* در آن سوی میدان، "کژداش" بسیار خشمگین بود، از اینکه آن همه اژدهای پر قدرت نتوانستند جلوی ارتش صلح رابگیرند وبرای اولین بار در تاریخ نیرویی پیدا شد که یکی قدرتمندترین سدهای دفاعی ارتش شیطانی را از بین ببرد، و این همه شکست بر گرفته از فداکاری آن سوی میدان جنگ، یعنی کوروش بود که با اراده ای قوی، روحی بزرگ و شجاعتی وصف نشدنی، این سد غیر ممکن را در هم شکست،. . .سپس کژداش دستور داد تا ارتش اش با سرعت بیش تری به پشت تپه نفوذ کنند. . .

* ارتش شیطانی با سرعتی زیاد به بالای تپه ای که تیراندازان ارتش صلح پشت آن سنگر گرفته بودند رفتند چیز عجیبی دیدند. . .

* هیچ نیرویی به غیر از کشته شده های ارتش صلح نبود!!

* کژداش خیلی تعجب کرد!!و تصور کرد که همگی پا به فرار گذاشتند به کنار دستش که یکی از رذل ترین و خون خوارترین موجودات شیطانی بنام "شیذوخوفو" بود گفت:

- به نظر من فقط تعداد اندکی شورشی بودند، حالا هم که اژدهاها ما رو نابود کردن، پابه فرار گذاشتن، اگر دستم به اونا برسه زنده زنده آتششون می زنم

* او به نیمی از نیروهای خود دستور داد تا پایین بروند و اوضاع را بررسی کنند . . .شماره زیادی از ارتش شیطانی به پایین تپه رفتند اما یکی از افراد ارتش شیطانی،به کژداش که به همراه شیذوخوفو بالای تپه بودند گفت:

- هیچ خبری نیست، این جا کسی نیست. . .

* حرف این موجود شیطانی تمام نشده بود که تیری به سرش زده شد وناگهان نیروهای شیطانی حاضر در آنجا، هدف طوفانی از تیر قرار گرفتند!

* مشخص شد که به طرز عجیبی همه نیروهای ارتش صلح درون بوته زارهای انبوه آنجا استتار کرده بودند، آن قدر تیراندازی کردند که نیروهای ارتش شیطانی با آن همه نیروی پیاده نتوانستندهیچ اقدامی بکنند، تیراندازی همانطور ادامه داشت، کشته های ارتش شیطانی، زیاد و زیاد تر می شد کژداش که به شدت غافلگیر شده بود دستور داد تا سایر نیروهایش که تعدادی در بالا نزد او بودند به سمت نیروهای دشمنش تیراندازی کنند . . .تیراندازی از سوی نیمه ی ارتش شیطانی که در بالای تپه بودند به نیروهای ارتش صلح که در پایین تپه بودند شروع شد، ده ها تن از نیروهای ارتش صلح کشته شدند اما کیتوتسوها به مراتب کمتر آسیب دیدند چراکه زره های آنان بسیار محکم بود. . .

* بافیناس به نیروهای خوددستور داد تا باقی مانده ی اندک ارتش شیطانی که به سمت

آنان تیراندازی می کنند مقابله به مثل و آنها نیز تیراندازی کنند. . .

* یک جنگ تمام عیاردوباره شکل گرفت تیراندازان ارتش صلح و ارتش شیطانی هر دو به یکدیگر چنان تیراندازی میکردند که آسمان روی سرشان از رد و بدل تیرها سیاه شـده بود از آن سو کژداش به نیروهایش دستور داد تا به نیروهای ارتش صلح نزدیکو نزدیک تر شوند. . .

* افراد کژداش نیز این گونه عمل کردند اما هر چه به نیروهای ارتش صلح نزدیکتر می شدند تلفاتشان به دلیل تیراندازی آنان بیش تر و بیش تر می شد. . .این مدل جنگیدن ارتش صلح و محاصره کردن ارتش شیطانی بخاطر کمتر بودن نیروهای این ارتش در قبال ارتش شیطانی بود

* کژداش سردرگم شده بود . . . در صورت عقب نشینی تلفاتش بیشتر می شد و در صورت حمله هم، همین اتفاق برای نیروهایش رخ می داد و در صورت توقف نیروهایش در همان جا و تیراندازی به سمت نیروهای ارتش صلح نیز باز هم پیروزی برایش نائل نمی شد چرا که چیدمان ارتش صلح، مخفی شدن و از همه مهم تر گول زدن نیروهای کژداش، آنان را کاملاً در تله انداخته بود. . .

* کژداش گیج و گیج تر می شد. . .تا این که مجبور شد به افرادش دستور عقب نشینی صادر کند . . . همانطور که افرادش عقب نشینی می کردند به همان نسبت تیراندازی افراد کوروش بیش تر می شد و تلفات نیروهای کژداش بیش تر و بیش تر . . . تا اینکه کوروش دستور توقف تیراندازی را

صادر کرد؛ تلفات نیروهای کژداش بسیار سنگین بود و بیش از دو سوم افرادش کشته و یا زخمی شدند. . .

* سپس یک سوم میانی ارتش صلح با شمشیر و نیزه هایشان وارد عمل شدند. . .کیتوتسو ها که این قسمت از ارتش صلح را تشکیل داده بودن با فرماندهی شایان به سمت باقی مانده ی افراد کژداش حمله ور شدند چرا که از تیررس تیراندازان نیروهای کوروش به دور بودند. . .

* در این لحظه که دیگر افراد کژداش از تیررس نیروهای کوروش دور شده بودند دوباره به دستورش آماده ی جنگیدن با نیروهای ارتش صلح شدند اما این بار با کیتوتسوها...

* نبرد سنگینی در گرفت. . .جنگ خونینی که مقاومت هردو طرف را به همراه داشت، اما کیتوتسوها با فرماندهی بی نظیر شایان کم کم بر ارتش شیطانی در حال غلبه کردن بودند که دیگر صبر کژداش تمام شد و شیذوخوفو را روانه میدان جنگ کرد. . .

* شیذوخوفو حدود دو برابر یک انسان هم از لحاظ قد و هم از لحاظ وزن جثه داشت بازوانی بسیار ورزیده به همراه تبری تنومند و بسیار تیز، در چهره اش هم که هیچ نشانه ای از خوبی و یا رحم دیده نمی شد ویک چهره ی تمام عیار شیطانی با گوش هایی تیز چشمانی مخوف و قرمز بود.

* درهمان ابتدای شروع جنگ شیذوخوفو چنان باتبرش به سر یکی از کتیوتسوها زد که نه تنها زره اش تکه تکه شد بلکه سرش از هم پاشید!!

* این جنگجوی شیطانی ترس را به تعدادزیادی از کیتوتسوها القا کرد قدرتش طوری بود که کیتوتسوها را درو می کرد و هیچ چیز مقابلش دوام

نمی آورد و به یک ضربه کشته می شدند در آن سوی میدان کژداش با لبخندهای مرموزانه اش از فرستادن شیذوخوفو به میدان، احساس رضایت می کرد. . .گاهی اوقات دو – سه و یا حتی چهار کیتوتسوی به شیذوخوفو حمله می کردند اما جلودارش نبودند و همگی کشته می شدند . . . این نبرد غیر متقارن طوری بود که همه ی جنگ به این قسمت متمرکز شده بود . . . خلق و خوی شیذوخوفو طوری بود که هر چه بیش تر می کشت و خون می ریخت تمایلش به خونریزی و وحشی تر شدن بیشتر می شد. . .

* گاهی اوقات نیز نعره ای ترسناک می کشید و خون از دهانش می پاشید و بر ترس

نیروهای طرف مقابلش می افزود. . .شایان نیز که دورتر بود نظاره گر خونریزی های او بود. . .و میدید که هیچ کسی جلودارش نیست و افرادش یکی یکی جلوی این هیولای خونخوار تکه تکه و پرپر می شدند تا این که خود نیز خشمگین شد و با اسبش به سمت او حمله کرد شیذوخوفو نیز متوجه حمله ی شایان شد. . .تبرش را آماده ی ضربه زدن به او قرار داد شایان هم نیز متوجه گارد خاص شیذوخوفو برای ضربه زدن به او شد. . .

* از آن سو تقریباً همه ی افراد ارتش صلح از کوروش گرفته تا بافیناس و هوتن وکاوه نظاره گر این رخداد بودند که ببینند چه کسی در این نبرد تن به تنِ شایان - شیذوخوفو پیروز میگردد. . .

* شایان به شیذوخوفو نزدیک و نزدیک تر شد تا اینکه با اسب از روی سرشیذوخوفو پرید و با ضربه ای محکم به گردن او فرو آمد اما در همان لحظه ی پرش نیز شیذوخوفو چنان ضربه ای به اسب شایان روانه کرد که

اسب بی گناه به دو تکه گوشت پرکنده در آسمان تبدیل شد که از قدرت ضربه ی شیذوخوفو حکایت داشت که این عامل باعث به هم خوردن تعادل شایان، و برخورد محکم او به زمین شد . . . شایان دچار گیجی گردید، از آن سو شیذوخوفو ضربه شدیدی به سرش وارد شده بود و از کنار گردنش خون سیاه بیرون میزد اما روی زمین نیافتاده بود و از طرفی زمین خوردن شایان وگیج بودن و عدم هوشیاریش باعث نگرانی دوستانش شده بود. . .

* شیذوخوفو آهسته آهسته به سمت شایان حرکت میکرد. . .شایان هم کم کم داشت به حالت هوشیاری برمی گشت چشمانش تار می دید وملاحظه میکرد که هیولایی به سمتش در حال حرکت است آن هیولا دستان خود را با ابزاری که همان تبرش بود و بالا برده بود تا گردن شایان را قطع کند، کم و بیش می دید اما چیزی متوجه نمی شد که خطری در کمینش است. . .شیذوخوفو هم که دیگر نای نداشت و خون از گردنش به شدت بیرون می ریخت آماده ی قطع کردن، گردن شایان شد . . . از آن سمت میدان، کژداش زیر لب با خود می گفت:

- زود باش دیگه . . .بکش لعنتی!

* اما به محض آنکه تبر شیذوخوفو به سمت شایان روانه شد. . .ناگهان تیر به بازویش اصابت کرد و وقفه ای را درکشته شدن شایان انداخت، این تیراز آخرین نقطه ی میدان جنگ توسط بافیناس روانه شده بود که به دلیل مامات بودنش توانایی بی نظیری در تیراندازی داشت اما فاصله ی زیاد باعث شد که هدف گیریش که سمت گردن شیذوخوفو گرفته شده بود اندکی خطا داشته باشد و به بازویش اصابت کند، اما شیذوخوفو دست بردار نبود دوباره

دستش را بالا آورد امّا این بار قضیه کاملاً متفاوت شد، شایان کاملاً به هوش آمد، سریعاً بلند شد شمشیری رابرداشت و محکم با سرعت خارق العاده مأمورتیش را انجام داد وسر شیذوخوفو را از تنش جدا کرد و اورا نیز به هلاکت رساند، به نظر می رسید اگر زره پولادین شایان به تنش نبودغیر ممکن نبود به دلیل برخورد سختی که به زمین داشت اونیز به هلاکت برسد. . .

* افرادکیتوتسو و ارتش صلح از این پیروزی شایان خوشحال و روحیه گرفتند و کیتوتسوهای باقی مانده ، اندک نیروهای شیطانی را نیز به هلاکت رساندند. . .کژداش با مشاهده ی شکست سخت نیروهایش پابه فرار گذاشت. . .

* کوروش نیز با مشاهده این پیروزی دستور سازماندهی دوباره ی همه ی نیروها را داد و با تبریک ویژه به شایان به نیروها دستور داد تا به آن سمت تپه که رودخانه ی مرگ بود حرکت کنند، سپس همه ی نیروهایش از روی پل های رودخانه مرگ عبور کرده وبه سمت فتح قلعه کاپاس پیش رفتند . . . تمام نیروهای شیطانی توسط ارتش صلح از آن ناحیه پاکسازی شده بودند با این صورت، کوروش به کاوه دستور داد تا سپاهش را برای بررسی بیش تر منطقه و مطمئن شدن از شرایط پاکسازی شیاطین ،به اطراف ببرد و همه ی شرایط را کاملاً و مجدداً بررسی کند و دوباره به همان مکان استقرار ارتش صلح که در محلی که بین رودخانه مرگ و قلعه ی کاپاس "دشت هازار" نام داشت، برگردد،کوروش دستور توقف ارتش و استراحت را نیز صادر کرد سپس به منظور افزایش قدرت روانی ارتش دستور داد تا امشب بعد از آمدن

کاوه و نیروهایش جشن بزرگی برپا کنند تا آمادگی برای نبرد بعدی و فتح قلعه ی کاپاس مضاعف گردد، او عقیده داشت وقتی روحیه و روان تقویت گردد بدن نیز قدرت مضاعف می گیرد.

* بعد از مدتی کاوه به همراه سپاهش آمدند و خبر پاکسازی کامل آن ناحیه را به کوروش دادند. . .

* شب فرا رسید و جشن بزرگی بر پا شد. . .و ارتش صلح در آنجا استراحت کامل کرد. . .

رخداد بیست و هفتم : به سمت قلعه کاپاس

* صبح فرا رسید . . . کوروش دستور بیدار باش را صادر کرد تا ارتش آماده ی حمله

به قلعه ی کاپاس شود و آنجا را نیز فتح کند. . .

* کوروش طبق نقشه ی قبل سازماندهی ارتش را نیز انجام داد. . .اما ناگهان به فکر دوست عزیزش،"سیاوش" افتاد....دوستی که ابتدا بخاطر او این جنگ های صلح طلبانه علیه باطل از سوی کوروش وارتش وفادارش رخ داده بود. . .اما بعد زمینه ای شد برای پاکسازی این جزیره از شیاطین و آزاد سازی آن.

* ارتش صلح به سمت قلعه ی کاپاس در حرکت بود. . .کاوه که فرمانده نیروهای ویژه ی ارتش صلح نیز بود به کوروش گفت:

فرمانده،من شنیدم اگه هر کسی اراده کنه زهرآگین رو نابود کنه، خودش نابود میشه،

* کوروش با لبخندی گفت:

- به نظر خودت این حرف درسته؟

- به نظر من . . .نه . . .من فکر نمیکنم، خرافاته

- آره همین طوره . . .موجودات شیطانی برای اینکه به سرزمین های زیادی حکومت کنند گفته های دروغینی رو پراکنده میکنند که افراد ساده لوح آنان را باور می کنند و این هم یکی از آنهاست.مطمئن باش هر ظلمی یک روز

نابود می شه و با کمک خدا این بار این ظلم را ارتش ما از صحنه ی روزگار

محو میکنه. . .

- بله فرمانده. . .امیدوارم، ما پیروز میشیم. . .

* ارتش کوروش درحرکت بود که ناگهان از روبرو غباری بزرگ نمایان شد و

فاصله ی دوری با آنان داشت. . .هوتن به کوروش گفت:

- فرمانده اون چیه؟!

- منم نمی دونم!!شاید طوفانه!!

* اضطراب در وجود همگان افتاد. . .

* آن غبار بزرگ به ارتش کوروش نزدیک و نزدیک تر میشد. . .آنجا دشت

بود و پناهگاهی هم وجود نداشت:

* بافیناس به کوروش گفت:

- فرمانده اون چیه؟

* کوروش با خونسردی جواب داد:

- باید یکیمون بریم نزدیک تر تا ببینیم قضیه چیه!

* شایان که زره کامل تر و محکم تری داشت گفت:

- فرمانده کوروش من میرم، شما همینجا باشید

* کوروش با اندکی صبر گفت:

- بسیار خب،برو. . .

* شایان تا می خواست حرکت کند،ناگهان بافیناس. . .

- نه. . .نرو، صبر کن، مطمئن نیستم . . . اما فکر کنم، کرکس های سر سرخ

اند. . .

* کوروش پرسید:

- چی میگی بافیناس؟ کرکس های سر سرخ؟!

- دقیق نمی دونم اما تعداد بی شماری کرکس خونخواری هستند که نوعی عملکرد دفاعی برای قلعه ی کاپاس اند...

* کوروش اندکی صبر کرد و گفت:

- خب حالا به نظرت باید چیکار کنیم!

- واقعاًنمی دونم، تنها کار، عقب نشینیه، چون اگه عقب نشینی نکنیم قطعاً شکست می خوریم، اینجا دشته، هیچ پناهگاهی هم نیست. . .

- یعنی چی ؟!!مگه میشه عقب نشینی کنیم! خوب باید اونا رو نابود کنیم . . .

- چطوری؟ فرمانده

- * شایان پادرمیانی کرد و گفت:

- فرمانده کوروش اگر هم نظر شما و هم نظر فرمانده بافیناس رو با هم جمع کنیم این مشکل حل میشه!

* کوروش لبخندی زد و گفت:

- چطور؟

- ما الان به هیچ وجه نمی تونیم اون تعداد بسیار زیاد کرکس های خون خوار رو از بین ببریم اما می تونیم آنان را دست به سر کنیم

* کوروش که یک نگاهش به توده ی مهاجم و یک نگاهش به شایان بود گفت:

چطور؟ شفاف توضیح بده، وقت نداریم

* شایان جسورانه گفت:

- جهت باد در این جا از شرق به غربه ما می تونیم به شرق بوته های بلند بریم و بوته ها رو آتیش بزنیم جهت حمله ی کرکس ها از غرب به سمت ماست بنابراین با این بوته های بلند هم از آتش بعنوان سپر دفاعی خودمان و هم بعنوان قدرت تهاجمی مقابل کرکس ها استفاده می کنیم، اینطوری ما درناحیه ی شرق از گزند آتش به دور و کرکس ها در غرب در طعمه ی آتش گرفتار می شوند. . .

* کوروش محکم به شایان گفت:

- آفرین بر تو شایان. . .درود بر تو

* کوروش سریعاً به ارتش دستور چنین عمل زیرکانه ی شایان را داد، حدس بافیناس هم درست بود، اون غبار که از دور معلوم بود همان هجوم کرکس های خون خوار بودند. . .

* آتش برافروخته شد. . .آتشی بسیار عظیم برپا شد. . .

* لحظه ی مورد انتظار فرا رسید. . .کرکس های خونخوار در دام آتش گرفتار شدند بطوری که بوی سوختگیشان به مشام ارتشیان صلح می رسید و این بوی بد نیز آنان را خوشحال می کرد . . . . آتش چنان آنان را به دام انداخت که کرکس ها تکان نمی خوردند ودسته دسته کباب می شدند. . .این روند ادامه داشت تا این که کرکس بسیار بزرگ شاید ده ها برابر بزرگتر از سایر کرکس ها بود به همراه یک فرد سوار برآن دیده شد که به سمت ارتش حمله ور بود ظاهراً این کرکس بزرگ وسواره اش آتش نمیگرفتند!

* کوروش نگاهی کرد و گفت:

- انگار سواره اش را جایی دیدم. . .

* ناگهان به بافیناس که کنارش بود گفت:

- بافیناس اون همون فرماندهی قبلیه . . .که فرار کرد

- بله فرمانده اون کژداشه، سریعاً فرار کرد و احتمالاً با نیروهای شیطانیش این دسته ی

کرکس ها را به سمت ما فرستاد و حالا می خواد انتقام بگیره . . .اما این انتقام را به گور می بره. . .

* بافیناس کمانش راکشید وتیری به سمتش روانه کرد اما تیر بر بدن سراسر زره پوش کژداش کارساز نبود، با خوردن این تیر بافیناس به کژداش، او متوجه بافیناس شد و با کرکس غول پیکرش به سمت بافیناس و کوروش حمله ور شد، اما ناگهان تعادلش به هم خورد و محکم به زمین اصابت کردند بافیناس وکوروش شانس آوردند که کرکس روی آنان نیفتاد. .علتش ...تیری بود که هوتن به چشم کرکس زد و تعادل آنان را بر هم زد . . . امّا کرکس از جای خود بلند شد و به سمت هوتن که تیر رابه چشم آن زده بود حمله کرد . . . از آن سمت دیگر کژداش با نیزه ی پولادینش به سمت بافیناس وکوروش حمله ور شد، چند تا از ارتشیان از جمله چند کیتوتسو به سمت کژداش حمله کردند اما حریفش نشدند و همگی کشته شدند، بافیناس و کوروش نیز شمشیرها را از غلاف بیرون کشیده و به سمت کژداش حمله ور شدند. . .

* بلافاصله کژداش با کمانی که همراه خود نیز داشت، تیری به سمت کوروش روانه رد کوروش جای خالی داد امابواسطه ی فاصله ی نسبتاً نزدیک تیر به بازوی او اصابت کرد وفرمانده کوروش را انداخت، کژداش تا آماده شد

تیر بعدی را آماده ی پرتاب کند،بافیناس به او رسید و لگدی محکم به سر او زد که کژداش را پخش زمین کرد، بافیناس شمشیر خود رابالا برد تا به سینه ی کژداش فرو کند اماکژداش زیر پای بافیناس را زد و تعادل او نیز بهم خورد، هر دو مبارز روبرو هم دوباره قرار گرفتند ضربه های نیزه های مکرر کژداش و دفاع های مکرر شمشیر از سوی بافیناس این نبرد را سخت کرد هیچکدام قصد تسلیم شدن نداشتند تا اینکه یک ضربه ی محکم کژداش به بافیناس باعث شد تا شمشیر بافیناس بشکند ولگدی بر شکم بافیناس زد واو را زمین زد اما تا می خواست نیزه را این بار او به سینه ی بافیناس روانه کند، کوروش بابازوی زخمی شمشیرش را به سمت کژداش کشید، کژداش که دست بردار نبود با کوروش نیز، به مبارزه پرداخت، بافیناس نیز دوباره بلند شد وشمشیرش را برداشت تا به سمت کژداش حمله کند، اما کوروش سریعاً این قائله را ختم کرد و با بازویی زخمی، سه ضربه ی محکم به سر کژداش روانه کرد، کژداش با نیزه ی خود ضربه ی اول ودوم را دفع کرد امّا بدلیل قدرت ضربات کوروش، هنگام دفع سوم کژداش نیزه اش شکست،کوروش معطل نکرد و شمشیرش را به شکم کژداش فرو برد و این شیطان رانیز از بین برد. . .

* در آن سوی میدان،هوتن و کاوه . ..با کرکس غول پیکر درگیر بودند هوتن نیز بر پشت کرکس پرید و با تبر مخصوصش سر کرکس را نیز جدا کرد. . .و این حمله ی کرکس ها باهوش شایان وشجاعت کوروش، بافیناس،هوتن وکاوه دفع شد و پیروزی دیگری را برای ارتش صلح به همراه داشت. . .

* کوروش ارتش را دوباره سازماندهی کردو به بافیناس گفت تا تیر را از بازویش بیرون بکشد بافیناس نیز. . .اندکی با کوروش صحبت بی ربط کردو ناگهان تیر را بیرون کشید تا کوروش درد زیادی را متحمل نشود . . . .سپس کوروش زخمش را مرهم گذاشت ودستور ادامه حرکت را به سمت قلعه ی کاپاس به افرادش داد. . .

* ارتش به راه افتاد. . .

* کوروش درحال حرکت دوباره به فکر سیاوش،دوست خود افتاد و اشکهایش نیز جاری شد،اما غم و اشک خود را پنهان کرد تا هیبتش نشکند..

* دیواره های عظیم قلعه ی کاپاس کم کم به چشم می خورد . . .هر چه ارتش به قلعه ی کاپاس نزدیک تر می شد، براضطراب افراد نیز اضافه می گردید. . .تا این که ارتش در فاصله ی چندده متری قلعه ی کاپاس رسید؛افراد قلعه ی کاپاس همگی آماده ی جنگ، و از این خیزش عظیم ارتش صلح برای نبرد سنگین با آنان کاملا مطلع بودند. . .کوروش دستور توقف ارتشش را صادر کرد . . .از دور فرماندهی کاپاس را که جلوی سپاهیانش ایستاده بود را نیز دید . . . از اسبش پیاده شد و خود تنها نیز جلو رفت و به فرمانده سپاه دشمن گفت:

- اسم فرمانده ی کاپاس چیست؟

* جوابی آمد و گفت:

- این جز اسرار جنگه فرماندهی کل ما در مقر قلعست منو فرستاده تا سرتو رو براش هدیه ببرم

* کوروش به کنایه گفت:

- اون کسی که قراره سر منو هدیه ببره، کیه؟

- همان فرمانده ی قلدر پاسخ داد:

• "پازو" . . . شاید اولین و آخرین بار باشه که افتخاره شنیدن این اسمو پیداکردی. . .کوروش!

* پازو از کوروش چیزای زیادی شنیده بود ظاهراً دیگر کل جزیره از خیزش و ارتش

کوروش باخبر بودند وجنگ ها کاملاً جدی و علنی شده بود و زهرآگین، دشمن اصلی کوروش تمامی قوای خود را برای نابودی ارتش صلح بکارگرفته بود، جالب ترآنکه فرماندهان و فرمانده کل قلعه ی کاپاس؛"انسان" بودند وسپاه لشکران نیز،از موجودات شیطانی، پازو نیز یک انسان بود واین توجه کوروش را جلب کرده بود، کوروش به پازو گفت:

- تو که یک انسانی چرا مقابل صلح قرار گرفتی و خودتو،توی سپاهیان شیطانی قراردادی . . .

* پازو با لحنی مسخره آمیز پاسخ داد:

- تو هنوز بچه ای کوروش این چیزا رو نمی دونی، تا الان هم خیلی شانس آوردی زنده موندی . . . خودم کلکتو می کنم تا دیگه فکر اینجور سؤالات هم به سرت نزنه. . .کوچولو

* بعضی از افراد پازو بخاطر مسخره کردن و تحقیر کوروش از حرفای پازو خندیدند. . .

* کوروش با خونسردی و اعتماد به نفس هر چه تمام تر پاسخ داد:

- آره من کوچیکم امّا کوچکتر از من شمایید که به دست یک بچه ی کوچیک اینقدر کشته شدید وهنوز نتونستید با اون ادعا و زبون گندتون جلوی یک بچه ی کوچولو رو بگیرید. . .

* این جواب دندان شکن کوروش، پازو و افرادش را ساکت وخشمگین کرد، پازو گفت:

- وقت ندارم به چرندیات تو گوش بدم، بایدزودتر سرتو ببرم پیش فرمانده"ماریس"

* کوروش ناگهان فهمید که فرمانده کل قلعه ی کاپاس نامش،ماریس است به پازو گفت:

- فکر می کردم بیش تر از اینا باهوش باشی اما دیدم نه. . .طرف مقابلم ناشیست. . .تو ناخودآگاه اسم فرمانده ی کلتو روی زبان آوردی بدون اینکه ازت بپرسم، در حالی که اول از گفتن اسمه فرماندت طفره می رفتی. . .

* پازو فهمید که اشتباه کرده و بار دیگر مغلوب زیرکی کوروش شده، پایش رااز خشم محکم به زمین کوبید وبه کوروش گفت:

- خب، بسه دیگه من سه تا از جنگجوهامو می فرستم اگه داری بفرست. . .

* کوروش به سمت افرادش رفت و قضایارا توضیح داد و دستور داد تا به دشمن نزدیک تر شوند و به آنان گفت:

- چه کسانی آماده اند.

* همه ی فرماندهان بعلاوه چند سرباز عادی دیگر اعلام آمادگی کردند. . .

* پازو خطاب به دوجنگجوی خود که آنان نیز انسان بودند به همراه یک جنگجوی شیطانی دیگر به ترتیب به نام های "کیشامون، هرتولیا و جنگجوی

شیطانی بنام پاختانیس" دستور داد تا به میدان روند و بامبارزان کوروش مبارزه کنند، کوروش نیز به ترتیب "شایان، هوتن و کاوه" را مأمور نبرد با آنان کرد. . .این سه قهرمان نیز به میدان رفتند . ..ابتدا شایان با کیشامون بانبرد با هم پرداختند. . .

* شـایان نیز حملـه را آغـاز کرد . . . ضربه های پیاپی شایان و کیشامون ادامه داشت

مبارزه ی سختی بود که درنهایت باپیروزی شایان و کشته شدن کیشامون به پایان رسید و بدنبال آن موجی از خوشحالی و برعکس موجی ازناامیدی به ترتیب در ارتش صلح وسپاه شیطانی دیده شد...شایان با صحت و سلامت البته با چند خراش کوچک و خستگی زیاد به ارتش برگشت نفر بعدی، هوتن تبر به دست بود که راهی میدان شد، حریفش هرتولیا، جثه ای ورزیده قدبلند، کچل با چند خط بر روی صورتش بجا مانده از نبردهای قبلی، ویک چشمش کور بود که آن هم زخمی بود که از جنگ های پیش بر صورت زبرش برجای مانده بود که نشان دهنده ی با تجربه بودن و نماد یک جنگجوی تمام عیار بود، ضمن این که اینجنگجو، نه با شمشیر می جنگید ونه با نیزه. . .سپر هم نداشت، سلاح او دوگرز با زنجیر بلند و گوی های بزرگ بود که به نظر می رسید که کار را برای هوتن سخت خواهد کرد. . .

* نبرد آغاز شد . . .ابتدا دومبارز قصد محک زدن همدیگر را داشتند چند قدمی دور هم آهسته حرکت کردند. ..هوتن تبرش را تکان می داد و هرتولیا گرزش را می چرخاند تا این که هرتولیا ضربه ای به هوتن وارد آورد که هوتن با تبره قدرتمندش آنرا دفع کرد . . .سپس هوتن حمله کرد و . . .نبرد سنگین

و سنگین تر شد . . .مبارزه شدت گرفت هیچکدام نتوانستند به هم زخمی وارد کنند.

* درمیان سپاه شیطانی، پازو به یکی از افراده تیراندازش بنام،"لیتو" اشاره ای کرد و بافیناس که تیز بین بود متوجه این اشاره شد و به کوروش اطلاع داد . ..کوروش نیز متحیر شد. . .

* نبرد هوتن و هرتولیا ادامه داشت که ناگهان لیتو ازداخل سپاه شیطانی به پای هوتن تیری زد و تعادل هوتن بر هم خورد و هرتولیا از این فرصت غیر جوانمردانه استفاده کرده وگرز خود را به سر هوتن فرو آورد و البته هوتن جای خالی داد اما. . .اما آن گرز سنگین به بازوی هوتن اصابت کرد و در یک اتفاق تلخ برای همه ی ارتشیان صلح، دست قهرمان آنان، هوتن از جا کنده شد!!

* تعجب، غم و البته خشم ارتش صلح از این عمل ناجوانمردانه حد نداشت! کاوه و بافیناس فریاد بلندی را کشیدند وکوروش از خشم در پوست خود نمیگنجید، بافیناس نیز پاسخ این حرکت بدور از قوانین مبارزه را با گذاشتن چهار تیر در کمان و پرتاب آن به لیتو وکشتنش، پاسخ داد. . .کوروش درخطاب به عمل غیراخلاقی پازو گفت:

- درسته که خبیثین . . . اما فکر نمی کردم تااین حد،

* سپس خود بااسبش به سمت هرتولیا حمله کرد . .. نیزه ای رابافیناس برای او انداخت وکوروش با قدرت تمام نیزه را نیز به سمت هرتولیا پرتاب کرد و سینه اش را شکافت و آنرا کشت،کاوه نیز از خشم ناگهان به سمت پاختانیس حمله کرد و با ضربه ای بسیار قدرتی – سرعتی چنان این موجود

خبیث و حریفش را زد که از وسط نصف شد!! خشم در میان ارتش صلح و ترس درمیان سپاه شیطانی موج می زد. . .کوروش سریعاً هوتن یک دست را سوار بر اسب خودکرد و به سمت افرادش برد. . .

* میدان جنگ خالی شد . . . و تحیر چند لحظه ای آنجا را فرا گرفته بود، هوتن نیز بخاطر درد زیاد بیهوش شده بود که به محل استراحتگاه ارتش برده شد تا جای دست کنده اش مداوا گردد، بافیناس به کوروش گفت:

- عالی جناب، هرچه سریعتر باید حمله کنیم و انتقام دست قطع شده ی هوتن رو بگیریم

- من احساستو درک می کنم، بافیناس، همینطور که تو ناراحتی منم ناراحتم و خشمگینم اما اگه احساسی بشیمو عاقلانه عمل نکنیم نه تنها دست هوتن بلکه خون همه ی افرادمون پایمال میشه آروم باش. .بافیناس

* بافیناس آروم گرفت وگفت:

- بله، حق با شماست فرمانده

* ارتش کوروش با چیدمانی خاص که قبلاً فرماندهان طراحی کرده بودندآماده حمله شد. . .

از سوی دیگر پازو نیز آماده ی دفاع از قلعه ی کاپاس بود. . .تقریباً تعدادنیروهای هر دو طرف مساوی بودند امّا ابزار آلات جنگی کاپاس ها بیش تر بود چرا که از قلعه سود می برند

* پازو دستور داد تا منجنیق های عظیم الجثه راآماده ی پرتاب کنند، کوروش نیز با پیش بینی چنین وضعیت هایی دستور خاصی برای آرایش جنگی ارتشش صادر کرد، همگی آماده ی نبرد بودند، فتح قلعه کاپاس به

مراتب سخت از از قلعه کارامدرانابود چرا که با فتح آن قدم بعدی قصر سیاه زهرآگین بود . . . بنابراین قدرتمندتر بود

* شیپور جنگی از سوی کاپاسی و بادستور پازودمیده شد . . . و منجنیق ها شروع به پرتاب گلوله های آتشین به سمت ارتش صلح کردند، دفعات ابتدایی جنگ و پرتاب گلوله های آتش بانقشه های تدافعی خاص کوروش و فرماندهانش به نفع ارتش صلح بود امّا قلعه ی کاپاس از آنچه که پیش بینی می شد سرسخت تر و قوی تر بود تعداد منجنیق ها با دستور پازو اضافه شد . . . و تعداد گلوله های آتشین به مراتب بیش تر، کوروش دستور حمله داد. . . .

نیروهایش با تمام قوا حرکت کردند. . .آنان نیز منجنیق هایی داشتند که سنگ پرتاب می کرد اما در مقایسه با منجنیق های کاپاسی ها کارآیی به مراتب کمتری داشت، جنگ سختی در گرفته بود. . .پازو بادیدن مقاومت ارتش صلح باز هم تعداد منجنیق ها را زیادتر کرد. . .

* در این حین بافیناس به کوروش گفت :

- فرمانده اگه ادامه بدیم، شکست می خوریم، دستور چیه؟

• کوروش با اضطراب گفت:

- به شایان بگو، نیروهاشو طبق نقشه وارد جنگ کنه . . .

* بافیناس نیز دستور رابه شایان رساند و اونیز وارد جنگ شد، با اجرای این نقشه جنگ کم کم به نفع ارتش صلح پیش رفت. . .پازو با دیدن این عمل از سوی ارتش صلح . . .

دستگاه های پرتاب تیر خود را وارد میدان کرد. . .صد دستگاه پرتاب تیر که به دست طراحان کاپاس ساخته شده بود که هر کدام با چرخاندن یک دستگیره ی خاص، هزار تیر را پرتاب میکرد. . .تیراندازی مرگبار کاپاسی ها به سمت ارتش صلح شکل گرفت . . . تلفات ارتش صلح بالا و بالاتر می رفت . . . امّا کوروش نیز دست بردار نبود ودستور داد تا کاوه با نیروهای ویژه و آرایش جنگی منحصر به فرد واردعمل شود، نقشه ی ارتش صلح این گونه طراحی شده بود که تنها کوروش زمانی کاوه و نیروهای ویژه اش را به کارزار روانه می کند، که خطر جدی گریبان گیر ارتش باشد با اعزام کاوه به کارزار، بار دیگر قدرت هجومی و نفوذ ارتش صلح بیشتر شد امّا پازو نیز، سرسخت بود و نیروهای دیگرش را نیز اعزام کرد و باز هم منجنیق اضافه کرد . . . تسلیحات و امکانات کاپاسی ها بسیارزیاد بود . . . فشار بر ارتش صلح مضاعف شد و تلفاتشان بسیار بیش تر . . .کوروش که دیگر دید اگر مقاومت کند ارتش و تمام رؤیاهایش نابود می شود دستور عقب نشینی دادو این نبرد با شکست ارتش صلح همراه شد. . .

* ارتش شکست خورده ی صلح، در اطراف قلعه ی کاپاس دوباره استقرار یافت تا تجدید قوا کند فرمانده کوروش دست بردار نبود . . . اما روحیه و نیروی انسانی ارتش به شدت تضعیف شده بود،در اولین عکس العمل برای تجدید روحیه ی ارتش، فرماندهان ارشد خود یعنی، بافیناس، شایان،کاوه، رانیز دورخود جمع کرد هوتن هم که در بستر بود ونمیتوانست در جمع حاضر باشد.. سپس به آنان گوشزد کرد که به باقی مانده نیروها روحیه داده و به آنان بگویند که هر شکست، شروعیست برای پیروزی و هدف. . .سپس به

دیدار هوتن رفت و از حال او جویا شد حال او بدلیل قدرت روانی و بدنی روبه بهبود بود، کوروش به او گفت:

- هوتن، فرمانده ی دلیر ارتش صلح ما چطوره؟

* هوتن با حالتی بیمارگونه اما با روحیه بالا پاسخ داد:

- ازاین بهتر نمی شم!!

- روحیتو تحسین می کنم تو واقعاً شجاعوجنگجویی هوتن. . .

- در برابر فرمانده کوروش، من چیزی نیستم

- نه هوتن، تو دستتو در راه صلح ادا کردی، تو فوق العاده ای، این تواضع تو منو شرمنده میکنه

- نه تنها دستم، بلکه اگه جانم رو هم فدای عدالت و ظلم ستیزی و درراه کوروش ، فرمانده بزرگم تقدیم می کنم، باز هم کاری کوچیک است.

* کوروش بوسه ای بر پیشانی هوتن، زد و به او گفت:

- استراحت کن، دلیر مرد، امیدوارم حالت زودتر خوب بشه. . .

* وبه مقر فرماندهی برگشت. . .

* فرماندهان نزد کوروش حاضر شدند واوضاع و احوال ارتش را گفتند ابتدا، بافیناس از نیروهای تحت فرماندهی خود گفت:

- فرمانده کوروش . . . نیروها هم خستن هم از لحاظ روحی تضعیف شدن، تعداد زخمی هامونم زیاده به نظره من حداقل یک هفته زمان نیاز داریم تادوباره اوناروتجدید کنیم

* کوروش با سرش آهسته حرفای بافیناس را تأیید کرد و رو به شایان کرد وگفت:

- فرمانده شایان، شما بگو؟

* همینطور که فرمانده بافیناس گفت:نیروهای من هم خستن امّا زخمی زیاد نداریم، زره های قویه ما باعث شد کمترین تلفات را کیتوتسویی ها داشته باشن ما فقط به استراحت نیاز داریم، چرا که جنگه واقعا سخت ونفس گیری بود

- بسیار خب. . .و شما فرمانده کاوه؟ از نیروهای ویژه ات چه خبر؟

- نیروهای من به دلیل توان رزمی بالا وضعیت روحیشون به نسبت بقیه بهتره. . .اما بدلیل

نبرد نامتقارن، تلفات چشمگیری داشتیم و اکثراً بخاطر ضربات سخت گلوله های آتشین منجنیق شدیداً سوختن . . .ضمناً وضعیت سایر نیروهای ارتش هم تعریف چندانی نداره، هم خسته،هم زخمی،هم روحیه ی ضعیف

* کوروش درخطاب فرماندهان گفت:

- پس نتیجه این که بهترین وضع را در مجموع کیتوتسویی ها دارن. . .بخاطر زره های فوق العادشون

- ما اگه بتونیم، زره هایی مثل زره های کیتوتسوها رو بسازیم، وضعیتمون فوق العاده میشه. . .

* فرمانده شایان پادرمیانی کرد و گفت:

- امّا فرمانده کوروش ساختن این تعداد زره زمان می بره ما وقت زیادی نداریم، نمی تونیم زیاد معطل کنیم. . .

- آره، می دونم شایان. . .اما چاره دیگه ای نداریم،کاپاسی ها خیلی قدرتمندن و از تجهیزات زیادی بهره می برن، با این ساز و کار عادی نمی شه، کاپاس رو فتح کرد. . .

* کاوه گفت:

- عالیجناب به نظر من باید میان بر بزنیم

- منظورت چیه؟ کاوه

- اگه بخواهیم مثل دفعه ی قبل رو در رو بجنگیم قطعاً شکست می خوریم، به نظر من بایدقدم به قدم مخفیانه پیش بریم

- بیش تر توضیح بده، کاوه . . .اگه نقشه ای داری بگو؟

- آره، اگه اجازه بدین من با نیروهام مخفیانه و شبانه بریم و از اوضاع و موقعیت قلعه خبردار شیم این خیلی به ما کمک می کنه، این قدم اوله، اگه موفق شدیم می تونیم نقشه های بعدی مونو با استفاده از این اطلاعاتی که به دست خواهیم آورد برنامه ریزی کنیم. . .

* بافیناس در خطاب به کاوه گفت:

- امّا کاوه این کار خیلی خطرناکه، قلعه ی کاپاس شدیداً محافظت می شه ورود به اون تقریباً غیر ممکنه . . .

- چاره ای نداریم فرمانده بافیناس نمی تونیم دست روی دست بشینیم و شاهد شکستهای بعدی باشیم

* شایان به کوروش گفت:

- نظر شما چیه؟ فرمانده کوروش

* کوروش اندکی سکوت کرد وگفت:

۲۴۵

- باید فکر کنم، فعلاً برید و به نیروها، برسید، اونا رو از لحاظ روانی و جسمانی آماده کنید، من باید بیش تر فکر کنم

* فرماندهان اطاعت کردند و رفتند. . .کوروش تنها درون چادر نشست و لحظاتی نسبتاً طولانی فکر کرد و دوباره فرماندهان ارشد خود را فرا خواند و به آنان گفت:

- من زیاد فکر کردم . . . به نظرم پیشنهاد کاوه، مناسبه امّا تنها چیزی که منو نگران می کنه، اینه که اگر نقشه لو بره و دستگیر بشن اونوقت اوضاع . . .

* حرف کوروش تمام نشده بود که کاوه گفت:

- نگران نباشید عالی جناب ما نمی ذاریم که دست اونا به ما برسه، اگه موفق شدیم کـه

هیچ امّا اگه گیر افتادیم، من و نیروهام سم های مخصوصی راتهیه کردیم که بلافاصله بخوریم و کشته بشیم چرا که معلوم نیست اگه اسیر بشیم نیروهام زیر شکنجه های اون وحشی ها چه اطلاعات سری ومهمی رو لو بدن که این به ضرر همه ی ماست

* همگی فوق العاده از روحیه جان فشانی کاوه متعجب شدند وکوروش گفت:

- اما کاوه من نمی تونم شاهدچنین از خود گذشتگی باشم. . .

- نگران نباشید عالی جناب، تمام تلاشمون رو می کنیم که گیر نیفتیم، ضمناً افراد من خبره ان فرمانده، به راحتی لو نمی ریم. . .

- بسیار خب، اجازه داری، مأموریتتو انجام بدی . ..حالا کی انجام میدی؟

- اگه اجازه بدید. . .همین الان فرمانده

- الان؟!

- بله، برای این که زمان برای ما مهمه، من به همراه پنج تا دیگر از نیروهای زبده ترم، آماده ایم

- خوبه . . .خیلی خوبه . . . تحسینت میکنم. . .بسیار خب، موفق باشی . . .برو

* بافیناس و شایان نیز کاوه را تحسین کردند واو عازم قلعه ی کاپاس شد. . .

* کاوه دستورات لازم را به نیروهای خود گفت و به آنان گوشزد کردکه هدفشان فقط بدست آوردن اطلاعات از موقعیت قلعه و ابزارآلات جنگی آنان است. . .

* کاوه و پنج نیروی منتخب او شبانه به قلعه ی کاپاس روانه شدند. . .کاوه موقعیت نگهبانان ودیواره های قلعه را نگاه کرد و دریافت که ضلع شرقی قلعه نگهبان کمتری دارد . ..امّا باز هم نمی توانست وارد شود. . .به دور و اطراف خود نگاهی انداخت ومتوجه نگهبانی شد که خواب آلودتر به نظر می رسد و با بررسی سایر نقاط کم کم به آن نزدیک شد. . .واز پشت با دست خود ضربه ای محکم را به گردن نگهبان خواب آلود زد ونگهبان کاملاً غش کرد آنرا کشاند و به داخل بوته های اطراف به دور از چشم سایر نگهبانان انداخت سپس لباس او را به تن کرد و خود نیز جای آن نگهبان ایستاد . . . به افراد خود گفت:

- من یه سر و گوشی آب بدم اگه موقعیت مناسب بود، بهتون علامت می دم که بیایید.

* آهسته و با ژستی طبیعی وارد قلعه شد. . .قلعه ای وسیع وبسیار بزرگ و مشخص نبود انتهای آن کجاست. . .

* کاوه که با تجربه بود ناگهان یکی دیگر از نگهبانان را باز هم مخفیانه کشت و آنرا به پشت یکی از مکان های تاریک قلعه انداخت، بعد به افرادش علامت داد که آهسته وارد قلعه شوند. . .افراد واردقلعه شده ویکی دیگر از آنان لباس نگهبان کشته شده را پوشید. . .چهار نیروی باقی مانده هم ، لباس مشکی به تن داشتند که در شب به سختی نمایان می شد. . .

* کاوه به آنان گفت:

- هر کدام از مابابد اطلاعات کافی ای رو از قلعه بدست بیاریم، اگه توانستید، نگهبانان رو مخفیانه بکشید و لباسشان را به تن کنید امّا اگه شرایط مهیا نبود، مخفیانه مأموریتتان راانجام بدید قرار ما بیرون قلعه پشت بوته ها . . . همانجایی که اولین نگهبان را زدیم. . .مراقب خود باشین امّا اگه لو رفتین با سمی که دراختیارتان هست، خودتان را بکشید تا اطلاعات لو نره . . . ضمناً سعی کنید اطلاعات مفید جمع آوری کنید، وقتی سر قرار رسیدی از یک تا صد و پنجاه بشمارید اگه دوستتون نیامد، شما برید و اطلاعات ببرید . ..امیدورام همگی سلامت برگردیم . . .موفق باشید. . .

* افراد اطاعت کردند و هر کدام به مکان خاصی رفتند . . .کاوه نیز خود به سمت دری رفت که توجهش را جلب کرده بود . ..بالباس مبدل خیلی راحت به آنجا نزدیک شد . . . منجنیق های بزرگی را دید که تعدادش بالغ بر هزاران هزار می شد . . . فوق العاده متعجب شد و به عظمت قلعه ی کاپاس پی برد. . .باز هم سر وگوشی آب داد . . . تا سایر ابزار آلات را چک کند . . .درهای ورودی و خروجی رانیز کشف کرد، خطرپذیری خود را افزایش داد و حتی داخل راهروهای قلعه رفت. . .و حتی تا نزدیک مقر فرماندهی اصلی

قلعه کاپاس رفت. . .که دید زنی آنجاست. . .بادقت بیش تر متوجه شد که فرمانده کل قلعه ی کاپاس همان زن است.که برای کاری به آن محل قلعه آمده بود و باتحقیق بیش تر متوجه شد که نامش "ماریس" است همان شخصی که پازو نامش رااتفاقی گفته بود . ..امّا ناگهان یکی از فرماندهان نگهبانی به او مشکوک شد و فریاد زد،هی . . .نگهبان اینجا چیکار میکنی؟

* از آنجا که نیروی آدم و نه شیطانی این قلعه زیاد بودند، این فرمانده ی نگهبان هم آدم بود وکاوه زبانش را متوجه شد وبا خونسردی گفت:

- صدایی شنیدم عالی جناب. . .مشکوک شدم و آمدم سرو گوشی آب بدم. . .

* فرمانده نگهبان در جواب گفت:

- می بینی که اوضاع آرومه، برگرد سر پستت

- بله فرمانده

* کاوه نفس عمیقی کشید و از قلعه کاملا، بیرون رفت و سر قرار مشخص منتظر ماند . ..بعد از چندین لحظه دو تا دیگر از نیروهایش به او اضافه شدند. . .و اطلاعات خود را گفتند. . .بعد از لحظاتی یکی دیگر از افراد وبعد از چند لحظه ی دیگر نیروی دیگر نیز آمد. . .تنها کسی که نیامد همان فردی بود که لباس مبدل نیز به مانند کاوه پوشیده بود. . .لحظاتی منتظر ماند . ..کاوه نگران شده بود، یکی از افرادش گفت:

- عالی جناب، چیکار کنیم؟ می خوای بریم دنبالش؟ یا بریم به مقر

- کمی دیگه صبر کنید. . .

- بله عالی جناب

* ناگهان یک فرد نگهبان با لباس قلعه به آنان آهسته آهسته نزدیک شد. .

کاوه و چهار نیرویش مخفی شدند. . .اما یکی از افراد گفت:

- فرمانده کاوه . . . نیروی خودمونه، برگشت. . .

* کاوه نگاهی کرد وگفت:

- آره، اما چرا اینقد آهسته میاد!

* به یکی از افرادش دستور داد، جلوتر برود . .او نیز رفت اما صحنه ی غمناکی را دید ظاهراً نیروی خودی با لباس مبدل لو رفته بود، سم را خورده بود واز دهانش خون و کف بیرون می آمد و فقط توانست یک کلام بگوید:

- لو رفتم

* و ناگهان به زمین افتاد و مرد . . . نیروی نزد او سریعاً برگشت و به کاوه گفت:

- فرمانده ، اون مرده، سم خورده گفت لو رفتیم، بهتره فرار کنیم

* کاوه با اضطراب گفت:

- زود باشین فرار کنین، کاوه و افرادش سریعاً بر اسب سوار شدند و حرکت کردند امّا نیروهای قلعه ی کاپاس نیز رسیدند و آنان رادنبال کردند. . .

* کاوه و افرادش سریعاً در حال فرار، و حدود ده ها نفر از نیروهای قلعه ی کاپاس به همراه سرگروه آنان بنام "چن چن" که زیر دست پازو بود و از افراد خبره ی او به شمار می رفت شروع به تعقیب آنان کردند . ..تیرهایی به سمت کاوه و افرادش روانه شد اما با هوشمندی آنان به خطا رفت . . .اما یک تیر نیز به اسب یکی از افراد کاوه اصابت کرد واسبش را سرنگون کرد، سوار آن نیز به

زمین افتاد اما کاوه سریعاً او رانجات داد وبر اسب خودسوار کرد. . .تعقیب و گریز ادامه داشت. . .درعین حرکت یکی از افراد کاوه به او گفت:

- فرمانده اگه به سمت مقر پیش بریم، موقعیت ارتش لو می ره، بهتر نیست، مسیرمونو رو تغییر بدیم

- نه . . .من نقشه ای دارم، فقط دنبالم بیا. . .

* از آن سوی میدان چن چن نیز به همراه نیروهایش آنان را تعقیب می کردند و دست بردار نبودند . . .تیرهای زیادی سمت آنان زده شد. . .اما کاوه و نیروهایش خبره تر از آنی بودند که تصور می شد. . .و تسلیم تیراندازی دشمن نشدند. . .چن چن به نیروهایش دستور داد. . .

- مـدام اونا رو تعقیب کنید، اونا از افراد کوروش اند. . .اوناروتعقیب کنین تا ببینیم کجا

میرن

* تعیقب و گریز تا نزدیکی استقرار ارتش صلح انجام شد امّا دیگر، چن چن دست از تعقیب برداشت وکاوه و افرادش به محل استقرار رسیدند. . .دوباره یکی از نیروهای کاوه به او گفت:

- فرمانده، فرمانده، اونا محل مارو پیدا کردن. . .

* کاوه با طمأنیه گفت:

- قصد خود منهم این بود که محل ما رو پیدا کنن. . .عجله نکن، به زودی می فهمی که چرا مخصوصاً این کارو کردم. . .

* آن سوی میدان نیز یکی از افراد همراه چن چن به او گفت:

- فرمانده چرا تعقیب رو ادامه ندادی؟

* چن چن با غرور گفت:

- می خواستم محل استقرار ارتششون رو پیدا کنم، این برامون از خود اوناهم مهمتره درحالی که خودشون اونقد ناشی بودن متوجه این حقه من نشدن و فکر کردن که از دستم گریختن. . .

* سپس خنده ای بلندی کرد و دوباره همان سربازش ازش پرسید:

- اونا از قلعه اطلاعات بدست آوردنو این برای قلعه و نیروهامون خطرناکه

* چن چن با خشم گفت:

- خفه شو. . .ابله، تو بیش تر می دونی یا من؟ منم می دونم اونا اطلاعات دارن امّا تا موقعی که بخوان علیه ما اقدامی کنن با پیداکردن محل کمینشون اونا رو نابود می کنیم

* چن چن سریعاً گردن سربازش را با شمشیرش زد وگفت:

- گستاخ، از کار من ایراد میگیره. . .حقت مرگ بود. . .

* خباثت چن چن نیز به رخ افرادش کشیده شد . .. او نیز به همراه افرادش به قلعه ی کاپاس برگشتند و از کار خود برای فرماندهش پازو گفت، پازو نیز او را تحسین و گفت:

- همین الان نیروهامون رو آماده کن تا با تمام قوا، ارتش کوروش رو نابود کنیم.

* چن چن متعجبانه پرسید:

- الان؟!

- آره. . .چن چن،همین الان، تا حسابی غافلگیر بشن

- بله فرمانده، همین الان، نیروهارو آماده می کنم

۲۵۲

- خوبه. . .

* درآن سوی میدان کاوه دلیل آنکه مخصوصاً مکان ارتش خودی را به نیروهای دشمن لو داده روبه کوروش این گونه توضیح داد. . .

- فرمانده کوروش من مخصوصاً این کارو کردم، چرا که اونا از محل استقرار ما خبر نداشتن، اما الان ما رو پیدا کردن، بنابراین حتماً میان سراغمون، من طوری وانمود کردم که اونا اینطور بفهمن که ما متوجه نشدیم که اونا ما را پیداکردن، در حالی که من احساس می کنم دشمن تصور کرد که خودشون با زیرکی مارو پیدا کردن، حالا من پیشنهاد می کنم ما اینجا رو ترک کنیم و اونا رو توی تله بندازیم و به شدیدترین شکل ممکن اونا رو هدف قرار بدیم و ضربه ی سختی بهشون وارد کنیم.

* کوروش از این کار هوشمندانه کاوه بسیار خوشحال شد، سایر فرماندهان نیز او را تمجید کردند. . .کوروش گفت:

- اما یک موضوع می میمونه. . .کاوه

- چی فرمانده؟ دستور بفرمایید

- این که دوباره باید قبل از حمله ی کاپاسی ها باز هم مخفیانه به کاپاس بریم

- چرا؟

- بخاطر این که اطلاعات کسب کنیم، که اونا، کی،چطور و با چه تعدادنیرو به ما حمله می کنن، این کلید پیروزی ماست

آها. . .بله بله درسته. . .خب من دوباره می رم

* بافیناس پادرمیانی کرد وگفت:

- نه کاوه، تو حسابی توی خطر افتادی، اینبار من میرم

- نه نه . . .بافیناس، خودم می رم، راهشو کاملاً یادگرفتم

* کوروش گفت:

- آره بافیناس، بازم باید خود کاوه زحمت بکشه، به شایستگی های تو شکی

نیست امّا چون کاوه راهشو یکبار رفته بهتره خودش دوباره بره

* بافیناس متواضعانه در پاسخ به کوروش

- بله، فرمانده . . .هر چی شما دستور بفرمایید

* کوروش به کاوه گفت:

- به نظر من همین الان اگه بری بهتره،کارو نباید به تعویق انداخت، هر چه

زودتر بهتر. . .

- بله فرمانده، پس من به همراه دو تا از نیروهام می ریم و اطلاعات لازمو می

آریم

- خوبه، اما خیلی مراقب باش کاوه چون ممکنه تدابیر امنیتی قلعه تشدید

شده باشه

- نگران نباشید، فرمانده، از عهدش بر می آییم

- موفق باشی، پس وقتتو تلف نکن برو. . .کاوه

* شایان نیز ناگهان گفت:

- آره بهتره سریع تر بری، چون حتی ممکنه اونا همین الان به ما حمله کنن

. . .شاید اونا هم مثه ما فکر کنن. . .هر چه زودتر بهتر

* کوروش خطاب به شایان گفت:

- آره، درسته. . .شاید همینطور که تو می گی باشه

* خطاب به کاوه. . .

- برو، کاوه . . .موفق باشی

* کاوه اطاعت کرد و دوباره به سمت کاپاس به همراه دو تا از نیروهای ویژه اش به راه افتاد. . .

* کوروش فرماندهان خود را جمع کرد وگفت:

- بهتره ارتش رو به حالت آماده باش در بیاریم چون هر لحظه ممکنه مورد تهاجم قرار بگیریم . . .ضمنا بعداز اینکه اعلام کردید برگردیدتا نقشه ی موردنظرمو بهتون بگم و نظرتون رو بگید. . .

* فرماندهان اطاعت کردند. . .

* کاوه ودونیرویش درنزدیکیهای قلعه کاپاس بودند. . .که صحنه ی مهمی را دیدند.. . .سپاه عظیمی از نیروهای قلعه ی کاپاس به راه افتاده بودند . ..با تجهیزات کامل و نظمی یکپارچه . . . کاوه..از سرعت عمل جمع آوری ارتش آنان برای حمله بسیار شگفت زده شده بود. . .

* کاوه ناگهان توقف کرد و به دو نیرویش گفت:

- حدس فرمانده شایان درست بود، اونا آماده ی حمله شدن . . . بهتره هر چه سریع تر و با حداکثر سرعت برگردیم، هر چه می تونید با اسبهاتون بتازید . . . باید سریع تر خبرو به فرمانده کوروش برسونیم . . . زود باشین، خبر رساندن ما سرنوشت سازه

* کاوه و افرادش سریعاً به مقر ارتش صلح آمدند و با عجله نزد کوروش رفتند و خبر را به او رسانند . ..امّا کوروش خونسردانه گفت:

- آروم باشید ما پیش بینی این وضعیتو کردیم،همه چیز آماده ی ضربه زدن به اوناست. . .

* کاوه گفت:

- خیلی خوبه . . . حالا نقشتون چیه؟ عالی جناب

- من به همراه فرمانده شایان و فرمانده بافیناس نقشه ای رو طراحی کردیم، قرار بر این شد که همه و همه ی نیروها رو به پشت کوه های اطرافمون بفرستیم، وقتی اونا به اینجا اومدن، گلوله های آتشینی رو که از قبل داشتیم رو آتیش می زنیم و روی اونا می ندازیم، دشمن اینطور وسط کمین ما گیر می کنه، هم آتش رو سرشون می ریزیم هم تیر بارانشان می کنیم، ترجیحاً تجهیزات سنگینشون رو با آتش و نیروهاشون رو با تیر می زنیم، اونا هیچ کاری نمی تونن بکنن، چرا که ارتفاع کوهها تقریباً زیاده و افراد ما پشت کوه پناه می گیرند وارتفاع پرتاب منجنیق هاشون در بهترین شرایط ممکن و حداکثر کارایی تا نصف کوه ها می آد. . .

* کاوه با شادی مضاعف گفت:

- عالیه فرمانده، عالیه. . .

* کوروش نیز دستور داد تا همه ی نیروها با سرعت هر چه تمام تر پشت کوه ها بروند، تجهیزات نیمه سنگین را پنهان کنند و گلوله های آتشین را نیز در جاهایی که قبلاً با فرماندهان تدارک دیده بودند مستقر سازند.

* دستور سریعاً به نیروها رسیدو با حداکثر سرعت و قدرت استقرارها شکل گرفت چرا که کاره سختی بود

* سپاه کاپاسی ها به سمت مقر کوروش در حرکت بود . . .پازو خود نیز درجلوی سپاهش درحرکت بود وبا چن چن درباره ی چگونگی حمله به ارتش کوروش صحبت میکرد. . .

* در میان ارتش کوروش که همگی آماده ی نبرد بودند. .شخصی آهسته آهسته و با یک دست، به کوروش نزدیک و نزدیک تر می شد . . .هوتن با حالی بهبود یافته نزد کوروش آمد و گفت:

- فرمانده کوروش من آماده ی خدمتم

* کوروش با احساسی توأم با محبت

- هوتن. . .!!تو حالت خوب شده؟

- بله فرمانده، حالم خوبه خوبه، آماده شدم تا در رکابتان باز هم بجنگم

- نه هوتن، تو نباید بجنگی . ..تویکی از دستاتو از دست دادی؟ بیش از این منو شرمنده نکن دلیر مرد

- هنوز یک دست دیگر دارم که فدای شما و ارتش صلح کنم، من می تونم بجنگم فرمانده

* گفت وگو های احساسانه بین هوتن و کوروش ادامه داشت تااین که بعد از اصرار زیاد هوتن، کوروش قبول کرد که هوتن دوباره در کنارش بجنگد و دوباره یکی از فرماندهی قوای ارتش را به او داد. . .

* استقرار نیروهای ارتش صلح شکل گرفت. . .پشت کوه های اطراف مقرشان کمین زدند . . . امّا چادرهای خود را جمع نکردند تا بدین وسیله سپاه کاپاسی ها را باز هم فریب دهند . . . از آن سمت سپاه کاپاس به محل مورد نظر، نزدیک و نزدیک تر شد. . .پازو نیز، دستور داد تا مخفیانه و با یک

یورش سنگین حمله کنند . . . حمله با دستور پازو آغاز شد. . .نیروهای عظیم کاپاس ناگهان به محل استقرار ارتش صلح که البته فقط در حال حاضر چادر هایشان برپا بود، حمله کردند. . .

* دسته هایی دیگر از نیروهای قلعه ی کاپاس پشت چادرها منتظر دستور بعدی پازو بودند که به داخل چادرها حمله کنن، نبودن نگهبانان از سوی ارتش کوروش در آن محل، شک پازو را برانگیخت به همین علت خود پازو،چن چن، وشماری از نیروهایش آنجا نرفتند. . .اونیز دستور داد، تا نیروهایش به داخل چادرها حمله کنند. . .حمله آغاز شد، اما کسی داخل چادرها نبود، یکی از افراد به پازو گفت:

- فرمانده اینجا کسی نیست

* حرف این سرباز تمام نشده بود که تیری سینه اش را شکافت . . . کوروش دستور تیراندازی را صادر اما دستور پرتاب گلوله های آتشین را نداد چرا که نقشه ی آنان طوری طراحی شده بود که گلوله های آتشین را فقط بر روی سلاح های سنگین دشمن بیندازند. . .

* تیرباران توسط ارتش کوروش به سمت دشمن، ادامه داشت، سپاه کاپاسی به شدت غافلگیر شده بود،نه راه پس داشت نه راه پیش، پازو و چن چن آنقدر غافلگیر شده بودند که نمی دانستند باید چه کنند . . . تنها شانسی که آورده بودند این بود که در خارج ازتیررس ارتش صلح بودند . . . ظاهراً این شیوه های غافلگیرانه ارتش صلح جزئی از شگردهای جنگی آنان شده بود

* تعداد تلفات کاپاسی ها به شدت رو به افزایش بود . . . آنقدر زیاد شده بود که پازو دستور داد تا مقدار نیروهای باقی مانده ای که نزد او بودند با

منجنیق های معروف خود وارد کارزار شوند و با آنان با ارتش صلح مقابله کنند، منجنیق های مورد نظر وارد میدان جنگ شد اما هر چه زدند نتوانستند افراد کوروش را هدف قرار دهند چرا که حداکثر ارتفاع پرتاب گلوله ها توسط منجنیق کمتر از ارتفاعی بود که افراد کوروش در آنجا پناه گرفته بودند. . .کوروش نیز از این فرصت استفاده کرد وبه افرادش دستور داد تا گلوله های آتشین خود را روی سلاح های سنگین و منجنیق های کاپاسی ها بریزند . . . خسارت به منجنیق های کاپاسی ها نیز به مانند نیروهای کاپاسی شدیداً روبه افزایش بود . . . پازو که بسیار ترسیده بود رو به چن چن کرد و گفت:

- ای احمق بی عرضه، دیدی چیکار کردی ما رو نابود کردی، تو با حماقتت ما رو نابود

کردی

* سپس شمشیر خود را در آورد وگردن چن چن را زد!! یکی از افراد حاضر در آنجا که قبلاً هم در رکاب چن چن بود، یاد لحظه ای افتاد که چن چن سر یکی از افرادش رافقط به خاطر یک اظهار نظر قطع کرد! پیش خود گفت:

- واقعاً که چه دنیایی یه . . . همان کسی که چند لحظه قبل سر یکی را جدا کرد حالا یکی سرخود شو جدا کرد

* پازو نیز که چاره ای نداشت دستور داد که مابقی نیروهایش به همراه خودش فرار کنند. . .کوروش با دیدن این صحنه دستور داد تاافرادش آنان رادنبال کنند چرا که تلفات کاپاسی ها آنقدر زیاد شد که نیروهای باقی مانده ی آنان فقط یک چهارم نیروهای ارتش صلح شد در حالی که قبل از جنگ،

تقریباً برابر بودند اما، هوش و از خودگذشتگی افراد ارتش صلح باعث برگرداندن ورق جنگ به نفع کوروش و افرادش شد . . . تعقیب ارتش صلح به دنبال کاپاسی ها ادامه داشت تا این که آنان را گیر انداختند . . . به دور آنان حلقه زده و افراد باقی مانده ی آن را نیز کشتند. . .البته تعدادی از افراد ارتش صلح نیز در این نبرد کشته و زخمی شدند اندک نیروهای باقی مانده ی کاپاسی ها نیز تسلیم شدند اما خود پازو که غروری وصف ناشدنی داشت تسلیم نشد و به کوروش گفت:

- من در مقابل تو. . .تسلیم نمی شم، بچه!!

* این حرف پازو خشم بافیناس را برانگیخت. . .از اسبش پایین آمدوبه پازو گفت:

- خب بیا جلو تا خودم به درک واصلت کنم. . .

* پازو به سمت بافیناس حمله کرد . . . نبرد تن به تن دیگر شکل گرفت. . .ضربات شمشیر پر قدرتی از هر دو طرف رد و بدل می شد . . .هیچ کدام قصد تسلیم شدن را نداشتند . .بافیناس با قدرتی سهمگین به سمت پازو حمله کرد شمشیرش را به سر پازو فرود آورد اما پازو نیز ضربه ی او رادفع کرد و با مشتی محکم به شکم بافیناس اندکی او راعقب انداخت، سپس با پرشی زیاد با شمشیرش بر روی بافیناس فرود آمد، بافیناس نیز با تمام قدرت در حالی که زمین خورده بود ضربه او رادفع کرد

* کوروش نگران شد . . . پازو با شمشیرش بر فشار خود می افزود اما بافیناس نیز مقاومت میکرد. . .در همین لحظه بافیناس پازو را هل و پرت کرد، و سریعاً بلند شد اما پازو نیز ضربه ی مشت به صورت بافیناس زد و او

۲۶۰

رانیز گیج کرد سپس سریعاً به سمت او دوید و در حالی که بافیناس گیج شده بود، شمشیرش رابه شکم بافیناس فرو کرد تا مشخص شود نگرانی کوروش بیهوده نبوده . . . اما همانطور که شمشیرش در داخل شکم بافیناس بود او نیز فریادی کشید وشمشیر خود را نیز به مانند، پازو وارد شکم او کرد تا هر دو شمشیرهایشان داخل شکم دیگری باشد. . .چند لحظه ی کوتاهی هر دو بر روی پای خود ایستاده بودند اما پازو نیز . . .زمین خورد و کشته شد . . . کوروش، شایان، هوتن و چند نیروی ارتش صلح نیز به سمت بافیناس رفتند . . . خون از دهان بافیناس بیرون زد و با حالتی رو به مرگ به کوروش گفت:

- بزرگترین افتخارم بعنوان فرمانده ی ماماتها این بود که در کنار کوروش، دلیر مرد جوان در راستای ظلم ستیزی جنگیدم . . .و جانم را فدای این عمل کردم

* کوروش نیز که سر از پا نمی شناخت واشک و غم تمام وجودش را فرا گرفته بود

گفت:

- نه بافیناس. . .تو بایدزنده بمانی، تودوست وفادارمی. . .تو باوفاترین وفادارهایی اما حرف های کوروش تأثیری بر زنده ماندن بافیناس نداشت و بافیناس با چشمانی اشک بار آهسته چشمانش را بست و در آغوش کوروش جان داد، تا آخرین مامات باقی مانده و وفادار به کوروش نیز، چشم از جهان فرو بندد.

* کوروش نیز از غم وارد شده به او و سایر افرادش، فریادبلندی زد . . .این فریاد آنقدر زیاد بود که پرندگان شبی که در اطراف آنجا بودند از روی درختان پریدند. . .

* کوروش که خشمی غیر قابل توصیف داشت؛ دستش را مشت کرد و به جسد بافیناس گفت:

- بافیناس مطمئن باش نمی ذارم خونت در راستای ظلم ستیزی پایمال بشه . . .

* او باقی مانده ی افراد کاپاسی را نیز به تسلط خود درآورد آنان نیز از صحنه و جان فشانی های بافیناس و سایر نیروهایش در قبال کوروش تحت تأثیر قرار گرفته بودند، بعضی از آنان نیز حتی از آدمیان نبودند اما کوروش با آنکه بسیار از غم از دست دادن بافیناس، ناراحت بود، چنان باملایمت با آنان صحبت کرد که نه تنها آدمیان بلکه غیر آدمیان باقی مانده ی کاپاسی نیز اعلام وفاداری با اوکردند، در این لحظه شایان به هوتن گفت:

- می بینی . . . هوتن، فرمانده کوروش بااخلاق و منش و انسانیتش چطور نه تنها آدم ها بلکه موجوداتی که حتی از آدمیان هم نیستن رو شیفته ی خودش کرد، واقعاً که کوروش بی نظیره. . .

- آره شایان، دقیقاً همینطور هست که تومی گی . . .شاید هر که جای من بود و یک دستشو از دست داده بود، ناراحت بود اما من خیلی خوشحالم که اون رو فدای چنین سروره،بزرگواری کردم، دستم که چیزی نیست اگه جونمم لازم باشه برای کوروش فدا می کنم

* شایان نیز سرش را به نشانه ی رضایت بالاو پایین برد و گفت:

- از اینکه در کنار فرمانده ی شجاعی چون کوروش و افراد وفادارش چون هوتن بزرگ می جنگم افتخار می کنم

* ملایمت کوروش نه تنها نیروهای دشمن رابه نیروهای خودی تبدیل کرد بلکه اثرات آن بر افراد خودی چون شایان و هوتن نیز تاثیر داشت..و باعث تقویت مهر و عاطفه بین آنها شد. . .

* کورش نیز با بدست آوردن غنیمتهای جنگی فراوان از جمله منجنیق های آتشین و پرتاب کننده های سنگ ِبدست آمده از سپاه نابود شده ی کاپاس، ارتش را ساماندهی کرد تا فتح نهایی قلعه ی کاپاس را انجام دهد. . سپس ارتش را به راه انداخت و تا پشت در قلعه ی کاپاس حرکت کردند. . .

رخداد بیست و هشتم : قلعه ی کاپاس

* ارتش صلح که هم از لحاظ عاطفی بدلیل ازدست دادن بافیناس آسیب دیده و هم از پیروزی بدست آمده، تقویت شده بود بعد از طی مسافتی پشت درهای قلعه ی کاپاس استقرار یافت...

* کوروش بدون هیچ هشداری دستور داد با منجنیق دیوارهای قلعه ی کاپاس را تخریب کنند، گلوله های سنگی بزرگ مثل باران آن چنان روانه شد که دیواره های قلعه ی با عظمت کاپاس را خرد کرد و مانند خاک صاف شد و بلافاصله دستور داد تا نقطه نقطه ی قلعه را آتش باران کنند، این اتفاق افتاد و در یک لحظه قلعه ی کاپاس به جهنمی تبدیل شد، تجهیزات سنگین بدست آمده برای ارتش صلح، آنان را بیش از پیش نیرومند کرده بود ... . در آن سو ماریس که شاهد نابودی قلعه ی کاپاس بود به افرادش دستور داد تا هر چه تجهیزات باقی مانده دارند را وارد کارزار کنند، ماریس ابتدا خبر نداشت که ارتش پازو نابود شد بعد که نیروهای جدید ارتش صلح را دیدکه لباس ارتش کاپاس را به تن داشتند کل قضیه را فهمید...

* کاپاسی ها با همه ی نیروهای پیاده و تجهیزات از خود دفاع کردند.. .آتش باران بین هر دو ارتش شکل گرفت آسمان کارزار و جنگ پر بود از گلوله های آتشین. . .از آنجا که این گلوله ی آتشین از گیاه خاصی ساخته شده بود، خاکسترهای سوخته ی آن آسمان را غبارآلود کرده بود ... . بعد از اتمام پرتاب گلوله های آتشین. . .که باعث کشته شدن تعداد زیادی از

نیروهای هر دو ارتش شد . . . نیروهای پیاده با هم شروع به جنگیدن کردند.
. .هوتن نیز با تنها دست خود چنان با تبرش مبارزه می کرد که به اندازه ی
چندین نیرو شجاعت و قدرت داشت. . .کوروش جنگ را فرماندهی می کرد
ازآنجا که فرمانده ی با تجربه و خبره ی کاپاسی، پازو بود که کشته شده بود
ارتش کاپاس نامنظم بود . . . با آنکه چند فرمانده دیگر کاپاس ارتش را
فرماندهی میکردند اما کارآیی خاصی نداشتند چرا که آنان زمانی می
توانستند بسیار مفید باشند که باز هم از پازو دستور بگیرند . ..کوروش
حداکثر استفاده را از بی نظمی ارتش دشمن کرد و ارتش کاپاسی را از هم
فروپاشاند، خود نیز وسط کارزار با دوشمشیر می جنگید و تک تک نیروهای
دشمن را نابود می کرد . . . ارتش صلح به شدت ارتش تضعیف شده کاپاس را
می بلعید!! تا آنجا که دیگر افراد باقی مانده ی کاپاس که دیدند راهی جز
تسلیم شدن ندارند . . .سلاحهایشان را زمین گذاشتند و تسلیم شدند. . .

* کوروش نیز با رفتار فوق العاده ی خود آنان را نیز با صحبت کردن وروی
خوش نشان دادن به خود ملحق کرد . . . آنان نیز که تشنه ی محبت ورفتار
نیک بودند بلافاصله اعلام وفاداری کردند..

* ماریس با دیدن این قضایا که منصب خود را بر باد دیده، می دید. .
.جیغی بلند کشید . . .اما این پایان کارنبود... خودنیز به محل قبلی جنگ
درداخل قلعه ی کاپاس آمد و به کوروش گفت:

- هی تو؟؟ فرمانده کوروش که صدای قیامتو امپراطور زهرآگین شنیده. . . و
نصف جزیره رو فتح کردی . . . دیگه چی می خوای؟!

* کوروش با طمأنینه گفت:

۲۶۵

- کی هستی؟

* درهمین هنگام، کاوه که او را دیده بود و می شناخت،به کوروش گفت:

- اون همان فرمانده ی کل کاپاسه، اسمش ماریس

* ماریس خودش را معرفی کرد و گفت:

- خب چی می خوای؟

* کوروش باز هم آهسته و با خونسردی گفت:

- آزادی مردمان این جزیره و پاکسازی اینجا از زهرآگین و پایین کشوندنش از تخت امپراطوری

- پس بدنبال قدرتی، کوروش؟!

- من مثه شما خبیث نیستم که بخاطر قدرت افرادمو قربانی کنم، روزی که این جزیره رو آزاد کردم خودم بر میگردم به شهرم و امپراطوری عادل را به سر قدرت می ذارم، هدف من فقط انسانیته، چیزی که شماها اصلاً نه دارید نه می دونید چیه؟

- جداً؟ پس توی آرزوش بمان. . .

* ناگهان ماریس از دستانش چندین تیغ سمی را بطور اسرارآمیزی به سمت کوروش پرتاب کرد اما هوتن ناگهان خود را سپر کوروش قرار دادو جان فشانی کرد . . . از آنسوی میدان شایان نیزه اش را به سمت ماریس پرتاب کرد قدرت پرتاب نیزه ی شایان به حدی بود که شکم او را به شدت درید و به زندگی و قدرتش پایان داد. . .

* هوتن که چندی قبل دستش را از دست داده بود این بار نیز درآخرین لحظات زندگش به کوروش گفت:

- جان ناقابلم تقدیم تو . . .

* کوروش که مرگ عزیزانش برایش عادی شده بود بر جسد هوتن گریست

* هوتن نیز به جمع قهرمانان کشته شده ی کوروش و ارتش صلح پیوست و قلعه ی کاپاس نیز با فداکاری و هوشمندی افراد کوروش فتح شد. . .

* کـوروش همه ی انبـار تسلیحـات کاپاس را فتح کرد . . . ونیروهایش رابا آنان قوت

بخشید در بخشی از قلعه ی کاپاس فلزاتی انبار شده بود. . .شایان که به همراه کوروش بود به او گفت:

- فرمانده کوروش، این فلزات برای ساختن زره های مخصوصی که به ما به تن داریم خیلی مناسبه همینطور که قبلاً با هم قرار گذاشتیم که از زره های کیتوتسویی براتون بسازیم الان وقتشه. . .

* کوروش نیز پذیرفت و به اوگفت:

- چند روز طول می کشه؟

* شایان با لحنی امیددهنده گفت:

- نگران نباشید فرمانده من تکنیک خاصی رو یاد گرفتم که در عرض دو یا سه روز کاری میکنم که کل زره ها ساخته بشه، هم راه ساختنش رو به افراد یاد می دهم هم این که سریعاً بسازن و آماده بشن. . .این راه رو بعد از چند روز فکر کردن یاد گرفتم

- خیلی خوبه فرمانده شایان، آفرین،کمی استراحت کنین بعد شروع به ساختن کنید باید سریعاً به قصر سیاه که آخرین قدم ماست برسیم، قصری که زهرآگین توش حسابی جاخوش کرده و باید اونو به درک واصل کنیم و

صلح و آرامش و انسانیت را به اینجا و مردمش برگردونیم . . . مقصد بعد،

هدف ماست، قصر سیاه! همه ی موانع نابود شدن. . .

- بله فرمانده . . .اطاعت سرورم

* بعد از استراحت ارتش، شایان آموزش های لازم را به افراد داد و شروع به

ساختن زره ها کردند. . .

* بعد از چند روز . . .زره ها آماده و امتحان شد، زره های ساخته شده

همانچیزی بود

که بر تن کیتوتسوها بود! کاملاً عالی و با کیفیت. . .کوروش از زحمات بی

دریغ شایان سپاسگزاری کرد و همه ی ارتش را با زره های جدید تجهیز کرد

. . . جالب این جا بود که داخل قلعه ی کاپاس دری بود که مستقیماً به قصر

سیاه راه داشت بدون هیچ راه انحرافی . . .کوروش که ازاسناد بدست آمده از

کاپاس آنرا نیز پیدا کرده بود . . . از همان در خود و ارتش را به سمت قصر

سیاه روانه کرد. . .

رخداد بیست و نهم : تقابل با محافظین ویژه قصر سیاه

* درذهن کوروش افکار زیادی می گذشت، گسترش صلح و نابودی ظلم و زهرآگین، آزادی مردم، آزادی سیاوش و . .. کوروش و ارتشش که در مسیری تنگ به سر می بردند هیچ گونه سرسبزی ای نمیدیدند ...راهی باریک و اطرافش تا جایی که چشم کار می کرد فقط یک چیز بود درختان بسیار بلند اما کاملاً خشک! کوروش نیز از ادامه راه نگران بود ، چرا نمی دانست چه اتفاقی خواهد افتاد اما ارتش و او به راه کاملاً مستقیم خود ادامه می دادند . . .در این میان یکی از افراد ارتش مشک خود را در آورد که آبی بخورد اما آبی در آن نبود به بغل دستیش گفت:

- هی رفیق نمی دونم چرا مشکم هیچی آب نداره، با اینکه آب پرش کرده بودم . . .بغل دستیش گفت:

- خب حتماً سوراخ شده

* آن سرباز مشک خود را در آورد و به او داد، او نیز در مشک را باز کرد ودردهانش گذاشت امّا آن مشک نیز خالی بود!

- هی رفیق ظاهراً مشک تو هم سوراخه!

- چرا؟

- آخه توی اینم هیچ آبی نیست

- مشک من آب پر بود!

* سرباز نگاهی به مشکش کرد و از آب خبری نبود، او نیز به بغل دستیش گفت ، اما مشک او هم نیز خالی بود این قضیه بین ارتش کم کم پخش شد اما ناگهان بطور عجیبی مشک همه از آب خالی شده بود! در بین افراد همهمه ای به پا افتاد کوروش نیز قضیه را جویا شد و یکی از سربازان به او توضیح داد.

* کوروش احساس نگرانی کرد و دستور داد از انبارهای ذخیره بازدید کنند اما آب انبارهای ذخیره هم بطور عجیبی خالی شده بود و حتی یکی قطره آب نیز وجود نداشت

* کوروش فهمید که مشکلات ونبردها آغاز شدند، او به شایان گفت:

- شایان به نظرت چه اتفاقی افتاده؟

- دقیقاً نمی دونم فرمانده! باید فکر کنیم، بهتره ارتشو فعلاً متوقف کنیم و حرکت ندیم

- چرا؟

* تا ببینیم قضیه از چی قراره، البته اگه شما موافق باشین، فرمانده

- باشه حرکت نمی دیم. . .

* کوروش دستور توقف ارتش را صادر کرد، او و شایان و کاوه که تنها فرماندهان باقی مانده ی خبره ارتش نیز بودند با هم مشورتی کردند و شایان گفت:

- تـوی اطلاعاتـی که از کاپاس بـرای مسیـر قصر سیاه بدست آورده بودم این جایی که ما هستیم فقط

محافظهای خاص زهرآگینه، اما من مطمئنم که این از دست رفتن آبها جزئی از شگردهای زهرآگینه

- آره منم مطمئنم اما چطور؟

* شایان نیز از زین اسبش یک نقشه ای از قصر سیاه را درآورد، و با کوروش به آن نگاه کردند وکوروش ناگهان در نقشه چشمش به چیزی افتاد ... در قسمتی که از محافظین زهرآگین نام برده شده جلوی آنهفت کلمه ی مخفف به نام های "ت - گ - خ - ت - ت - و - م" نوشته شده بود.از شایان پرسید شایان به نظرت منظور این حروف چیه؟

- نمی دونم فرمانده باید کمی صبر کنیم

* تشنگی شدید نیز بین ارتش پخش شده بود که باز توجه کوروش و شایان را به خود جلب کرده بود این احساس تشنگی کم کم بین کوروش و شایان هم ایجاد شد، کوروش نیز به افرادش گفت:

- ارتشی های مقتدر من، قوی باشید، شک نکنید که این از بین رفتن آبها و حالات تشنگی شدید از توطئه های زهرآگینه ، قوی باشید! به خودتان تلقین کنید که: "ما سیراب هستیم"

* دستور حرکت ارتش صادر شد و بار دیگر به آنان گفت:

- زیاد با هم حرف نزنید و آهسته تر حرکت کنید که تشنگی بر شما تشدید نشود

* حرکت ارتش آهسته اما پیوسته ادامه داشت، تشنگی لحظه به لحظه بر افراد تأثیر منفی تر می گذاشت تا جایی که حتی صدها نفر از افراد بر اثر تشنگی بر زمین افتادند...کوروش نیز بر سر تعدادی از آنها حاضر شد، چندین

نفر مرده بودند اما بقیه نیز ضعیف شده بودند خود و شایان و چندین تن از سوارکاران را از اسب ها پیاده کرد و تعدادی از آنان را بر اسب سوار کرد تا استراحت کنند

* در این لحظه شایان به کوروش گفت:

- طبق نقشه ای که دستم دارم تا این جا که پیش آمدیم باید یکی از محافظین زهرآگینه می آمد اما خبری نشده، ازالان داخل نقشه نشان داده شده که محافظ دوم میاد که نماد دوم"گ" آمده شده!

* کوروش گفت:

- بسیار خب، فعلاً حرکت می کنیم . . . ارتش به راه خود ادامه می داد. . .که ناگهان کوروش متوجه غبار کوچکی در بین افرادش شد، سریعاً به آنجا رفت و دید سربازانش برای یک لقمه نان با هم درگیر شدند، آنان را جدا کرد وگفت:

- چی شده؟ چرا برای یه لقمه نان به هم می پرید؟

* یکی از افراد گفت:

- فرمانده شدیداً گشنمون شده!

- خب چرا به سرهم می پرید از داخل کیسه های خودتون غذا بردارید و بخورید:

* یکی از افراد که متانت و صبر بیش تری داشت به کوروش گفت:

- فرمانده دفعه ی قبل تشنه شدیمو و هر چه آب داشتیم ناپدید شد و الان همه ی ارتش گشنشون شده و همه ی غذاها ناپدید شده!!

۲۷۲

* احساس گشنگی در بین کوروش و شایان نیز به مانند قبل ایجاد شد! کوروش به

چیزایی داشت پی می برد و این قضیه را با شایان در میان گذاشت، شایان گفت:

- باید از این مسیر عبور کنیم و ببینیم چه اتفاقی می افته!

* کوروش دوباره به افراد خود روحیه دادوارتش دوباره به حرکت ادامه داد تا جایی که به مسیر سوم داخل نقشه رسیدند، شایان و کوروش که به مانند قبل نقشه را بررسی کردند دیدند در این مسیر حرف"خ" نوشته شده، این قضیه مجدداً تکرار شد . . . ارتش که هم از تشنگی و هم از گشنگی ضعیف و ضعیف تر شده بود و تلفات جانی می داد، این بار احساس خستگی بسیار عجیبی در ارتش افتاد و بعد از جویا شدن قضیه ناگهان کوروش به شایان گفت:

- شایان فک کنم، قضیه رو فهمیدم. . .

- واقعاً؟! خب چیه؟فرمانده

- به نظرم منظور محافظ قصر زهرآگین محافظین خاصی نیست فقط احساس های بدی است بصورت ناشناخته به ارتش ما داره اعمال می شه، محافظ اول با حرف "ت"توی نقشه آمده بود یعنی "تشنگی" که به ما وارد شد، دومی"گ" بود که به معنای "گشنگی" حالا،"خ" یعنی "خستگی" که الان به ما وارد شده این جوری از ماتلفات می گیره

* اما در این بین کاوه از شدت تشنگی و گرسنگی و خستگی از پا در آمد و غم فراوانی را برای کوروش، شایان و ارتش به همراه گذاشت ..شایان بسیار بر بالین دوستش گریست..سپس به کوروش گفت:

- خب فرمانده حالا باید چیکار کنیم با توجه به این که : بغیر از "خ"[خستگی] هنوز

- چهار کلمه دیگه بنام "ت، ت ، و،م" رو داریم! ما عملاً نمی تونیم از قبل تصمیم بگیریم اما با توجه به پیداکردن این رمز باید درمقابل اون مشکل قبل از اینکه تأثیر بذاره، اقدام کنیم

- فرمانده کوروش، خیلی عذر می خوام اما منظورتون را نفهمیدم!

- کم کم می فهمی، فعلاً باید حرکت کنیم تا به هدف برسیم

- اما فرمانده افراد ما دارن همینطور تلف می شن

- چاره ای نداریم شایان باید ادامه بدیم اگه عقب نشینی کنیم ...همه چیمون به باد می ره

- بسیار خب

* ارتش دوباره به حرکت خود آهسته آهسته ادامه داد وبه مسیر چهارم که باز هم از کلمه "ت" استفاده شده بود رسیدند. . .بعد از چند لحظه ناگهان کوروش و ارتش ارواحی سیاه و بسیار وحشتناکی را که تا بحال در عمرشان ندیده بودند دیدند که بسیار بزرگ بودند به سمتشان روانه شدند! این ارواح آنقدر بزرگ و وحشتناک بودند که تعدادی بی شمار از افراد ارتش کوروش در جا از ترس مردند، کوروش کمان خود را درآورد به سمت آنان زد اما چیزی به آنان اصابت نکرد، او به شایان گفت:

- فک کنم راهکارو پیدا کردم

* وحشتناک بودن ارواح طوری بود حتی شایان هم کمی ترسیده بود! کوروش به افرادش گفت :

- نترسید!

* سپس خود نیز به درون ارواح حمله کرد!! آنقدر رفت و رفت و در داخل خود ارواح رسید اما هیچ آسیبی به او وارد نشد افرادش متعجبانه به کوروش می نگریدند و از شجاعت فرماندشان دلگرمی گرفتند، سپس کوروش نزد ارتشیانش آمد و گفت:

- نترسید، این بار تله ی زهر آگین همین بوده! "ترس" اون ارواح فقط توهم و تصور هستند نه واقعی اند نه به شما آسیبی می زنند . . .حرکت کنید، شما قوی هستید

* شایان که فهمید" ت "چهارم به معنای "ترس" بوده از شجاعت و هوشمندی کوروش باز هم شگفت زده شد، ارتش با روحیه ی مضاعف حرکت کرد کم کم به رمزپنجم رسید که باز هم حرف "ت" نوشته شده بود . . یکی از افراد ارتش پای عقبش به پای جلوش اصابت کرد و کمی تپق خورد و شانه اش به یکی دیگر از افراد جلویی اصابت کرد، سرباز جلویی گفت:

- هی چیکار میکنی؟

- آخ ببخشید، دست خودم نبود، اتفاقی بود

- یعنی چی اتفاقی بود؟ خب جلوپاتو نگاه کن

- گفتم که اتفاقی بود!

- هی بچه توی این شرایط حوصله شوخی ندارما!

- چی میگی چرا چرند و پرند میگی!

* بحث بالا گرفت و باعث درگیری فیزیکی بین دو نفر شد چند تا دیگر از افراد که به طرفین نزدیکی بیش تری داشتند خودشان را درگیر موضوع کردند ودر

مدت کوتاهی جنگ بزرگی بین ارتش خود کوروش ایجاد شد! کوروش سریعاً قضیه رو فهمید که این دام بعدی زهرآگینه جنگی شدیدی شکل گرفت اما کوروش و شایان با تمام وجود این جنگ را کهب ـا کشته های فراوانی همراه شد پایان دادند وکوروش به آنان همه ی دام های زهرآگین را با اسم رمزها و مکان ها توضیح داد و گفت:

- این بار کلمه "ت" ظاهراً معنای "تفرقه" داشت که با کشته شدن تعداد زیادی از نیروها ختم شد! تفرقه افکنی از تشنگی، گشنگی، خستگی و ترس برامون سنگین تر تمام شد و حالا تقریباً یک سوم ارتشمون از بین رفته بیش تر مراقب باشین و به شایان گفت:

- حرف رمز بعدی چیه؟

"- و" فرمانده

* ارتش حرکت کرد و به مسیر ششم رسید، ناگهان سپاهی از زنان زیبا و در رأس آنان زنی بسیار زیباتر روبروی کوروش و ارتشش حاضر شدند و زنی که ظاهراً سر دسته آنان بود جلو آمد وگفت:

- سلام بر فرمانده ی شجاع و دلیر! بهت خسته نباشید می گم! ما زنانی بودیم که در بند زهر آگین خبیث زندانی بودیم اما با مقاومت شما زهرآگین آنقدرناراحت شد که خود به خود نابود شد وشما به اهدافتان رسیدید وحالا ما آماده ایم تا به پاس این رنج و زحمت شما و آزادی این جزیره خودمان را به همسری شما در آوریم!

* همه ی آنان جلوی کوروش زانو زدند و شایان گفت:

- فرمانده ظاهراً ما پیروز شدیم و کلک زهرآگین کنده شده!

* کوروش با طمأنیه گفت:

- صبور باش شایان، شک ندارم این هم دام زهر آگینه اما خیلی هوشمندانه
تر

* سپس یکی از زنی که سردسته سایرین بود به کوروش گفت:

- ما حلقه هایی را آماده کردیم تا بعنـوان هدیـه به شما بدهیم لطفاً
افرادتان را نزد ما

بفرستید تا هدیه های ما را دریافت کنند و ما را به همسری خود درآوردند!

* ارتشیان آنقدر جذبه ی زیبایی زنان شده بودند که قصد رفتن به سمت آنان
را داشتند

* اما کوروش گفت :

- نه . . . نروید! شک ندارم این هم از دام های زهر آگینه حدوداً نیمی از سپاه
دستور کوروش را پذیرفتند و اما بقیه دیگر سرپیچی کردند و به سمت آن
زنان روانه شدند و خود را باختند.

* کوروش هر چه گفت اما آن تعداد افراد به حرف او گوش نکردند و اسیر هوس
شدند اما به محض آنکه به آنان رسیدند ، همه ی آن زنان ناپدید شدند و
سربازان مهاجم همگی آتش گرفتند و کشته شدند، کوروش هم بسیار عصبانی
بود وهم بسیار ناراحت به شایان گفت:

- فهمیدی ؟ "و" چی بود

- بله فرمانده، به نظرم "وعده ی دروغین "

- دقیقا،که از سوی اون زنان های کاذب این وعده داده شد..

* با کشته شدن این تعداد از سربازان ارتش کوروش از لحاظ نیروی انسانی

"نصف"گردید ودروازه های قصر سیاه مشخص شد، کوروش گفت:

- شایان آماده ی ورود باش، ارتش را به آرامی وارد کن، خیلی احتیاط کنید

رمز بعدی و آخرین محافظ زهرآگین چیه؟

"- م"فرمانده

- بسیار خب، بیایید

رخداد سی ام : ورود به قصر سیاه و تقابل با آخرین نوع حفاظت از زهرآگین

* قصری کاملاً سیاه. . .دیواره ها سیاه. . .برج های بلند سیاه. . .ارتش وارد شد. . .اما ناگهان به میدانی بسیار بزرگ رسید . ..و تمامی درهای خروجی بسته شد . . . صدای زوزه ای شبیه به گرگ تمام آنجا را فرا گرفت، صدایی بسیار مخوف، شیپورهایی دمیده شد. . .در این حالت کوروش گفت:

- همگی آماده ی نبرد باشین در عین حال بسیار مراقب

* روبرویش دو برج بسیار بلند بود که در وسط آن سکویی وسیع به چشم می خورد ناگهان چشمش به موجود شیطانی خورد که کم کم روی آن سکو آمد و گفت:

- خوش آمدید! کوروش... به قصر زهرآگین بزرگ خوش آمدید!

* کوروش در پاسخ خیلی خونسرد گفت:

- کی هستی؟

- هاهاها. . .چقد عجولی مهمان ناخوانده

- گفتم کی هستی؟

- خیلی دوست داری بدونی؟

- برا کشتنت آره!

- چیاچوآ ،دستیار اول زهرآگین بزرگ! گنده تر از دهانت حرف می زنی! هنوز خیلی جوانی، مراقب خودت باش، هر چند دیگه همین که تا این جا اومدی کارت تمومه

* کوروش باشجاعت زیاد ناگهان با تیر کمانش، تیری را به سمت چیاچوآ روانه کرد اما او نیز خودش را جابجا کرد با این صورت تیر به بازوی چیاچوآ برخورد کرد و موجی از ترس را در بین او انداخت و شجاعت کوروش نیز به رخش کشیده شد، چیاچوآ ...نگران و مضطرب به کوروش گفت:

- ای گستاخ می دونی من کیم؟

* حرف چیاچوآ تمام نشده بود که او شروع به تعظیم کرد چراکه انسانی سیاه پوش روی سکو آمد و در حال دست زدن گفت:

- آفرین ...آفرین، خیلی خوبه، جوانک

- کوروش گفت:

- تو دیگه کی هستی؟ فقط می دونم که شبیه انسانی

* مرد سیاه پوش گفت:

- پیشرفت کردی کوروش، خیلی دوست داری بدونی من کیم؟

* چیاچوآ که زخمی شده بود با حالتی نفس نفس زنان پادر میانی کرد و به کوروش گفت:

- ایشان؛ امپراطور بزرگ این جزیره، عالی جناب "زهرآگین" اند.

* کوروش فوق العاده متعجب شد و تمام وجودش را اعجاب در بر گرفت!! و گفت:

- فکر کردی من ساده ام، زهرآگین یک شیطانه نه یک انسان!

* اما بعد از گفت گوهایی که بین آنان برقرار شد، کوروش فهمید که زهر آگین همان انسان سیاه پوش است. . .سپس گفت:

- پس چرا اینقد ظلم میکنی؟ مگه تو انسان نیستی؟ انسانیتت کجاست؟ حس هم نوع دوستیت کجاست؟ چرا انسان ها را می دزدی؟ و به بردگی می گیری؟

* زهرآگین با لبخندی طعنه آمیز جواب داد؟

- من باید قدرت مطلق داشته باشم و وقتی هم کسی قدرت مطلق باشه هر کاری هم که دوست داشته باشه می تونه کنه چون حقشه!

- حقشه؟ یعنی چی؟ حقشه، این چه جور حقیه؟

- جواب سادست، چون قدرت داره!

- اینی که تو می گی یک هوس شیطانیه نه یک خوی انسانی، آره توشیطانی حقیقتاً شیطانی، انسانی که خوی انسانی نداره از هر شیطانی، شیطان تره! برای همین اینقدر جادوگری بلدی ..جادوهای شیطانی زیادی که یاد گرفتی و این همه علیه مردم بی گناه بکار بردی تورو از خود ابلیس هم ابلیس تر کرده.. لعنت به تو اما شک نکن ، این ظلمت بالاخره خودتو یک روز نابود می کنه، و اون روز موعود همین امروزه!

- زیادی حرف می زنی، جوانک، دچار توهم شدی پس اگه می تونی منو بکش

* زهرآگین نیروهای شیطانی خود را به سمت کوروش و ارتشش به مانند مور و ملخ سرازیر کرد وکوروش فریادی بسیار بلند و طولانی زد. . .

- همگی آماده ی نبرد برای کشتن شیاطین!

* جنگ عظیمی بین ارتش صلح کوروش و ارتش ظلم زهر آگین شکل گرفت، جنگ و خونریزی سنگینی آغاز شده بود، جنگ به نفع ارتش کوروش پیش می رفت چرا که زره های ساخته شده ی شایان بسیار کارآمد بود . . . زهرآگین رو دست خورده بود ابتدا فکر می کرد ارتشش از پس ارتش، تشنه، گشنه و خسته ی کوروش بر می آید . ..ناگهان به کوروش گفت:

- دست نگه دار کوروش! دست نگه دار. . .

* کوروش نیز به افرادش گفت:

- صبر کنید

* جنگ لحظه ای متوقف شد..

* کوروش گفت:

- چی می گی؟خبیث

- من تسلیمم کوروش، ظاهراً ارتش توبسیار قدرتمنده!

* در همین لحظه به چیاچوآ چشمکی زد ودوباره به کوروش گفت:

- کوروش من تسلیم توأم می خوام چیزی به تو بگم، خواهش می کنم، حرفمو گوش کن

* کوروش گفت:

- چی میگی

- خواهشاً بیا نزدیک تر. . .

* کوروش چند قدمی نزدیک تر شد وگفت:

- چی میگی؟ زود باش

* زهرآگین با حالتی ناله آمیز گفت:

- می دونی آخرین رمز حفاظت از من چی بود؟

- حرف "م"، منظورت چیه؟

- آره، آفرین کوروش توواقعاً باهوشی

- خب حالا"م" یعنی چه؟

- ای وای فراموش کردم بگم کوروش دلیر، خب یعنی "مرگ"

* کوروش گفت:

- منظورت چیه؟

* زهرآگین خنده ای کرد و از بالای سکو ناگهان ضامنی را کشید ،ظاهراً زهرآگین با این ترفند می خواست کوروش را به ناحیه ای بکشاند که با کشاندن ضامن او رادر تله بندازد. . .کورش زیر پایش خالی شد و از راهی ناشناخته ناگهان جلوی زهرآگین در بالای سکو افتاد؛ چیاچوآ با توجه به اشاره ای که قبلا زهرآگین به او داشت، ناگهان شمشیری را روی سر کورش گذاشته و او را گروگان گرفت!

* زهرآگین به افراد کوروش گفت:

- تسلیم شید وگرنه . .فرماندتونو میکشم

* افراد کورش چند لحظه ای آشفته بودند، زهرآگین دوباره حرف خود راتکرار کرد اما کوروش گفت:

- به حرف این رذل گوش ندید، شما به جنگتون ادامه بدید، جانه من در قبال این همه خون های ریخته شده، مهم نیست، این حرف ها ادامه داشت که ناگهان تیری دست چیاچوآ که با شمشیرش کوروش را گروگان گرفته بود، روانه شد شمشیرش از دستش افتاد تیر از طرف شایان زده شده بود؛

۲۸۳

کوروش نیز بلافاصله با همان شمشیری که از دست چیاچوآ افتاده بود، سریعاً سره چیاچوآ را از تنش جدا کرد، و در همین لحظه زهرآگین پا به فرار گذاشت و کورش به دنبال او . . . جنگ در قصر سیاه دوباره شروع شد. . .

* کوروش با سرعت تمام زهرآگین را دنبال می کرد، زهرآگین با آن همه قدرتش به مانند موش که از گربه فرار می کند، فرار می کرد . . . اما ناگهان جادویی عجیب را که ظاهراً آخرین توانش برای زنده ماندنش بود، را انجام داد و از داخل زندان گروگانها و بردگانش، سیاوش دوست جان جانیه کوروش را جلوی خودناگهان ظاهر کرد و گرفت از دستانش تیغ هایی بیرون آورد و در کنار گردن سیاوش گذاشت و به کوروش گفت:

- همانجـا وایسا کوروش، اگه فقط یـک قدم جلو بیـای، این دوست عزیزتو به گور می

فرستم اینو که می شناسی؟ آره؟

* کوروش از شوق دیدن سیاوش، اشک در چشمانش جاری شد و به سیاوش گفت:

- سیاوش؟ دوست عزیزم، تو کجا بودی . . . سیاوش؟!! سیاوش؟!!خدارو شکر که زنده ای!

* زهر آگین گفت:

- زیاد خوشحال نباش چون اگه تسلیم نشی، اونو می کشم

* سیاوش نیز از دیدار دوباره کوروش به مانند او اشک از چشمانش جاری شد و گفت:

- دل من خیلی برات تنگ شده بود دوست من، من به داشتن چنین دوستی افتخار میکنم تلاش ها و جان فشانی های تو و افرادت برای آزادی این جزیره و این زهرآگین ظالم در بین گروگان هاو بردگان اجباری این قصر لعنتی و مردمان مظلوم و مورد ستم این زهرآگین خبیث چندین وقته که به ما امید می ده، من می دونستم که تomوفق میشی حالا هم به من فکر نکنو احساسی تصمیم نگیر، این خبیثو نابود کن تا صلح برقرار بشه، زود باش کوروش، این زهرآگین خبیثی که ظاهراً انسانه و اما در اصل و باطن از هر شیطانی شیطان تره رو نابود کن و همه رو نجات بده. . .

* زهرآگین گفت:

- خب دیگه کافیه، چرت و پرت دیگه کافیه، زود باش کوروش اگه می خوای دوستت زنده بمونه . . .شمشیرتو بنداز

* کوروش بسیار دودل بود اما باز هم راه نجات باز شد، شایان آهسته آهسته از پشت زهر آگین به او نزدیک و نزدیک تر شد، درهمین حین زهرآگین گفت:

- کوروش فقط یه بار دیگه می گم، اگه سیاوشتو دوست داری شمشیرتو بنداز و به افرادت بگو تسلیم شن. . .

* سپس داد بلندی زد و گفت:

- زود باش تسلیم شو. . .

* اما شایان شمشیرش را کنار گردن زهرآگین گذاشتو گفت:

- به نظر می رسه اون کسی که باید تسلیم بشه تویی نه ما! کارت تمومه زهرآگین

* زهر آگین که تمامی حکومت شیطانی خود را بر باد می دید بسیار نگران و آشفته بود، کوروش به اوگفت:

- زود باش سیاوشو رها کن. . .

* اما زهرآگین باز هم دست بردار نبود ناگهان با پاهایش به عقب جایی که شایان ایستاده بود نگاه کرد و با ضربه ی او را به زمین انداخت اما در همین حین کورش سریعاً و با پرشی خارق العاده شمشیرش را چنان ماهرانه به گردن زهرآگین وارد کرد بطوری که کوچکترین آسیبی به سیاوش نرسید

* سیاوش خود را از چنگال زهرآگین رها کرد وشایان از جای خودبلند شد و شمشیر خود را به زهرآگین نیز فرو کرد ودوباره کوروش با ضربه ای بسیار قدرتمند سر زهرآگین را از بدنش جدا کرد و حکومت ظالمانه ی او را که با جادو و اعمال شیطانی هزاران سال پابرجا کرده بود، از روی جزیره برچید!

* کوروش و سیاوش همدیگر را درآغوش گرفتند و حسابی از روی دلتنگی گریه کردند . . . شایان نیز از شوق اشکهایش درآمد، بعد از لحظاتی شایان به کوروش گفت:

- فرمانده ما درعرصه ی میدانی هم نیروهای زهرآگینو بطورکامل نابود کردیمو پیروز شدیم، فرمانده کوروش ما پیروز شدیم. . .پیروز شدیم

* کوروش از شدت شادی از آنجایی که انسان احساسی ای بود فقط گریه می کرد و خدا را شکر می کرد . . . همه ی گروگانها و بردگان به دستور کوروش آزاد شدند . . .و قصر سیاه نیز آتش زده شد . . . ظاهراً اکثریت مردم این جزیره برده و زندانی زهرآگین بودند. . .موجی از شادی وشعف ومحبوبیت در بین کوروش و ارتشش موج می زد اما از آن بیش تر مردم آزاد شده ی جزیره بودند که مدام بر

کوروش وارتش صلحش درود می فرستادند، کوروش نیز تمامی قضایای پیش آمده را به طور خلاصه در همین لحظات به سیاوش گفت: . . .و سیاوش بسیار شادمان بود اما این پایان کار نبود و کوروش جوان در جمع مردم جزیره صحبتی را ترتیب داد و به مردم گفت:

- مردم . . .عزیز، مردم دوست داشتنی امروز به لطف خدا و جان فشانی های افرادم جزیره ی شما از شر شیطان بزرگ زهرآگین آزاد شده، فراموش نکنید هر ظلمی روزی نابود میشه و آن چیزی که بر دنیا و بر هر انتهای هر تاریکی غالب می شود، صلح است که البته به راحتی بدست نمی آید با جان فشانی به دست می آید امروز می خواهم امپراطور جدیده شما را معرفی کنم، امپراطور صالح، عادل، قدرتمند کارآمد وبسیار دوست داشتنی، آیاموافقید؟ یا

نه . . .

* همه ی مردم از آنجا که کوروش را ناجی خود می دیدند،با شور و شعفی خاص موافقت خود را اعلام کردند و کوروش "شایان" را بعنوان امپراطور جدید جزیره معرفی کرد

* سپس به مردم گفت:

- من هم به سرزمین خودم به همراه دوستم سیاوش باز می گردم

* کوروش در این بین اجتماع بزرگ استاد قدیمی و اولی خود را که همان "دیو استاد"بود به همراه خانواده اش دید پیش او رفت و با او حسابی گپ و گفت و کرد در آغوش او جای گرفت.. ازش سپاسگزاری کرد و گفت:

- استاد، من همیشه مدیون شما هستم شما به من خیلی چیزا آموختید

* آن دیو نیز که بسیار خوشحال بود از تواضع کوروش در قبالش وپیروزی های بدست آمده ی او احساس رضایت کرد . . . در همین لحظه گردبادی ازنور جلوی کوروش ظاهر شد و دیو به او گفت :

- این جا تو را به سرزمینت بر می گرداند. . .

* کوروش به همراه سیاوش و بعد از نابودی ظلم و دستیابی به اهداف والای انسانی و با خداحافظی های ویژه، علی الخصوص از شایان خود را داخل گردباد نور انداخت . . .و ناگهان به شهر خود بازگشتند....

رخداد سی و یکم : اسرار تخیلات برانگیخته

* کوروش به همراه سیاوش که درخیابان بودند . . .هر دو بسیار متعجب وسرگردان به دنبال تفسیر و توضیح وقایعشان برای کسی بودند که باور کند، کوروش نیز قضایای خود را این بار کامل و مفصل برای سیاوش تعریف کرد، سیاوش به کوروش گفت:

- کوروش به نظر می رسه زمانی هم طی نشده!

- یعنی چی سیاوش؟!

- بـه ساعتو تاریخ نگار شهر نگاه کن! دقیقاً همان ساعت و تاریخی بوده که ما شهرو به

مقصد جزیره ترک کردیم!

- وای سیاوش! یعنی ما کجا بودیم

- من هم نمی دونم، کوروش . . . موافقی دوباره به نزدیکی های همون جزیره ممنوعه بریم ببینیم چه خبره، اما اینبار داخلش نمی ریم!

- باشه . . .بریم

* هر دو به راه افتادند و به آنجا رفتند اما این بار دیگر آنجا جزیره ، ممنوعه نبود!

* آنجا تبدیل به مکانی گردش گری شده بود، کوروش از یکی از بازدیدکنندگان پرسید:

- آقا ببخشید؛ این جزیره قبلاً ورود ممنوع بود، چطور شده که حالا دیگه ممنوع نیست و همه رفت و آمد می کنن

* آن شخص گفت:

- من هم دقیقاً نمی دونم اما شهرداری دیروز اینجا را منطقه ی آزاد معرفی کرد مگه شما نبودید؟

* کوروش گفت:

- نه . . .نه من مسافرت بودم، ممنونم

* کوروش قضیه را به سیاوش گفت. . .سیاوش گفت:

- پیشنهادی دارم کوروش

- بگو؟

- این که بدونیم کجا بودیمو چه اتفاقاتی افتاده

- خب ، بگو؟

- من استادی می شناسم که تخصصاً در علم متافیزیک فعالیت داره، فک می کنم اون بتونه کمکمون کنه. . .

- واقعاً؟! خب اون کجاست؟

- توی همین شهره، اسمش استاد "پارساهمتی"

* آن دو به محل کار استاد همتی رفتند با سلام واحوالپرسی، مفصل، مو به مو قضیه را به استاد همتی توضیح دادند. . .کوروش به اوگفت:

- استاد کمکمون کنید؟ چه اتفاقی برای ما افتاده بود!

* استاد همتی به کوروش و سیاوش گفت:

- شما کاملاً درواقعیت بودید!

* کوروش گفت:

- لطفاً بیش تر توضیح بدید

* استاد همتی گفت:

- نمی تونم بگم شما فوق العاده اید چرا که فقط شما نیستید که فوق العاده اید همه ی انسانها فوق العاده اند. . .

* سیاوش گفت:

- استاد میشه روشن تر حرف بزنید

* استاد همتی که استادی متواضع بود با لبخندی گفت:

- بله البته . . . همانطور که شما کاملا قضیه رو توضیح دادید من هم براتون کاملاً توضیح می دم پس گوش کنید. . .

* انسان موجودی بسیار بسیار عجیب، فوق العاده واسرار آمیزه و این ویژگی ها مربوط به جسمش نیست! تمام این خارق العاده ها مربوط به "ذهن و روانه" اوست پیشرفته ترین و حرفه ای ترین خلق خدا، "ذهن انسانه".تخیلات نیز واقعیت های بشرند در حالی که اکثراً به اشتباه فک می کنن، تخیلات فقط یک توهمه در حالیکه کاملاً برعکس، تخیلات قیچی واقعیته! یعنی شما هر چه راتصور کنید و نسبت به آن باور به خرج بدید آن تخیل برانگیخته می شه و در دنیا برای شما آن خلق می شه مهم نیست که اون چی باشه مهم اینه که شما آن فکر را باور داشته باشید، هیچ چیزی برای بشر غیر ممکن نیست چون ذهن انسان قدرت نامحدود داره، تو کوروش تو چون آنقدر باور کرده بودی که می تونی تخیلاتت را برانگیخته کنی و در راستای آن عمل کردی به عالمی رسیدی که همه ی آن تخیلات تو به

۲۹۱

واقعیت تبدیل شد، در حالی که ذهن،ماده نیست بخاطر همین وقتی تو این همه کار و جنگ انجام دادی هیچ زمانی طی نشد، چون دردنیای ذهنت بودی نه در دنیای ماده، سیاوش بخاطر وفاداریش اونقدر تو را باور کرد که آن هم به سرنوشت تودچار شد، کوروش وسیاوش تمامی اتفاقاتی که برای شما رخ داده کاملاً حقیقی بوده، وقتی تخیلات برانگیخته شه واقعیت ها رخ می ده و نمادهای این واقعیت بردنیای ماده نیز تأثیر می ذاره مثل همین که بعد از نابودی زهرآگین در دنیای ذهن وتخیل شماها، دردنیای مادی فعلی، اثرش مشخص شده و جزیره ممنوعه بنابه دلایلی نامعلوم برای مردم اما معلوم برای شما دیگر جزیره ممنوعه نیست و آزاده! انسان فوق العاده ست با ذهنتان زندگی کنید، من به شماها بخاطر خلق چنین تخیلاتی تبریک میگم، تخیلات خودتان را با عمل برانگیخته و بالفعل کنید اصلاً مهم نیست، تخیل شما چی باشه مهم اینه شما اونو باور و در راستای آن عمل کنید!

* کوروش و سیاوش ازتعجب کاملا شوکه بودند بعد از گفت و گوهای دیگر پیرامون ذهن از استاد همتی تشکر کردند . . .اما کوروش دوباره به استاد گفت:

- استاد اما خیلی ازچیزها که در راستای سفرم بود رخ نداد، اونارو چطور توجیه

می کنید؟

- مثل چی؟ کوروش

- مثل قضیه معجون جاودانگی زهرآگین، کوه ناهیرا و فرماندهی آن زنی به نام میسانا، درختان خبیث طرفدار زهرآگین، مارهای سمی نزدیکی که اصلا در قصر سیاه نبودند، گیاهان مرداب ساز که بهشون برخوردنکردیم، رنگ

هیتاییکه نه دیدم و نه حسش کردم،ماده ا ناشناخته ای که زهرآگین از آن وحشت داشت، قضیه ازدواج من بعد از کشتن زهرآگین، قضایای مربوط به مقرفرماندهی فرمانده ماهان ، قضیه ی الماس سبزو خیلی چیزهای دیگه، همه در سفرهای من قرار بود اتفاق بیفتن و با آنان برخورد کنم اما هیچ یک اتفاق نیفتاد و از آنها خبری نشد

- این تعجب نداره کوروش تو به آنچه که باور داشتی رسیدی، ذهن انسان انتهایی نداره، این قضیه های اتفاق نیفتاده قسمتی از ذهن تو بودند که تو به آنان به دلیل بی انتها بودن ذهن و تخیل دست نیافتی شاید اگر دوباره بخوای تخیلاتتو برانگخیته کنی برات رخ بده...

* کوروش لبخند زد وگفت:

- همین یکیش دنیایی بود..چه برسه به بعدیش. . .

* کوروش و سیاوش مجددا از استاد تشکر کردند و از حضورش مرخص شدند. .

رخداد سی و دوم: یک هفته بعد

* یک هفته بعد کوروش و سیاوش درکلاس آزمایشگاه خون شناسی حضور داشتند، یکی از دانشجویان سلول خونی ای را از پشت میکروسکوپ دید که شکل عادی نداشت. . .ناگهان از تعجب و ناخودآگاه گفت:

- وای بچه ها بیابید ببینید این سلول چقد جالبه شبیه، دیو می مونه!

* در همین لحظه یکی دیگر از بچه ها حسابی به اوخندید گفت:

- تو هم ظاهراً دچار توهم شدی شاید فیلم تخیلی زیادمی بینی، تویک سلولو شبیه دیو می بینی، حتماً! فردا می گی، من شبیه اژدهام!!

* دانشجویی که سلول خونی را به دیو تشبیه کرده بود حسابی ناراحت شد وگفت:

- جداً؟!حالا می بینی نه تنها من سلول رو شبیه دیو دیدم بلکه تو رو هم اژدها درست می کنم! حالا خواهیم دید

- برو پسر تودچار توهم و تخیل شدی

* کوروش و سیاوش همدیگر را با اوج تعجب نگاه کردند، آن پسر ناراحت شده دوباره گفت:

- باشه حالا می بینی که چطور این "تخیلمو برانگیخته" می کنم!!